MEGAN
FRAMPTON

Les chroniques amoureuses de lady Capel

Traduit de l'anglais (États-Unis)
par Élisabeth Luc

J'AI LU

POUR elle

Si vous souhaitez être informée en avant-première
de nos parutions et tout savoir sur vos auteures préférées,
retrouvez-nous ici :

www.jailu.com

Abonnez-vous à notre newsletter
et rejoignez-nous sur Facebook !

Titre original
A WICKED BARGAIN FOR THE DUKE

Éditeur original
Avon Books,
an imprint of HarperCollins Publishers, New York

Je dédie ce roman à Scott, qui m'a permis
de terminer mon livre à temps
malgré plusieurs interventions chirurgicales,
une chimiothérapie et une radiothérapie.
Aujourd'hui, je vais mieux !
Scott, je t'aime.

Ce matin-là, à mon réveil, je ne me doutais pas que ma vie était sur le point de basculer.

Moi qui pensais que ma situation ne pouvait empirer... Mes parents étaient morts soudainement et il s'avérait que mon père avait réalisé des investissements hasardeux. Je taisais la vérité en espérant qu'un miracle se produise, qu'une demande en mariage providentielle me sauve la mise. Je dois admettre que je suis plutôt jolie, de sorte que j'étais optimiste quant à mes chances dans ce domaine. Si, en théorie, j'étais en deuil, je veillais à ce que les plus beaux partis de Londres me remarquent lors de mes promenades au parc, de noir vêtue, un mouchoir en dentelle à la main. J'avais reçu bon nombre de compliments et même quelques regards admiratifs mais, hélas, je n'obtenais aucun résultat tangible qui vienne me tirer de ce mauvais pas.

J'étais bel et bien au bord de la ruine.

Un ténébreux époux, de Percy Wittlesford.

1

Devoirs et objectifs d'un duc (afin d'être un homme accompli dans l'année suivant l'accession au titre)

1. *Connaître ses domestiques par leur nom, au moins les plus chevronnés.*
   a. *Être capable de désigner les membres du petit personnel par leur nom en moins d'un an et demi.*
2. *Examiner les comptes des différents domaines du duché et veiller à la rentabilité des investissements.*
3. *Acquérir une garde-robe digne de son rang.*
   a. *Proscrire les tons pastel.*
4. *Se faire des relations dans la haute société.*
   a. *Éviter quiconque semble ingérable au point de nécessiter une stratégie d'approche.*
5. *Assurer l'avenir du duché en trouvant une épouse convenable et en engendrant un héritier.*

Les bras croisés, Thaddeus Dutton, duc de Hasford, parcourut la liste qu'il venait de rédiger. S'il était insatisfait, voire furibond, ce n'était en rien à cause de son contenu. Elle est exhaustive, ordonnée. Carrée.

À son image.

« D'un ennui mortel », avait un jour affirmé sa cousine Ana Maria en observant ses tenues qu'elle jugeait trop sages. Elle aurait préféré le voir suivre la dernière mode et porter des couleurs pastel, par exemple. Thaddeus ne s'en était guère offusqué, car il savait d'expérience que la jeune femme était parfois extravagante…

Il esquissa un sourire désabusé et prit une autre feuille de papier et une plume sur son bureau des plus fonctionnels. Pour l'heure, il avait coché presque tous les éléments de sa liste. La mise en œuvre du point numéro 5 promettait de mettre du relief dans son existence. Sur sa lancée, il se remit à écrire.

Qualités requises chez une femme

1. *Une apparence et des manières sages et discrètes.*
   a. *Un physique agréable.*
2. *Être issue d'une famille respectable, que ce soit par ses origines et son comportement en société.*
3. *Une bonne culture générale, sans passion dévorante pour un sujet en particulier. Ses priorités devront être son mari et, plus tard, ses enfants.*
4. *La capacité de prendre en charge immédiatement les tâches incombant à une duchesse.*
   a. *La gestion du foyer, une présence aux côtés du duc lors de ses sorties mondaines, une conduite honorable et respectable à tout moment.*

Thaddeus prit une profonde inspiration avant d'ajouter un ultime élément :

5. *Un comportement satisfaisant lors de l'acte sexuel.*

Le duc accordait une grande importance à ce dernier point. Hélas, il ne serait en mesure de juger des capacités d'une candidate qu'après la cérémonie, quand il serait trop tard pour se raviser. Thaddeus s'était retrouvé duc un peu malgré lui, et uniquement parce que la mère de son cousin Sebastian avait usé de moyens frauduleux pour procurer le duché à son fils. Depuis, le prédécesseur de Thaddeus était redevenu M. da Silva, tandis que lui-même avait renoncé à sa carrière d'officier dans l'armée de Sa Majesté pour endosser ce rôle au sein de l'aristocratie anglaise.

Être duc n'était pas si différent qu'être officier…

Il fallait respecter une hiérarchie stricte, être conscient d'être le personnage le plus important au sein de son environnement – à moins de se trouver en présence de la famille royale ou d'un général. De plus, le moindre faux pas risquait de provoquer la mort ou la déchéance de nombreuses personnes dépendant de lui. La nuit, le poids de ses responsabilités le réveillait en sursaut, comme autrefois lorsqu'il mettait au point une tactique militaire.

Cependant, sa future épouse l'assisterait dans certaines tâches. Elle serait son fidèle lieutenant dans la gestion de ses biens et de son personnel. Au lit, la duchesse serait son égale et lui donnerait autant de plaisir qu'il lui en procurerait.

Soudain agacé, Thaddeus froissa la feuille de papier dans son poing et la glissa dans le premier tiroir de son bureau qu'il s'empressa de fermer à clé. S'il avait coutume de travailler dans la bibliothèque tapissée d'ouvrages reliés de cuir, il préférait une simple chaise à dossier droit aux fauteuils moelleux et aux tapis meublant la pièce.

Le duc était aussi austère qu'un moine…

— Melmsford !

Pourquoi hausser le ton ? Son secrétaire devait rôder dans le couloir derrière la porte, prêt à accéder à ses moindres requêtes.

— Oui, Votre Grâce ?

Melmsford était encore plus minutieux que le duc, si cela était possible. Élancé, le crâne dégarni prématurément, il possédait une parfaite connaissance du patrimoine du duc de Hasford. En tant que secrétaire de Sebastian, il faisait partie de l'héritage revenu à Thaddeus, avec le reste du personnel.

Durant ces premiers mois un peu chaotiques, Melmsford avait guidé le nouveau duc dans ses décisions et il lui enseignait les ficelles de son rôle.

Si les deux hommes s'étaient entretenus d'autres choses que de ses affaires ou son patrimoine, Thaddeus aurait presque pu voir en lui un ami. Hélas, leurs conversations restaient professionnelles.

Il aurait pu ajouter sur sa liste : *Discuter avec Melmsford d'autres choses que de mes affaires.*

— Approchez et asseyez-vous, ordonna le duc en lui désignant une chaise.

Le secrétaire obéit et posa sur lui un regard teinté de déférence et de gêne à la fois.

— Le moment est venu d'aborder le point numéro 5 de ma liste, annonça Thaddeus.

Melmsford parut intrigué, ce qui n'avait rien d'étonnant car il n'avait pas connaissance de cette liste.

— Je dois trouver une épouse, expliqua Thaddeus.

Le secrétaire se contenta d'écarquiller les yeux sans un mot.

— Dans ce dessein, j'aimerais me rendre dans les soirées offrant les meilleures chances de rencontrer quelques candidates convenables.

— Bien sûr, Votre Grâce.

Melmsford se leva et réunit les documents posés sur son petit bureau.

— J'ai ici quelques invitations…

Il les parcourut vivement, l'air pensif.

— Puis-je vous suggérer la soirée du baron Raddleston ? C'est une réception en l'honneur de M. Percy Wittlesford, un romancier en vogue. Je crois même qu'il fera une lecture de ses écrits.

— Un romancier, dites-vous ?

Thaddeus balaya d'un geste les rayonnages garnis d'ouvrages qu'il n'avait pas encore ouverts.

— Je n'ai pas le temps de lire pour le plaisir. J'ai trop de travail.

— Si je puis me permettre, Votre Grâce... le dernier ouvrage de M. Wittlesford remporte un vif succès auprès de nombreuses jeunes filles de bonne famille qui me semblent correspondre à vos critères.

Melmsford se racla discrètement la gorge avant d'ajouter :

— Je crois savoir que ce sont des livres d'un certain genre...

— Comment cela ? fit Thaddeus, avant de comprendre à quoi son secrétaire faisait allusion. Ah ! Je vois...

« Au moins, ces romans ne sont pas rébarbatifs », songea-t-il.

— Eh bien, je me rendrai à la réception des Raddleston, décréta-t-il.

— Excellente décision, Votre Grâce.

Avec un peu de chance, il rencontrerait une demoiselle bien née, sage, jolie et sexuellement audacieuse. Autant chercher une aiguille dans une botte de foin... ou un duc respectueux de ses devoirs sans être ennuyeux à mourir.

— Vinnie, il n'y a aucune chance que ton plan fonctionne ! s'insurgea Jane, saisie d'effroi.

D'un signe de tête, Lavinia désigna Percy, assis dans un coin du salon. Avec sa boucle brune qui lui tombait élégamment sur le front et sa plume à la main, il offrait l'image même de l'artiste tourmenté. Les doigts tachés d'encre, il était attablé devant plusieurs feuilles de papier.

Le tableau aurait été crédible s'il avait travaillé sur quelque prose sulfureuse, et non sur les comptes de la famille.

— Il le faudra bien, rétorqua Lavinia. Je me contente d'écrire les romans. Il ne m'incombe pas de les lire à voix haute et en public.

Percy leva vers elle son beau visage torturé. Il fallait admettre que le jeune homme avait hérité du physique avantageux de leur père. Pour sa part, Lavinia tenait de sa mère avec sa petite taille, ses formes voluptueuses et une capacité de concentration exceptionnelle dont son père était hélas dépourvu, sauf quand il s'agissait de son travail.

— Tu cherches à me décourager, Jane ? s'enquit Percy en se levant.

Comme d'habitude, la fratrie était réunie au salon avant le dîner. Percy était en réalité le demi-frère des deux jeunes femmes, un fils que leur père avait eu hors mariage. Lavinia était en train de sélectionner le passage de son œuvre que le faux écrivain lirait dans la soirée. Percy faisait ses comptes, sous le regard anxieux de Jane.

Celle-ci se renfrogna. Aussitôt, Lavinia se précipita vers sa sœur et s'assit à côté d'elle sur le divan en la prenant par les épaules. Elle foudroya du regard son demi-frère qui se contenta de lever les yeux au ciel.

— Je suis désolée, Percy…

Jane était la plus raisonnable de la fratrie. La benjamine, Christina, cinq ans, était capable de bouder pendant des heures quand ses aînés ne cédaient pas à ses caprices. Lors du petit déjeuner, elle avait exigé une bouillie d'avoine, alors qu'elle n'aimait pas cela, à la place de la tranche de pain perdu à la cannelle qu'on lui avait servie et dont elle raffolait en général. Elle avait exigé de la bouillie pour ressembler aux autres convives.

Si Jane, Lavinia et Christina étaient les enfants légitimes des Capel, Percy et Caroline étaient les membres illégitimes de la famille élargie. Percy était le fruit d'une liaison de leur père et Caroline, l'enfant née hors mariage d'Adelia, la sœur de leur père, et d'un prince européen de seconde zone dont Lavinia ne parvenait pas à retenir le nom. Le père des filles avait recueilli Percy et Caroline alors qu'ils étaient encore très jeunes.

Tout ce petit monde, en comptant les parents et quelques tantes âgées, cohabitait dans un immense manoir de Mayfair. Grâce à son poste de conseiller financier de la Couronne, le patriarche possédait une fortune considérable et des relations haut placées. Aussi, nul ne s'offusquait des scandales touchant cette famille. Si leur père confondait parfois les prénoms des uns ou des autres, il était capable d'expliquer la moindre dépense de Sa Majesté, qui n'en était pourtant pas avare.

Quant à lady Scudamore, la mère, elle compensait les travers de son mari par l'ambition qu'elle affichait pour sa progéniture.

— Je tenais à être présente pour vous soutenir, déclara Jane.

Elle leva les yeux vers Lavinia, puis se tourna vers Percy.

— De plus, je risque moins de révéler le secret si je ne suis pas prise au dépourvu. J'espère que tu n'as pas choisi un extrait trop sulfureux, Vinnie…

Parfois, Lavinia se demandait si Jane était vraiment sa sœur. Au contraire des autres membres de cette tribu recomposée, elle était discrète, douce, et affichait des manières impeccables. Seule la ressemblance physique avec ses parents rendait sa filiation crédible.

— Bien sûr que non ! assura Lavinia.

Elle avait sélectionné la scène de la rencontre des deux protagonistes, dans une roseraie. Les personnages étaient très sages, malgré quelques paroles à double sens qui n'échapperaient pas aux auditeurs avertis. Les plus chastes, à l'image de Jane, ne soupçonneraient rien de ces connotations sexuelles.

Si Lavinia publiait ses romans sous un nom de plume inspiré de celui de son demi-frère, c'était uniquement parce que les romancières remportaient moins de succès que leurs homologues masculins. Percy Waters s'était ainsi transformé en Percy Wittlesford, et la jeune femme touchait avec bonheur les droits d'auteur que lui rapportaient ses œuvres.

À sa grande surprise, son dernier titre, *La Prise du château*, faisait fureur parmi les dames de la bonne société, qui, d'après son éditeur, brûlaient d'en savoir davantage sur le mystérieux auteur. Lavinia et Percy avaient donc élaboré une stratégie : Percy se ferait passer pour l'écrivain.

Dès que les lectrices avaient appris que Percy Wittlesford n'était autre que Percy Waters, le séduisant fils illégitime de l'un des plus fins esprits de la capitale, elles avaient réclamé à cor et à cri des lectures publiques de l'auteur.

Le jeune homme aurait préféré passer son temps plongé dans ses registres comptables, car il tenait de son père la passion des chiffres. Son statut le contraignait à rester dans les coulisses, mais son sort allait peut-être changer maintenant que la bonne société le prenait pour un écrivain à succès. Ainsi, Lavinia l'encourageait à multiplier les apparitions publiques. À part lui, seule Jane savait que le véritable auteur était sa sœur.

Le baron Raddleston, l'hôte de cette soirée littéraire, était un homme très influent, à l'avant-garde de toutes les modes. Son épouse et lui se targuaient d'avoir lancé la carrière de nombreux artistes, chanteurs d'opéra italiens ou musiciens russes, sans oublier les romanciers britanniques prometteurs tels que Percy.

Lavinia était prête à tout pour son frère et ses sœurs, même pour la pétulante Christina. Si son talent d'écrivain avait une chance de permettre à Percy de réaliser ses ambitions, elle était disposée à prolonger cette imposture. Il lui suffisait de tenir son frère informé de ses intrigues. Elle était même soulagée de pouvoir écrire dans l'ombre, sans avoir à affronter le public.

De plus, elle devait tenir compte de Jane. Celle-ci n'avait qu'un seul rêve dans la vie : épouser Henry McTavish, un jeune homme aussi réservé qu'elle. Si sa famille et lui étaient leurs voisins, les deux clans n'avaient rien en commun. Les McTavish étaient irréprochables, bien sous tous rapports. Jamais ils n'accepteraient que leur fils unique épouse une femme à la réputation ternie par les scandales répétés, même s'ils étaient le fait d'un comte, conseiller de la reine, de surcroît. Hélas, à cause d'un incident survenu de nombreuses années plus tôt, les McTavish ne se laissaient guère impressionner par les relations et l'influence des Capel.

Depuis peu, toutefois, ils semblaient moins réprobateurs, car Henry et Jane étaient manifestement très épris l'un de l'autre. En revanche, la mère de Jane tenait à ce que son aînée, d'une grande beauté, soit introduite dans la bonne société où elle trouverait peut-être un mari évoluant dans les hautes sphères. À ses yeux, le fils des voisins, quoique respectable, était indigne de Jane. Lavinia imaginait l'anxiété de sa sœur, qui était d'une timidité maladive, à l'idée de rencontrer tant d'inconnus. Livrée à elle-même, elle risquait de se retrouver dans les filets d'un homme peu fréquentable.

Ainsi, elles avaient décidé que Jane ferait de son mieux pour passer inaperçue en société. Malheureusement, cette stratégie n'était pas très efficace. La dot conséquente de Jane suffisait à la faire remarquer. Les prétendants étaient aux abois.

Si, à la fin de la saison, Jane n'avait pas trouvé un candidat au mariage digne de ce nom, leur mère changerait peut-être d'avis et lui permettrait d'épouser son cher Henry…

Lavinia aurait pu dresser la liste de ses tâches pour les prochains mois, si cette chipie de Christina n'avait dessiné d'étranges créatures sur toutes les feuilles de papier disponibles. Elle aurait ressemblé à ceci :

Responsabilités de Lavinia

1. *Veiller à ce que Jane ne se marie pas jusqu'à ce que maman l'autorise à épouser Henry McTavish.*
   a. *Veiller à ce que Jane ne se marie pas jusqu'à ce que les parents McTavish autorisent leur fils à l'épouser.*
2. *Essayer d'empêcher la famille de tremper dans un quelconque scandale.*
3. *Assurer à Percy la réputation d'un excellent romancier doublé d'un comptable hors pair. Lui faire annoncer ensuite qu'il met fin à sa carrière littéraire pour se consacrer aux affaires de son père.*
4. *Convaincre papa d'engager Percy afin qu'il gère ses affaires.*
5. *Déterminer quel prince européen est le père de Caroline.*

— Jane ! Lavinia !

Sur le seuil du salon, lady Scudamore les foudroya d'un regard réprobateur tout en adressant un sourire chaleureux à Percy. Elle possédait ce talent remarquable.

— Oui, maman ? fit Lavinia.

— Vous devriez être en train de vous préparer pour la soirée, déclara-t-elle en consultant la pendule. Il ne vous reste que trois heures !

Lavinia s'efforça de dissimuler son exaspération.

— Bien plus de temps qu'il ne leur en faut pour être ravissantes, intervint Percy, qui aimait jouer de son charme auprès de sa belle-mère.

Bien que Percy ne fût pas le fils de lady Scudamore, elle le traitait avec plus de bienveillance que ses propres filles. Selon Lavinia, c'était parce qu'il était séduisant… et parce que c'était un garçon.

Ce favoritisme était totalement injuste.

— Tu es très élégant, Percy… Je viens d'apprendre que le duc de Hasford sera présent à la soirée des Raddleston.

Elle pinça les lèvres et se tourna vers Jane, dont l'angoisse venait de monter d'un cran.

— Et il ne peut s'y rendre que pour une seule raison. Il cherche une épouse, c'est évident.

Elle s'approcha de Jane pour lui effleurer la joue.

— Et tu es assez belle pour être duchesse…

Lavinia observa tour à tour sa mère et sa sœur. Celle-ci était aussi affolée que leur mère était déterminée à la marier.

Seigneur…

— Quelle robe dois-je porter, maman ? s'enquit Lavinia.

Elle n'avait que faire de l'opinion de sa mère, mais il fallait qu'elle détourne son attention de Jane. Sa sœur était trop vulnérable à la pression, et Percy ne pouvait faire grand-chose pour elle dans ces circonstances. Si leur mère tenait tant à ce que ses filles contractent de beaux mariages, c'était avant tout pour atténuer le scandale de la présence de Percy et Caroline sous son toit. L'argent et les faveurs de la reine avaient leurs limites, en matière de réputation.

— Fais ce que tu veux, répondit-elle d'un ton qui exprimait clairement son indifférence. Jane, tu porteras ta robe en satin blanc et je te prêterai mes boucles d'oreilles en diamant. Duchesse ! soupira-t-elle. Ce dont j'ai toujours rêvé…

Lavinia prit la main de sa sœur pétrifiée et l'entraîna vers la porte.

— Ce sera donc la robe de satin blanc, déclara-t-elle. Viens, allons nous préparer !

— Monsieur le duc de Hasford ! annonça le majordome.

Thaddeus s'arrêta sur le seuil de la salle de bal et balaya l'assemblée du regard. Tous les visages étaient tournés vers lui.

S'il y avait un aspect de la vie d'un duc qu'il exécrait, c'était bien la curiosité que suscitait chacune de ses apparitions publiques. Sans doute s'y habituerait-il s'il sortait plus souvent. Hélas, il détestait les mondanités qu'il jugeait frivoles.

La petite voix de la raison lui murmura qu'il serait sans doute moins rigide s'il s'ouvrait un peu à autrui, mais il la fit taire aussitôt. La tolérance n'était pas sa qualité première. « Raison de plus pour se marier », songea-t-il. Lorsqu'il serait bien installé avec son épouse, il pourrait se consacrer à ses affaires et se soucier de sa future descendance.

Il pourrait allier devoir et plaisir.

Affichant un air détaché, il entra enfin. Il ne devait pas montrer sa contrariété, car il avait une mission à remplir. Avec une mine renfrognée, il n'aurait aucune chance de plaire à une duchesse potentielle – même ses soldats trouvaient cette expression terrifiante.

— Bonsoir, Votre Grâce.

Une femme s'approcha d'un pas ondulant, des plumes dans les cheveux.

— Je suis la baronne Raddleston, et voici mon époux le baron.

Un gentleman apparut à son côté, visiblement aussi enchanté qu'elle de recevoir un duc sous son toit. Thaddeus lui-même ne les intéressait guère. Rien de plus naturel, après tout : ils ne se connaissaient pas. Le baron deviendrait peut-être un ami dont il partagerait les goûts, les loisirs... Sauf qu'il n'avait aucun loisir car il ne songeait qu'à son travail lié au titre de duc. Il se promit d'ajouter à sa liste de se découvrir des passions et d'être un peu plus léger.

La salle de bal des Raddleston était élégante, avec un plafond jalonné de lustres dont les chandelles diffusaient une lumière dorée, créant une atmosphère teintée de mystère. Le personnel discret déambulait parmi les invités avec des plateaux en argent pour leur proposer des amuse-bouches ou une coupe de champagne.

Un quatuor à cordes jouait pour faire patienter l'assistance avant l'événement de la soirée : la lecture d'un texte potentiellement sulfureux.

— M. Wittlesford nous livrera sa prestation d'ici une heure, annonça le baron comme s'il lisait dans les pensées de Thaddeus.

Cela aurait été fâcheux, car le duc se demandait non seulement quand débuterait le spectacle mais aussi quand il pourrait s'éclipser sans froisser ses hôtes.

— En attendant, reprit Raddleston, je vous laisse boire une coupe de champagne et vous mêler aux autres invités. Vous n'avez sans doute pas encore rencontré...

— Cher baron ! lança une voix perçante à quelques mètres du trio.

Le duc se retint de grimacer.

— Lady Scudamore, fit le baron en se tournant vers une matrone entre deux âges, d'allure autoritaire malgré sa petite taille.

Elle fendit la foule, entraînant deux autres femmes dans son sillage. Celles-ci étaient bien plus jeunes, âgées d'une vingtaine d'années tout au plus. La plus saisissante des deux portait une robe en satin blanc. La lumière dansait dans ses cheveux dorés. Si son visage était serein, ses yeux bleu pâle n'étaient pas posés sur Thaddeus. Ils regardaient au-delà de son épaule.

L'autre était moins grande, et moins blonde. Quelques mèches rebelles effleuraient ses joues. Ses yeux perçants balayaient l'assemblée comme si elle cherchait à mémoriser le moindre détail. Soudain, ils se posèrent sur lui. Elle le toisa sans vergogne. S'il la trouvait un peu trop audacieuse à son goût, il y avait quelque chose d'attirant dans son énergie et sa curiosité.

Malgré lui, il admira ses courbes, plus voluptueuses que celles de l'autre jeune femme, qui était svelte. Les seins généreux de l'inconnue l'attiraient tels deux aimants, car ils semblaient sur le point de déborder de son décolleté bleu pâle.

La seule vision de cette femme provoqua chez Thaddeus une réaction physique qui le prit au dépourvu. Elle n'était pas de celles avec qui l'on échange des banalités, mais plutôt de celles qui coupent le souffle et éveillent les appétits.

Il se promit d'éviter comme la peste cette créature troublante.

Thaddeus avait besoin de placer chaque chose et chaque être dans une case : soldat, domestique, épouse. Ses amis se moquaient souvent de cet esprit rigide et de son manque de fantaisie. C'était pourtant ce qui avait fait de lui un bon capitaine et, désormais, un bon duc. Quiconque n'entrait pas dans le moule ou suscitait chez lui des réactions inexplicables représentait un danger.

— Bonsoir, cher baron... baronne..., déclara la matrone en empoignant le bras de la première jeune femme, les yeux rivés sur Thaddeus.

— Lady Scudamore, quel plaisir ! dit le baron. Votre Grâce, puis-je vous présenter lady Scudamore et ses filles, lady Jane et lady Lavinia ?

Elles esquissèrent une révérence. Si la dénommée Jane gardait son sérieux, lady Lavinia affichait un sourire espiègle qui révélait d'adorables fossettes. Si seulement il pouvait être aussi rayonnant et plein de vie ! songea-t-il.

Encore un objectif à ajouter à sa liste, sans doute...

— Bonsoir, mesdames, déclara-t-il en s'inclinant. Enchanté.

Les deux sœurs murmurèrent quelques paroles indistinctes, vite interrompues par leur mère.

— Vous êtes venu assister à la lecture, je présume. Sachez que l'auteur n'est autre que notre Percy.

Elle se pencha vers lui d'un air de conspiratrice :

— Quel coquin ! Nous ignorions qu'il écrivait ce genre de livres.

Lady Jane s'empourpra violemment, mais elle reçut un coup de coude discret de lady Lavinia.

— Percy Wittlesford est l'auteur de *La Prise du château*, expliqua le baron. L'avez-vous lu, Votre Grâce ?

— Non. Je n'ai pas de temps à consacrer à des lectures divertissantes.

Et si tel était le cas, je ne lirais certainement pas ce genre de littérature.

— Ses romans sont vraiment..., poursuivit le baron.

— Merveilleux, coupa lady Lavinia avec audace, au grand dam de sa sœur. Si captivants qu'il est impossible de s'arrêter. On peut même affirmer qu'ils sont en avance sur leur temps.

— Je suis impatient d'assister à cette lecture, affirma Thaddeus.

Il était conscient de son attitude un peu guindée, qu'il était incapable de corriger.

— Votre Grâce, ma chère Jane me souffle qu'elle se passionne pour votre carrière militaire.

L'intéressée jeta un coup d'œil affolé à sa mère, puis retrouva son calme apparent. Thaddeus trouvait admirable cette maîtrise de ses émotions – une qualité essentielle pour une duchesse.

— Absolument, Votre Grâce, dit-elle. Je me demandais ce que l'on ressentait sur le champ de bataille… Pourriez-vous me décrire ces sensations ?

Thaddeus s'apprêtait à lui débiter les formules habituelles qu'il récitait à tout interlocuteur ignorant, quand lady Lavinia intervint à nouveau :

— J'imagine que c'est très difficile à décrire.

Il lui répondit d'un hochement de tête.

— Essayez toujours, insista lady Scudamore.

— Maman ! protesta Lavinia d'un ton teinté de réprobation.

Naturellement, un œil avisé ne pouvait que remarquer la gêne du duc. Cette compréhension, cette empathie alors qu'ils ne se connaissaient pas, le déstabilisa.

Elle était si désireuse de lui épargner ce moment d'embarras qu'elle n'hésitait pas à s'opposer à sa mère. Thaddeus se surprit à l'envier. Il ne s'était jamais adressé à ses parents sur ce ton. Son père était également militaire. Quant à sa mère, elle considérait que l'amour maternel consistait à procurer nourriture et vêtements à sa progéniture, point final. Elle ne l'avait pris dans ses bras qu'une seule fois, à l'occasion de la mort de son père.

— La bataille est difficile à décrire, lady Lavinia l'a très bien exprimé, dit-il, les yeux rivés sur lady Jane. Il y règne le chaos, la confusion, le vacarme.

Celle-ci était plus facile à regarder. Outre sa beauté classique, elle avait le regard plus fuyant que sa sœur et entrait clairement dans la case « jeune beauté à marier », bien moins déconcertante.

— Comme dans une soirée mondaine, commenta lady Lavinia, pince-sans-rire.

Seul Thaddeus ne s'esclaffa pas.

— Dieu merci, vous avez tourné la page, poursuivit lady Scudamore. Désormais, vous pouvez passer le relais et confier la protection de la patrie à d'autres officiers.

— Effectivement, répliqua-t-il un peu sèchement.

Il croisa à nouveau le regard de lady Lavinia et réprima son envie de grimacer – une réaction indigne d'un duc.

— Veuillez m'excuser, je vais chercher un rafraîchissement. As-tu soif, Jane ? s'enquit-elle.

— Un peu…

— Le duc aussi, peut-être ? intervint lady Scudamore d'un ton plein d'espoir.

— Maman ! la prévint Lavinia.

— Je serais ravi d'accompagner ces dames vers le buffet, déclara Thaddeus presque malgré lui.

La matrone afficha un sourire radieux.

Incapable de s'en empêcher, il se tourna brièvement vers *elle*. À son expression incrédule, il comprit qu'il l'avait déçue.

Or ils venaient à peine de se rencontrer.

Lavinia semblait lui dire : « Si vous lui donnez un doigt, elle vous prendra tout le bras. » Il eut envie de lui répondre que cela ne le contrariait pas outre mesure, puisqu'il cherchait une épouse. Pourquoi pas lady Jane ? Elle était belle, bien éduquée, et capable de maîtriser ses émotions.

Mais Lavinia exprimait clairement qu'elle le trouvait trop prévisible, donc décevant.

En ce matin funeste, il pleuvait à torrents, un véritable déluge. Des trombes d'eau s'abattaient sur les toits. Comment allais-je sortir par ce temps ? Je m'en inquiétais tandis que ma caméristе m'habillait, car il fallait que je sorte.

J'avais rendez-vous avec la personne qui tenait mon sort entre ses mains. En ce matin crucial, je l'ignorais encore. Je savais simplement qu'il avait rédigé un message insistant à propos de cette rencontre, précisant que j'aurais des regrets si je ne venais pas.

Un ténébreux époux, de Percy Wittlesford.

2

Lorsque sa mère avait évoqué la présence du duc de Hasford à la soirée, Lavinia ne s'attendait pas à ce qu'il ait une telle apparence. Elle s'imaginait un homme de taille moyenne aux traits aristocratiques, gages de sa lignée, et à l'attitude hautaine. Un homme habitué à commander, inatteignable. Elle s'attendait à être impressionnée par son statut ducal, non par son physique.

Comme elle se trompait !

C'était même le contraire. Le duc de Hasford était grand, large d'épaules, avec une musculature façonnée par l'effort. Si sa tenue de soirée était des plus convenables, son pantalon moulant l'était beaucoup moins et soulignait ses cuisses fuselées.

Outre ses traits taillés à la serpe, son regard ténébreux donnait des frissons à la jeune femme, qui ressentait le même genre de trouble lorsqu'elle rédigeait une scène particulièrement passionnée. Elle avait envie de s'avancer vers lui et de poser ses lèvres sur les siennes pour voir si un baiser suffirait à l'embraser du feu du désir.

Naturellement, elle n'en fit rien, d'autant que sa mère avait déjà décidé de marier Jane à cet homme. Il ne ferait qu'une bouchée de la malheureuse Jane.

Il ne semblait pas conscient de l'effet qu'il produisait sur la gent féminine et demeurait d'une grande courtoisie. Et lorsqu'il avait été interrogé sur son passé, elle avait perçu son malaise. La passion qui émanait de lui était palpable. Les émotions qu'il réprimait avec soin menaçaient d'exploser à tout moment. Lavinia était captivée.

S'il n'avait pas été duc, elle se serait jetée à son cou.

Le duc offrit un bras à chaque sœur et le trio fendit la foule. Ébranlée de percevoir la puissance de sa musculature, Lavinia resserra malgré elle son emprise.

— Vous sentez-vous bien, lady Lavinia ? s'enquit-il.

Il semblait toujours guindé. Était-elle la seule sur qui il produise un tel effet ?

Elle se promit d'interroger Jane à ce sujet.

À moins que... Non, elle ne tenait pas à admettre sa vulnérabilité, même si Jane était sa meilleure amie en plus d'être sa sœur.

— Très bien. Merci, Votre Grâce.

Elle avait réussi à répondre poliment, au lieu de lui barrer la route et de se poster face à lui pour mieux le contempler.

— Vous assistez rarement aux soirées de la bonne société, n'est-ce pas ? lui demanda-t-elle.

— En effet.

Il se crispa, un peu mal à l'aise. Était-ce parce qu'il sortait rarement ?

— Pourquoi pas ? insista-t-elle. À moins que les réceptions mondaines ne ressemblent vraiment à un champ de bataille avec leurs stratégies, leurs tactiques, et toutes ces mères déterminées à marier leurs filles.

Elle se rendait compte de l'audace de ses propos, mais n'avait pu se retenir. Elle percevait la réaction angoissée de Jane, comme si elle venait de parler de leur mère. Celle-ci était frustrée que sa famille ne lui obéisse pas au doigt et à l'œil. Elle regrettait que Percy ne soit pas son fils, et que Lavinia soit sa fille. Elle éprouvait une grande satisfaction à présenter Jane à des hommes susceptibles de redorer le blason de la famille. La marier à un duc serait un coup de maître à ses yeux.

— Mes affaires m'accaparent. Je n'ai guère de temps à perdre en mondanités.

Pourquoi était-il si tendu ? Est-ce parce qu'il se rendait compte qu'il était collet monté, ou parce qu'il ne voulait pas donner l'impression de juger ceux qui n'étaient pas débordés par le travail ? Ou encore parce qu'il n'avait aucune envie de bavarder avec elle ?

— Vos affaires vous accaparent ? répéta-t-elle, amusée.

Il se crispa de plus belle et eut toutes les peines du monde à masquer son agacement. Une fois de plus, Lavinia fut parcourue d'un frisson qui n'avait pas lieu d'être.

Ils atteignirent le buffet avant qu'elle lui demande franchement s'il se rendait compte de la réaction qu'il suscitait chez les femmes, à commencer par elle-même.

— Lady Jane, qu'est-ce qui vous ferait plaisir ?

Lavinia lâcha son bras à regret. Jane se pencha vers elle en désignant un grand récipient.

— Regarde, Vinnie, il y a du punch.

— Je vois cela. Votre Grâce, ma sœur et moi apprécierions un verre de punch.

Jane parut soulagée. Elle avait tant de mal à s'exprimer en présence d'inconnus que Lavinia avait coutume de parler pour elle. Peut-être surmonterait-elle sa timidité maladive quand elle serait mariée avec M. McTavish... C'était à souhaiter, car il n'était pas question pour Lavinia de faire part au mari de Jane de ce que sa sœur ressentait pour lui ! Le problème ne se poserait sans doute pas, de toute façon, puisque les deux tourtereaux pouvaient rester un temps fou ensemble sans échanger une parole.

Encore fallait-il que Jane épouse son bien-aimé. Pour cela, Lavinia devait veiller à ce que ce duc ténébreux ne jette pas son dévolu sur sa sœur.

— Merci, Votre Grâce, dit-elle lorsqu'il tendit un verre à chacune, les yeux rivés sur Jane.

— Merci, murmura cette dernière.

Elles burent une gorgée du breuvage frais et pétillant, un savoureux mélange de fruits rouges et de champagne. Du coin de l'œil, Lavinia observa le duc avaler une première gorgée et le vit, non sans stupeur, fermer les yeux de délices.

Seigneur…

L'instant fut hélas furtif.

— La lecture de votre frère commence bientôt ? demanda-t-il avec une certaine impatience.

Cette seconde de plaisir n'avait-elle été qu'une illusion ? Peut-être n'était-il pas conscient d'avoir eu une telle réaction. Le duc semblait n'avoir guère envie d'entendre la lecture de son frère. Il semblait dédaigner ce genre littéraire destiné uniquement au divertissement.

Grossière erreur !

Elle fut tentée de lui signaler que même un duc pouvait s'évader à l'aide d'un bon roman, de temps en temps. À moins, bien sûr, d'être trop occupé à subjuguer les femmes par son magnétisme pour s'adonner à une activité aussi triviale que la lecture.

Pour la première fois de sa vie, elle regrettait presque d'avoir une imagination aussi fertile, car elle voyait en lui un héros de roman doté d'une autorité naturelle, qui découvre tout ce qu'il peut faire avec une héroïne déterminée. Et ce qu'elle lui permettrait de faire…

Heureusement qu'elle n'avait pas une plume et une feuille de papier sous la main, car elle se serait éclipsée dans une alcôve pour noter les idées qui lui traversaient l'esprit.

— Vinnie ?

La voix de Jane la fit émerger de ses pensées. Elle lui en voulut presque de l'interrompre alors qu'une nouvelle intrigue naissait déjà dans sa tête. De toute façon, le duc ne lirait jamais cette nouvelle œuvre.

— Excuse-moi, Jane. Je songeais à quelque chose...

— Je vois cela. Tu étais comme quand tu... Oh !

Jane porta une main à sa bouche.

— Quelle était ta question ? demanda vivement Lavinia pour faire diversion.

Pourvu que le duc n'ait pas remarqué que Jane avait failli révéler son secret...

— Je voulais savoir à quelle heure commençait la lecture. J'ai oublié, et le duc aimerait le savoir.

Ah oui, il avait posé la question. Juste avant qu'elle se laisse emporter par des images de baisers torrides, de héros ténébreux et d'héroïnes fougueuses.

— Il me semble que le baron a parlé d'une heure, il y a de cela un quart d'heure. Je dirais donc dans quarante-cinq minutes environ.

Le duc parut satisfait de cette précision presque militaire. Sans doute était-il strict dans tous les aspects de sa vie.

Lavinia fut parcourue d'un long frisson alors qu'elle n'avait pas froid.

Thaddeus ressentit des picotements sur sa peau, plus troublants que déplaisants. S'il déplorait souvent son nouveau statut – ce qui pouvait sembler ridicule car il était duc, après tout –, il n'avait pas l'impression d'être un imposteur.

Il avait toujours été à sa place, que ce soit en tant qu'héritier d'un comte, puis comme comte, officier dans l'armée ou duc dans son manoir de Mayfair.

Et pourtant, il ne savait plus à cet instant ce qu'il était censé faire ou dire. Il ne ressentait plus que la présence de lady Lavinia, ce qui le déstabilisait grandement car sa sœur Jane était bien plus à son goût. Élégante, d'une beauté classique, réservée et docile : elle correspondait à tous ses critères.

Néanmoins...

Près d'elle, pleine d'exubérance et de vitalité, tel un coquelicot écarlate ou un lys tigré flamboyant au milieu d'un champ de fleurs sauvages, lady Lavinia scrutait la foule d'un regard curieux comme si elle voulait absorber la personnalité de chacun.

Elle devait le trouver bien terne, songea-t-il avec dépit. S'il s'était intéressé à elle – ce qui n'était en rien le cas –, il se serait senti à la fois provoqué et défié. Surtout pas !

Jane était l'épouse idéale. Il ne s'attendait pas à rencontrer si vite une candidate compatible. En fin stratège militaire, il se devait d'être prêt à passer à l'offensive à tout moment. À en juger par l'attitude de sa mère, Jane cherchait elle aussi à se marier.

C'était presque trop facile.

— Lady Jane, dit-il, je ne suis pas en ville depuis longtemps et j'ai été très occupé par mes affaires.

Seigneur, tu es ennuyeux à mourir...

— Auriez-vous des sorties à me recommander, maintenant que j'ai un peu de temps ?

Jane écarquilla ses grands yeux bleus et se tourna vers sa sœur. Lady Lavinia la dominait-elle au point qu'elle n'osait s'exprimer pour elle-même ?

Thaddeus avait déjà envie de la protéger.

— Votre Grâce, reprit le coquelicot, ma sœur et moi avons de nombreuses activités, mais quelles sont donc vos distractions favorites ? Vous nous avez dit que vous ne lisiez pas. Aimez-vous la musique ?

Le duc s'agaça du ton presque réprobateur de la jeune femme, qui semblait le juger.

— Absolument, répondit-il en s'efforçant de masquer son irritation.

C'était la première fois qu'il réagissait de façon aussi viscérale. Si lady Jane acceptait de l'épouser, il devrait veiller à ce que sa sœur garde ses distances. Elle risquait de troubler leur tranquillité. En tout cas, elle le perturbait déjà. Il tenait à ce que lady Jane exprime ses propres opinions au lieu de se fier à sa sœur.

— Et la peinture ? poursuivit-elle cependant.

— Aussi, oui.

En réalité, il ne s'y était jamais vraiment intéressé, mais il supposait qu'il l'appréciait, ne serait-ce que par principe. Il appréciait plusieurs des tableaux accrochés dans sa maison – des paysages, notamment.

— Jane et moi aimons nous rendre à la Royal Academy, bien qu'aucune femme peintre n'y soit représentée, expliqua lady Lavinia. Nous nous rendons aussi à des concerts en dépit de la réprobation de notre mère.

Elle se pencha vers lui et baissa d'un ton :

— Notre frère Percy nous accompagne. Nous sommes sous bonne protection.

— Ah…

Que dire à une jeune femme qui vient d'avouer un comportement scandaleux à un homme qu'elle connaît à peine ? Des frasques dans lesquelles elle entraîne une sœur parfaitement respectable, de surcroît ?

— Quelqu'un m'a affirmé que la musique était la voix de l'âme, renchérit Jane en rougissant un peu.

— C'est très poétique ! commenta Lavinia, surprise.

Lady Jane était donc capable de s'exprimer, se félicita Thaddeus.

— En effet, admit-elle en s'empourprant davantage.

Elle soutint le regard du duc avant de reprendre :

— Je vais peut-être vous étonner : j'aime fréquenter les salles de concert. On y croise des gens de tous les horizons, unis par leur amour de la musique.

— Ou par leur appréciation des danseuses, ajouta lady Lavinia.

— J'aimerais écouter la musique pour ma part, lady Jane, répondit le duc. La voix de l'âme.

— Je peux vous dresser une liste des lieux que nous fréquentons, intervint lady Lavinia.

Ce n'était pas ce qu'il voulait, et elle devait en être consciente. Ce qu'il voulait, c'était assister à un concert en compagnie de lady Jane, non par intérêt pour cet art, mais dans l'espoir que cela lui permettrait de faire sa cour.

Quelle impertinente, cette lady Lavinia !

Elle arqua les sourcils d'un air interrogateur et, une fois de plus, ils échangèrent sans prononcer un mot :

Vous n'êtes pas digne de ma sœur.

Vous ne me connaissez pas. J'ai de nombreuses qualités.

Ce n'est pas ce que je voulais dire et vous le savez.

Lady Lavinia était manifestement déterminée à couper court à ses velléités de fréquenter lady Jane, mais pourquoi ?

Et pourquoi tenait-il à le savoir ?

J'ai soigné mon apparence pour être présentable, puis j'ai mangé un biscuit et fait préparer la voiture afin de me rendre à l'adresse indiquée dans le message.

Pourquoi m'y rendre, sans connaître ni son nom ni le motif de cette invitation ?

Parce que j'étais désespérée. Je ne possédais rien à part une garde-robe convenable pour une jeune femme bien née, les perles de ma mère et la poupée de mon enfance.

Tout le reste ne nous appartenait pas dès le départ, ou était sur le point d'être vendu pour éponger les dettes de mon père.

Un ténébreux époux, de Percy Wittlesford.

3

En étudiant l'assemblée réunie pour assister à la lecture de Percy, Lavinia sourit : plusieurs dames étaient presque en pâmoison, et quelques gentlemen semblaient s'inspirer de l'allure échevelée de Percy et de ses airs d'artiste maudit. Il y avait aussi quelques intrus, comme le duc de Hasford. Posté entre les deux sœurs, il était presque au garde-à-vous.

Le trio se tenait au fond de la salle, d'où Lavinia pouvait observer les réactions des auditeurs à sa prose. Jane, quant à elle, préférait fuir le cœur de l'action et rester en marge.

Percy était installé sur une estrade, face à lady Scudamore flanquée de deux dames de son âge tout aussi admiratives. Le public fit le silence pour laisser la parole au jeune homme.

Le soleil se couchait sur le parc, projetant des ombres étranges sur les massifs de fleurs. Bathsheba se tourna vers cet homme qui allait provoquer sa ruine. La carrure du comte était imposante. Un chardon parmi les roses. Il leva la tête vers elle et, les mains sur les hanches, soutint son regard. Bathsheba se redressa à son tour.

— Vous ne m'intimidez pas, affirma-t-elle d'un ton farouche.

Lorsqu'il fit un pas vers elle, elle fut tentée de reculer mais se contrôla. Elle ne voulait pas qu'il sache à quel point il la troublait par sa simple présence. Que ressentirait-elle entre ses bras puissants ? Si elle s'offrait à lui, la cueillerait-il aussi facilement qu'une rose ?

Une douce lueur d'aurore boréale éclairait le visage du comte...

Percy fronça les sourcils.

— Aurore boréale ? répéta-t-il. C'est quoi, ça ? railla-t-il.

Lavinia retint un juron. Heureusement, Percy reprit vite son sérieux et poursuivit sa lecture.

Bathsheba se demanda s'il y avait en lui un soupçon de bienveillance qu'elle pourrait cultiver tel un jardinier qui soigne ses rosiers.

Cette analogie horticole était tirée par les cheveux, non ? Les auditeurs ne semblaient guère s'en soucier. Lavinia remarqua quelques expressions captivées. Certaines personnes buvaient littéralement les paroles de Percy. Peut-être admiraient-elles simplement le jeune homme, qui était beau à couper le souffle.

Si les ventes de *La Prise du château* continuaient à ce rythme, Lavinia aurait bientôt assez d'argent pour s'installer dans son propre logement. Certes, elle aimait sa famille, y compris sa mère. Néanmoins, elle avait parfois envie de solitude. Ses parents auraient sans doute accepté de subvenir à ses besoins, mais elle se serait sentie redevable. De plus, ils risqueraient de lui couper les vivres à tout moment, surtout si Lavinia aidait Jane à échapper aux ambitions matrimoniales de leur mère.

Dès que Jane aurait épousé M. McTavish, Lavinia pourrait se détendre un peu. Sans doute s'inquiéterait-elle pour Percy, Caroline et les autres. Elle aurait au moins son propre foyer, et serait libre de son temps.

Elle observa Jane derrière le dos du duc. Si celle-ci affichait son impassibilité coutumière, Lavinia percevait une certaine tension dans ses mains croisées. Si seulement elle pouvait l'emmener loin de tout cela, chez son bien-aimé, et les faire marier par un pasteur. Elle ne trouverait le repos que lorsque son aînée aurait épousé l'homme qu'elle aimait, même s'il était ennuyeux à mourir.

Quant à son propre avenir... Si elle devait formuler un souhait, Lavinia opterait sans doute pour une union avec un homme tel que le duc de Hasford – sans son côté rébarbatif – car elle le trouvait irrésistible.

Cependant, il représentait un obstacle au bonheur de Jane. Elle devrait manœuvrer habilement. Heureusement, quelques frissons et des images sulfureuses ne suffisaient pas à la déstabiliser...

Soudain, elle surprit le regard du duc et reporta son attention sur son frère qui concluait sa lecture :

— Je vous piquerai de mon amour ! s'exclama Bathsheba en brandissant la rose devant son visage.

— Piquez-moi donc, mon amour, répondit le comte en se penchant vers elle. J'en arborerai les marques si elles signifient que vous êtes mienne.

Lavinia réprima une moue. Elle éprouvait une certaine gêne à entendre son frère prononcer ses mots, surtout face à une assemblée de femmes en pâmoison, ainsi que quelques hommes. Le duc émit un grommellement de dédain, qui suscita la colère de Lavinia. Elle applaudit à tout rompre, comme les autres. Lord Hasford ignorait qu'elle était l'auteur du roman, après tout. Un duc était-il au-dessus de la courtoisie la plus élémentaire ? Ou bien était-ce un comportement propre à celui-ci en particulier ?

— Avez-vous apprécié cette lecture, Votre Grâce ? s'enquit Jane avec douceur.

Il se tourna vers elle, tandis que Lavinia guettait malgré elle sa réponse. Mais peu lui importait l'opinion de cet homme ! Il ne lisait pas, de toute façon. Et elle venait de le rencontrer. Son jugement n'avait aucune valeur à ses yeux. Enfin, presque...

Elle ne parvenait pas à rester indifférente. Elle recherchait l'approbation du public concernant ses écrits. Soudain, elle se retrouvait en proie à une angoisse digne de l'une de ses héroïnes.

— On jurerait Bathsheba, murmura-t-elle pour elle-même.

— Ce fut une lecture agréable, déclara le duc.

Lavinia leva les yeux au ciel. Jane lui avait demandé s'il avait *apprécié* ce moment, non s'il le jugeait agréable... Dieu qu'il était agaçant ! Et il avait un vocabulaire limité.

Percy, ayant réussi à échapper à une nuée d'admiratrices, venait à leur rencontre.

— Tu as été formidable ! s'enthousiasma Jane.

« Enfin un compliment », songea Lavinia.

Percy s'inclina, avant de prendre Jane dans ses bras avec exubérance. Il sourit à Lavinia, qui lui rendit son sourire. Comment ne pas adorer ce frère qui avait mis son charme et son élégance au service de son roman ?

— Votre Grâce, dit Jane en se libérant de l'étreinte fraternelle, puis-je vous présenter mon frère, Percy Waters ?

Les deux hommes échangèrent une vigoureuse poignée de main.

— Vinnie, tout s'est bien passé, non ? fit Percy, les yeux pétillants.

S'il n'avait pas été passionné de mathématiques, il aurait fait fureur au théâtre, à en juger par les regards admiratifs qu'il attirait. Sa seule ambition était toutefois de travailler avec son père et de se cacher dans un bureau, plongé dans ses registres. Comment l'apparence d'une personne pouvait-elle être à ce point en opposition avec son esprit ? C'était aussi le cas du duc, dont la personnalité semblait guindée et austère, en dépit de son physique avantageux.

Quant à Jane, dont la beauté était digne de toutes les attentions, elle n'avait qu'une envie : se terrer dans un coin pour rêver à loisir de son amoureux. Lavinia elle-même ne se sentait jamais à la hauteur. C'est pourquoi elle se perdait dans l'écriture. Dans ses romans, elle pouvait être tour à tour la sublime Bathsheba, le valeureux comte ou un autre personnage paré de toutes les vertus.

— Merci d'avoir embelli cette soirée, déclara la baronne, ravie.

Lavinia et Percy échangèrent un regard complice. Les invités n'y avaient vu que du feu ! Il était évident que Lavinia vendrait plus de livres si Percy se faisait passer pour l'auteur.

— Nous avons quelques exemplaires de *La Prise du château*. Auriez-vous l'amabilité de les dédicacer à l'intention de mes invités ? reprit leur hôtesse.

Percy ne se fit pas prier pour suivre la baronne vers un côté de la salle où patientaient déjà quelques admiratrices.

— Lady Jane, dit le duc, me feriez-vous l'honneur d'accepter une promenade en ma compagnie, demain ?

— Jane accepte avec joie ! intervint leur mère, surgie de nulle part.

Lavinia pinça les lèvres pour ne pas objecter que Jane n'avait rien déclaré de tel.

— Merci, Votre Grâce, fit l'intéressée en baissant les yeux.

Lavinia perçut son angoisse. Si le duc se mettait en tête de l'épouser, comment résisterait-elle à la fois à cet homme et à sa mère ?

Thaddeus parvint à s'éclipser de la soirée sans trop de difficulté, gêné d'être l'objet d'une telle attention. En soi, la curiosité des gens ne le dérangeait pas, mais il aurait préféré susciter de l'intérêt pour sa personne, et non uniquement pour son titre.

Cette réception avait eu au moins un avantage : lady Jane correspondait en tout point au portrait qu'il avait dressé de l'épouse idéale. Belle, bien éduquée, agréable…

Tous les membres de sa famille n'étaient pas aussi recommandables, cela dit. Son demi-frère était un enfant illégitime, auteur de romans sulfureux dont il lisait des extraits en public. Quant à sa sœur, elle semblait éprouver un malin plaisir à l'empêcher de s'exprimer. De plus, elle frisait la vulgarité avec ses formes voluptueuses. Leur mère était un peu grossière, également. En revanche, elle aurait fait un formidable officier, et elle n'avait pas son pareil pour essayer de caser sa fille.

Au plus profond de lui, Thaddeus enviait cette famille. Leur affection était manifeste, même s'ils avaient parfois d'étranges façons de se le prouver. C'était ce genre de famille aimante qu'il rêvait de fonder. Et la première étape était le mariage.

S'il jugeait lady Jane digne d'être sa duchesse, il l'éloignerait des membres moins recommandables de sa famille afin qu'ils construisent un foyer respectable à la hauteur de son rang.

En songeant à sa liste, il en vint à l'inconnue de cette équation : l'aspect sexuel du mariage. Il ne pouvait qu'espérer qu'elle soit conciliante également dans ce domaine. Hélas, des images de sa sœur si voluptueuse hantaient ses pensées. Il lui faudrait réprimer ses bas instincts.

La voiture ralentit. Thaddeus mit pied à terre sans se soucier des innombrables domestiques venus l'accueillir. Son hôtel particulier était trop vaste pour lui. Peut-être s'y sentirait-il mieux s'il avait quelqu'un à ses côtés.

Dieu qu'il se sentait seul…

— Votre Grâce, fit son secrétaire en émergeant de la bibliothèque, l'air curieux.

— Bonsoir, Melmsford.

Thaddeus était ravi de voir cet homme qui était son seul ami, si l'on pouvait utiliser ce mot, maintenant que son cousin Sebastian et leur ami Nash étaient mariés.

— Fletchfield, servez-moi un whisky dans la bibliothèque, je vous prie, ordonna-t-il au majordome.

C'était le premier membre de son personnel qu'il ait rencontré, et il avait souvent besoin de ses services.

— Venez, dit-il ensuite à Melmsford avant de se diriger vers sa chaise habituelle.

Sauf qu'il n'était pas l'heure de travailler.

Il hésita un instant avant de bifurquer vers un divan à l'extrémité de la pièce, un siège idéal pour lire l'un des nombreux volumes alignés sur les rayonnages. Les rideaux étaient tirés devant l'immense fenêtre et un candélabre était posé sur la table.

Thaddeus n'avait jamais occupé d'autre siège que sa chaise de bureau. Hésitant, Melmsford fit un pas vers lui.

— Asseyez-vous, proposa le duc en désignant un fauteuil, en face de lui.

L'homme obéit, les mains sur les genoux, droit comme un I, très concentré.

— Nous ne travaillons pas, en ce moment, précisa le duc en s'adossant plus confortablement.

Melmsford parut comprendre et s'adossa à son tour. Mais il ne semblait toujours pas à l'aise. Thaddeus se contenta de ce progrès minime. Avec un peu de chance, Melmsford serait peut-être vraiment son ami, un jour. Mais un duc pouvait-il se lier d'amitié avec son secrétaire ? Les choses étaient bien plus faciles dans l'armée. Certes, il était le commandant, mais tous les hommes étaient égaux face à l'ennemi.

— Votre whisky, Votre Grâce, annonça Fletchfield en entrant dans la pièce.

En constatant que le duc ne se trouvait pas à sa place habituelle, il se figea un instant, avant d'aller déposer son plateau entre les deux hommes, sur la table. Lorsqu'il voulut le servir, Thaddeus l'en empêcha d'un signe.

— Nous nous débrouillerons. Ce sera tout. Merci, Fletchfield.

Le majordome s'inclina avant de prendre congé.

— J'ai peut-être rencontré une jeune dame convenable, ce soir, déclara le duc en versant l'alcool dans deux verres.

Enthousiaste, Melmsford s'avança, puis il reprit aussitôt sa position initiale.

— Puis-je vous demander de qui il s'agit ?

— Lady Jane Capel, répondit Thaddeus en lui tendant un verre. Sa famille est loin d'être parfaite mais, à part ce détail, elle est idéale. Je l'ai invitée à une promenade, demain.

Le secrétaire arqua les sourcils.

— Les Capel… J'ai lu des articles les concernant dans les journaux. Le père, un comte, est le conseiller financier de la reine.

— Vraiment ?

Voilà qui expliquait la tolérance de la bonne société envers cette famille peu conventionnelle. La reine était particulièrement attachée aux convenances. Si elle jugeait le père de lady Jane essentiel pour la

Couronne, les gens pouvaient fermer les yeux sur leurs excentricités.

— Je peux me renseigner sur eux, si vous le souhaitez..., proposa Melmsford.

Cette méthode semblait un peu sournoise. Que pourrait-il découvrir de pire que l'illégitimité de Percy Waters ?

— Non, merci. Cependant, j'aimerais que vous me disiez de quoi une demoiselle aime bavarder.

Le secrétaire parut tellement choqué par cette requête que Thaddeus aurait pu éclater de rire... Mais une telle chose ne lui arrivait jamais.

— Ah..., fit Melmsford en comprenant que son employeur était sérieux. Eh bien, j'ai une sœur cadette...

— Vraiment ?

Thaddeus ne savait rien de lui.

Lui-même était fils unique. Ce n'est qu'en rencontrant Sebastian et Nash qu'il avait saisi ce qu'impliquait la notion de famille.

— Je dois admettre que je ne comprends pas toujours ce qu'elle me raconte... Laissez-moi réfléchir... Je crois que ses sujets préférés sont la mode, les mariages à venir, les goûts de ses amies et les articles qu'elle a envie d'acheter.

— C'est tout ? fit le duc, sourcils froncés.

Lui-même n'avait pas énormément de sujets de conversation, mais il pouvait évoquer la politique, les finances, sans oublier l'importance de l'armée.

Et la sexualité, même si c'était un sujet qu'aucune personne convenable n'oserait aborder.

— Elle parle aussi de ses lectures, ajouta Melmsford. Franchement, elle passe souvent du coq à l'âne, tel un papillon dans un champ de fleurs sauvages.

— Vous êtes un poète, Melmsford.

Son secrétaire rougit et but une gorgée d'alcool pour se donner une contenance.

— J'aime la poésie, Votre Grâce, admit-il.

Encore une découverte !

— Connaissez-vous le livre dont l'auteur a lu un extrait au cours de la soirée dont je reviens ? Ou votre sœur, peut-être ?

Melmsford parut gêné.

— Eh bien… oui. Nous l'avons lu tous les deux. Felicity m'a prêté son exemplaire.

— Serait-ce un sujet de conversation respectable avec une jeune dame ?

Cette approche l'obligerait à lire le roman à son tour. Tant pis. Mais il ne s'attendait pas à ce que ce soit si compliqué de faire sa cour.

— À certains égards, oui. Mieux vaut attendre de connaître cette personne avant d'aborder le thème de l'ouvrage.

Thaddeus se laissa aller à sourire.

— Je m'en tiendrai donc à la mode et aux emplettes qu'elle envisage, en gardant pour plus tard les potins mondains et la littérature.

— Excellente décision, Votre Grâce.

— Il faut que tu viennes avec moi, dit Jane d'un ton déterminé.

Le lendemain de la lecture, les deux sœurs buvaient une tasse de thé accompagné de scones dans le petit salon. En réalité, Lavinia était la seule à se restaurer. Rongée par l'angoisse, Jane n'avait guère d'appétit.

— Il t'emmène en promenade, répondit Lavinia. Il se présentera donc dans un véhicule pour deux personnes.

Jane prit un scone, et le reposa aussitôt.

— Depuis quand ce genre de détail t'empêche-t-il d'agir ? demanda-t-elle.

Jane marquait un point. Lavinia se targuait de briser toutes les règles. Selon elle, un demi-frère illégitime méritait ses entrées partout au même titre qu'un enfant légitime, un auteur pouvait écrire sur des sujets qu'il ne connaissait pas, et l'on avait le droit de désobéir à ses parents.

Si elle suivait les règles de bienséance, Percy serait puni du simple fait de sa naissance accidentelle, et elle ne pourrait rédiger une scène d'amour torride. Quant à l'obéissance à ses parents, encore fallait-il avoir des parents raisonnables...

— Tu es si svelte qu'une troisième personne de ta corpulence pourrait peut-être se glisser sur le siège entre vous. Mais je suis plus charpentée que toi.

Lavinia se leva pour considérer son postérieur, qui n'avait pas réduit de taille par miracle. Ses formes généreuses ne la contrariaient en rien, mais elles ne lui permettraient pas de se joindre à la promenade.

— Nous pourrions nous serrer, insista Jane, lèvres pincées. Je ne veux pas me retrouver seule avec lui, Vinnie ! Et s'il me demandait en mariage ? Tu sais comment je réagis face aux gens. Je suis incapable de leur dire non.

Face à ce désarroi, Lavinia était plus désireuse que jamais de voler à son secours.

— Maman ne sera pas contente, marmonna-t-elle. Pas contente du tout. Elle n'acceptera jamais.

Leur mère avait passé le reste de la soirée à se réjouir que sa fille ait attiré l'attention d'un duc. Elle pensait déjà au mariage et à ses futurs petits-enfants.

— Tu trouveras un moyen pour que nous partions sans qu'elle s'en rende compte, assura Jane.

— Sans doute, mais je ne serai pas toujours derrière toi, tu sais. Surtout quand tu seras mariée avec M. McTavish. Tu devrais t'entraîner à dire non, afin d'être en mesure de le faire en mon absence.

— Tu as sans doute raison, soupira Jane.

— Non, justement ! Il ne faut pas prendre tout ce que l'on te raconte pour argent comptant.

— Mais tu viens de me dire...

— Tu as des progrès à faire, en effet, mais sans accorder systématiquement foi à ce que les gens te disent. Tu comprends ?

— Donc, je ne dois pas m'entraîner ? Je n'y comprends plus rien ! En tout cas, tu viendras avec moi lorsque le duc passera me chercher, n'est-ce pas ?

— D'accord, et nous nous entraînerons plus tard afin que tu apprennes à dire non.

— Non ! rétorqua Jane d'un air triomphal.

Lavinia s'esclaffa, imitée par sa sœur.

— Il suffit que tu sois capable de refuser une demande en mariage du duc.

Jane la prit dans ses bras.

— Tu es la meilleure des sœurs ! Que ferais-je sans toi ?

— Tu épouserais un duc très riche et séduisant.

Jane leva les yeux au ciel.

— Ce duc n'est pas l'homme que j'aime. Tu verras, quand tu tomberas amoureuse à ton tour, Vinnie. Tu seras prête à tout pour être avec l'élu de ton cœur. Henry est le mari de mes rêves. Je crois même que je pourrais lui dire non, si nécessaire. Cela n'arrivera pas, car je suis certaine qu'il prendra les meilleures décisions pour nous deux.

Lavinia se garda de la contredire : M. McTavish était un gentleman discret et digne de confiance. Jamais il ne trahirait sa sœur. Elle n'avait plus qu'à faire en sorte que cette union se concrétise.

Il fallait donc, pour commencer, qu'elle l'accompagne lors de cette promenade à laquelle elle n'était pas conviée. Elle ne serait sans doute pas la bienvenue.

Un bel exemple de solidarité sororale !

Malgré la pluie, la voiture arriva à destination en moins d'un quart d'heure. Ma méconnaissance du quartier ne me dissuada en rien. Au contraire, j'étais plus désireuse que jamais d'honorer ce rendez-vous.

Je mis pied à terre et dis au cocher de rentrer à la maison, faisant fi de ses protestations. Il travaillait déjà pour notre famille avant ma naissance et était âgé. Je ne voulais pas mettre sa santé en péril.

— Le quartier n'est pas sûr, mademoiselle, prévint-il en désignant la maison.

Elle était lugubre, avec ses fenêtres obturées par des rideaux noirs. Quelques corneilles étaient perchées sur le toit comme si des sorcières les avaient convoquées.

— Tout ira bien, assurai-je.

Mais je n'en étais pas si certaine.

Un ténébreux époux, de Percy Wittlesford.

4

À l'approche de la demeure des Capel, Thaddeus fit ralentir l'attelage. Il avait choisi son plus petit véhicule afin de converser en toute intimité avec lady Jane.

La mode, les emplettes, la lecture.

Rien de tout cela ne l'intéressait le moins du monde. Était-ce cela, le mariage ? Chercher des points communs avec sa moitié ?

Pourquoi tant de gens se prêtaient-ils au jeu ?

Le mariage devait impliquer autre chose que la présence d'une partenaire au lit. Sebastian et Nash n'auraient pas convolé avant autant d'enthousiasme s'ils ne partageaient rien avec leurs épouses respectives au-delà de leurs ébats. Depuis la fin de sa carrière militaire, Thaddeus avait besoin d'un centre d'intérêt. Peut-être devrait-il ajouter la recherche d'un passe-temps à sa liste…

Sous son ordre, les chevaux s'arrêtèrent. Le duc confia les rênes à un valet et mit pied à terre.

— Bonjour, Votre Grâce.

Il se figea en reconnaissant la voix qui venait de le saluer.

Lady Jane et lady Lavinia l'attendaient, parées de leurs plus beaux atours et coiffées de ces chapeaux à large bord que l'on nommait « capelines ».

Et s'il interrogeait lady Jane sur sa capeline et sur son souhait d'en acheter de nouvelles ?

Il ferait ainsi d'une pierre deux coups : deux sujets abordés en une seule question ! En revanche, ils risquaient de n'avoir plus rien à se dire au bout de cinq minutes.

Il devait trouver une solution.

— Bonjour à vous, mesdemoiselles.

Il jeta un œil à l'imposante bâtisse, presque aussi vaste que son propre hôtel particulier, avec son perron flanqué de colonnes. La propriété était récente. Lord Scudamore l'avait certainement fait construire.

Jane salua à son tour le duc et se tourna vers sa sœur, qui s'avança.

— Votre Grâce, Jane et moi vous remercions pour votre invitation.

Elle affichait un sourire indiquant qu'elle savait pertinemment qu'elle n'était pas prévue au programme. Elle savait aussi qu'il ne la contredirait pas pour ne pas paraître discourtois, même face à un mensonge flagrant.

— Ma voiture ne dispose que de deux places, répondit-il.

— Qu'importe, nous nous serrerons ! Nous sommes en famille, après tout, répliqua-t-elle d'un ton enjoué.

Thaddeus comprit qu'il était pris au piège. Il s'inclina et croisa le regard de la jeune femme, sans totalement masquer son irritation.

— Si vous êtes certaines que cela ne vous ennuie pas…

Elles hochèrent la tête avec vigueur. Décidément, songea-t-il non sans exaspération, leur mère n'était pas la seule à savoir manœuvrer les gens…

— Permettez-moi de vous aider, dit-il en tendant une main à lady Jane.

Elle monta à bord de la voiture ouverte et s'installa à l'extrémité de la banquette.

— À vous, fit le duc en se tournant vers lady Lavinia, qui jubilait visiblement du tour qu'elle venait de lui jouer.

Dès qu'elle prit place à côté de sa sœur, il ravala un juron. Non seulement lady Lavinia s'imposait lors de cette sortie, mais elle s'interposait entre lui et lady Jane !

Sur le marchepied, il évalua l'espace qu'il lui restait. Il allait se retrouver cuisse contre cuisse avec lady Lavinia. Mais il n'avait pas le choix.

Dès qu'il s'assit, elle poussa une exclamation de surprise, au point qu'il hésita.

— Tout va bien, assura-t-elle. J'ai cru un instant que vous alliez vous asseoir sur mes genoux...

— Je ne voudrais pas vous écraser, dit-il en prenant les rênes des mains du valet.

— Oh, je ne suis pas une petite chose fragile, Votre Grâce. Vous pourriez peser sur moi de tout votre poids, je ne me casserais pas en mille morceaux.

Pourquoi cette femme suscitait-elle systématiquement chez lui des pensées érotiques ? Il n'appréciait guère la tournure des événements.

C'était lady Jane qu'il voulait courtiser. Il ne pouvait éprouver ce genre d'attirance pour sa sœur, qui parlait à sa place et régentait sa vie. Si elle persistait, il risquait de se muer en bête lubrique – ce qu'il n'était en rien, bien sûr.

— Où nous emmenez-vous, Votre Grâce ? s'enquit-elle.

Il se pencha pour les voir toutes les deux. Lady Jane semblait ravie de cette promenade, malgré l'inconfort de sa position.

— Je songeais à Hyde Park. Je crois savoir que le parc est magnifique.

Melmsford n'avait pas cité les fleurs en énumérant les sujets chers aux jeunes femmes, mais elles ne pouvaient qu'aimer les fleurs, n'est-ce pas ?

— En effet, confirma lady Lavinia. La scène que Percy a lue hier soir s'inspire des rosiers de Hyde Park. Enfin, d'après lui, ajouta-t-elle vivement.

— Lady Jane, aimez-vous les fleurs ?

— Comment ne pas les apprécier ? intervint lady Lavinia.

— Oui, je les aime beaucoup, confirma timidement Jane.

— Et la mode ? Appréciez-vous la mode ?

Si seulement il ne s'était pas mis en tête de trouver une épouse ! S'il avait vécu en ermite pour le reste de sa vie, il ne s'en porterait que mieux. Et il n'aurait pas à endurer cette conversation.

— Ma sœur et moi aimons la mode, expliqua Lavinia, comme il s'y attendait. N'est-ce pas le cas de la gent féminine en général ? Les dames aiment les fleurs et la mode ! railla-t-elle.

— Vinnie ! gronda Jane.

Si lady Lavinia parlait au nom de sa sœur, celle-ci y trouvait peut-être son compte... Il avait cru au départ qu'elle cherchait à faire ombrage à son aînée. Et s'il s'était mépris sur toute la ligne ?

Lady Jane ne se permettrait pas de réprimander sa sœur si elle vivait sous sa coupe en permanence.

— Que peuvent bien apprécier ces dames ? poursuivit Lavinia d'un ton narquois. Les jeux, la frivolité ? Le plaisir ?

— Vinnie ! répéta Jane d'un ton plus sec.

— Très bien, je me tais, concéda-t-elle en riant.

En atteignant la grille de Hyde Park, Thaddeus se concentra sur sa conduite. Habitué à se déplacer à cheval, il n'était pas très à l'aise quand il s'agissait de manœuvrer un véhicule parmi les promeneurs.

Les deux jeunes femmes semblèrent s'en rendre compte, car elles se contentèrent d'échanger quelques messes basses. Thaddeus longea l'allée ceignant le parc en espérant trouver les jardins.

La mine déconfite du duc en découvrant qu'elle serait de la partie avait grandement amusé Lavinia. Cet homme avait quelque chose qui l'attirait de façon irrépressible, et son indifférence manifeste la contrariait.

Plus elle cherchait à s'imposer, plus il était fuyant.

Lavinia avait l'habitude d'être au centre de toutes les attentions, même si Jane était d'une beauté plus classique. Elle était si curieuse, si enjouée qu'elle entraînait ses interlocuteurs dans son sillage.

Cette ouverture d'esprit était une qualité pour découvrir le monde, mais un défaut pour attirer un époux potentiel. Aux yeux de la plupart des gentlemen, Lavinia était trop sûre d'elle. Aussi s'était-elle presque résignée à vivre en solitaire, trouvant la consolation dans l'écriture de romans et l'amour de sa famille.

— C'est là-bas ! décréta-t-elle en désignant des massifs de fleurs.

Le duc suivit ses instructions. Au moins, il acceptait les conseils d'une femme. Peut-être n'était-il pas aussi guindé, après tout…

Elle sentait sa cuisse puissante contre la sienne et la chaleur qui émanait de son corps. Que ressentirait-elle à palper ces muscles fermes ? À sentir son poids sur elle ? Elle aurait davantage de sensations à décrire dans ses ouvrages, mais ne serait pas plus avancée dans la vraie vie.

— Oh ! Les lys sont en fleur ! s'exclama Jane.

Le duc fit mine d'être surpris.

— Vous n'aimez pas les lys, symboles de pureté et d'innocence, Votre Grâce ? demanda Lavinia non sans audace.

— Certains, oui, quand ils sont discrets, blancs ou jaune pâle. Le lys tigré, en revanche, est trop criard à mon goût.

Il posa sur elle un regard appuyé, comme pour vérifier si le sous-entendu était assez clair.

— Les fleurs de couleur vive sont pourtant plus à même d'attirer les abeilles, objecta Lavinia, piquée au vif.

— Une abeille qui se laisserait influencer par la seule apparence d'une fleur manquerait cruellement de discernement.

— Suggérez-vous que certaines abeilles apprécient les fleurs aux tons subtils, Votre Grâce ? Et que le miel n'en est que plus savoureux ?

Où diable les menait cette joute verbale ridicule ?

— Je le suppose, répondit-il.

— Moi, j'aime toutes les fleurs, déclara Jane avec douceur.

Fidèle à son habitude, elle s'efforçait d'apaiser les esprits.

— Merci, Jane. Je me réjouis que tu défendes ce pauvre lys tigré qui ne demande qu'à être flamboyant sans qu'on le lui reproche.

— Pauvre lys tigré, railla le duc.

Il immobilisa l'attelage et mit pied à terre. Lorsqu'il tendit la main vers Lavinia, elle hésita. Pourvu que ce contact ne provoque pas chez elle un frisson trop manifeste.

Il avait la main ferme et chaude. Par chance, elle ne fut pas foudroyée. Il la relâcha dès qu'elle fut descendue de voiture, pour se tourner vers Jane. Celle-ci se montra plus prudente. Il garda sa main dans la sienne bien plus longtemps que nécessaire.

Lavinia eut toutes les peines du monde à réprimer un élan de jalousie. Bon sang ! Elle ne s'était jamais intéressée aux messieurs qui tournaient autour de Jane – et ils étaient nombreux, compte tenu de la beauté et de la dot de sa sœur.

Pourquoi celui-ci la troublait-il à ce point ?

— Faisons quelques pas, voulez-vous ? proposa-t-il en désignant les massifs de fleurs.

Lavinia interrogea Jane du regard. Pour une fois, elle ne voulait pas répondre à sa place.

— Volontiers, fit la jeune femme.

Le trio déambula dans les allées parmi les lys, les roses, les marguerites, cernés de haies taillées avec soin. Le soleil était caché derrière un nuage, mais il faisait assez doux pour se passer d'un châle.

— Quelle est votre fleur préférée ? s'enquit le duc.

Lavinia se retint de répondre. Il fallait que Jane s'exprime.

— Vinnie ? fit celle-ci, anxieuse.

— Je crois que c'est la rose. J'aime sa beauté et le fait que l'on peut se piquer en la cueillant.

Étonné par cet aveu, Thaddeus s'esclaffa.

— Dans ce cas, vous devez être friande d'artichauts, railla-t-il.

— Parce qu'ils sont de la famille des chardons ? Absolument !

Jane parut soulagée de les voir sourire en bonne intelligence. Elle était trop sensible. Mieux valait qu'elle épouse Henry McTavish au plus vite.

— Aimez-vous les artichauts, Votre Grâce ? lança Lavinia. Et le poisson ? Vous risquez d'avaler une arête. Et les champignons ? La rhubarbe ?

— La rhubarbe ? répéta-t-il, intrigué.

— Ses feuilles sont toxiques, expliqua la jeune femme. Jane, te souviens-tu du jour où Caroline s'est faufilée dans les cuisines et a chipé une feuille de rhubarbe ? Votre Grâce, elle a été malade pendant une semaine. D'après le médecin, elle serait morte si elle en avait ingéré davantage.

— Qui est Caroline ?

— Notre cousine. Sa mère est la sœur de notre père. Notre tante est partie... Elle n'est pas morte, elle est en voyage. Elle a eu Caroline dans quelque contrée lointaine. Te rappelles-tu quel pays, Jane ? Je voulais me renseigner, mais je n'en ai pas eu le temps.

— Non. Caroline étant très blonde, j'ai toujours cru que c'était un pays du Nord, comme la Suède ou le Danemark, mais aucun des deux.

Lavinia haussa les épaules.

— Bref, peu importe. Elle a failli mourir à cause de ces feuilles de rhubarbe.

Soudain, une idée lui vint et elle sourit.

— Jane, nous devrions organiser un dîner de tous les dangers ! Nous servirions des mets potentiellement toxiques et l'alcool coulerait à flots !

— Tout cela me semble un peu risqué, en effet, répondit la raisonnable Jane.

— Naturellement, puisque ce serait un dîner de tous les dangers !

Lavinia scruta les parterres.

— Je me demande s'il y a de la ciguë par ici… ou de la belladone.

— Vous envisagez de tuer quelqu'un ? s'enquit le duc.

— Bien sûr que non, imbécile ! lança-t-elle avec un geste de dédain.

Venait-elle vraiment de traiter un duc d'imbécile ?

— Je trouve simplement amusant d'y songer, reprit-elle plus doucement. La vie est pleine de dangers, alors autant prendre des risques. Dieu sait de quoi demain sera fait.

Le duc demeura pétrifié si longtemps qu'elle en fut un peu gênée, ce qui ne lui arrivait pas souvent. Elle se sentait ravie, anxieuse et curieuse à la fois. De toute évidence, le plus grand danger dans ce parc n'était autre que le duc lui-même. Incapable de quitter son regard, elle le vit esquisser un sourire entendu.

— Prendre des risques, murmura-t-il.

De façon inexplicable, le cœur de Lavinia se mit à battre la chamade.

Une femme m'accueillit sans un mot. Elle était plus âgée que moi – de l'âge de ma mère, peut-être – et avait les cheveux grisonnants. Sa posture était celle d'une gouvernante. À l'image des rideaux, elle était de noir vêtue, ce qui était déconcertant : je n'avais toujours croisé que des domestiques en uniforme clair. Elle me désigna une pièce à droite, éclairée par des chandelles.

— À qui appartient cette maison, je vous prie ?

Elle secoua la tête, refusant de répondre. J'entrai donc dans la pièce.

Mon inconscience a de quoi déconcerter, j'en conviens. Je me sentais courageuse, mais je sais désormais que j'ai commis une terrible erreur en pénétrant dans cette pièce. Une erreur qui me hantera pour le reste de mes jours.

Un ténébreux époux, de Percy Wittlesford.

5

À l'issue de cette promenade à Hyde Park, Thaddeus avait l'impression d'avoir essuyé une tempête. Si lady Jane était une douce brise printanière, sa sœur était… C'était une véritable force de la nature. Jamais il n'avait été à ce point assailli de pensées et d'images troublantes. Il avait aussi découvert qu'elle ne cherchait en rien à bâillonner lady Jane. Celle-ci n'était guère loquace, voilà tout.

Face à l'amour et la complicité qui les unissaient, il était un peu jaloux. Ses parents n'étaient guère démonstratifs, même s'ils l'aimaient. Leurs attentions pour leur fils n'allaient pas au-delà des exigences sociales en la matière.

Sur le chemin du retour, Thaddeus sourit au souvenir du « dîner de tous les dangers » suggéré par lady Lavinia. Il avait appris qu'elles seraient toutes deux au bal des Prescott, le lendemain soir. Pourvu qu'il ait reçu une invitation. Dans le cas contraire, de toute façon, un duc était le bienvenu dans tous les salons.

Il avait hâte de raconter sa promenade à Melmsford. Les quelques fois où il avait tenté d'orienter la conversation vers la mode, lady Lavinia s'était agacée…

— Melmsford ! lança-t-il en arrivant, Fletchfield lui ayant ouvert la porte.

Naturellement, il trouva son secrétaire dans la bibliothèque. Il travaillait trop.

— Un whisky, Fletchfield ! Avec deux verres.

Les deux hommes reprirent leurs places de la veille, sur le divan et le fauteuil, face à face. Melmsford s'efforçait de paraître aussi détendu que possible.

— Alors, Votre Grâce ?

Thaddeus se réjouit de l'intérêt que lui manifestait son secrétaire. Il le payait suffisamment pour exiger de sa part une attention de chaque instant, mais il préférait une sollicitude sincère – une denrée rare pour un duc. Les femmes ayant exprimé quelque curiosité à son égard, en dehors des sœurs Capel, n'avaient que son titre et sa fortune en ligne de mire. Les Capel étant très riches, elles visaient peut-être plutôt le prestige lié à son titre.

Il connaissait à peine lady Jane. Mieux valait ne rien précipiter, mais plus vite il serait marié, plus vite il serait libéré du fardeau de devoir trouver l'heureuse élue.

Fletchfield posa un plateau sur la table et s'éclipsa, comme la veille. Thaddeus appréciait ce majordome discret qui anticipait ses besoins. Pourvu que sa future épouse possède également cette qualité. Il était presque décidé à épouser lady Jane, tout compte fait. À quoi bon tourner autour du pot pour en arriver à la même conclusion, de toute façon ?

— La promenade s'est bien déroulée ? s'enquit Melmsford.

Thaddeus les servit, avant de prendre la parole.

— Oui… à ce détail près que sa sœur était présente. Lady Lavinia.

— Ah ! fit le secrétaire, étonné.

— Je ne vous le fais pas dire… Lady Jane est douce, respectable, agréable à regarder…

— Elle est même très belle, assura Melmsford.

Avant de rougir aussitôt.

— Certes. Je la crois capable de gérer un foyer. Naturellement, elle aurait Mme… Mme Webb pour l'assister.

— Votre décision est donc prise ?

Thaddeus hocha la tête et vida son verre.

— Oui. Je reverrai lady Jane au bal des Prescott, demain. Je lui demanderai sa main.

Il n'aurait plus à supporter toutes ces mondanités, ces lectures, ces bals où il redoutait toujours de marcher sur les pieds de ses partenaires.

Ensuite, il pourrait rester chez lui, se rendre dans ses propriétés, gérer ses affaires et engendrer un héritier. Pas forcément dans cet ordre.

Dès que les sœurs Capel purent échapper à l'interrogatoire en règle de leur mère, Jane se jeta sur son lit avec un soupir.

— Tu te sens bien ? s'enquit Lavinia en s'asseyant près d'elle.

— Oui… J'ai simplement besoin d'être un peu tranquille.

Lorsque sa sœur fit mine de se lever, elle la retint.

— Tu peux rester, imbécile !

Lavinia se mit à rire, ce qui déconcerta Jane.

— Tu ne m'as pas entendue traiter le duc d'imbécile, tout à l'heure ?

Jane en demeura bouche bée, puis elle pouffa à son tour. Les deux sœurs se mirent à chahuter comme deux enfants espiègles.

— Tu l'as traité d'imbécile ! souffla Jane en se calmant.

Lavinia sécha ses larmes de rire.

— Au moins, je n'ai pas dit « cornichon » ou « benêt ».

— Où vas-tu chercher tout cela, Vinnie ?

— Quand on est écrivain, il faut parfois avoir un langage fleuri, maîtriser plusieurs jargons, notamment celui des pubs.

— Ne me dis pas que tu as passé du temps dans un pub !

— Très bien, je ne te le dirai pas, rétorqua Lavinia avec malice. Mais c'est le cas...

— Oh !

Jane saisit un oreiller et le jeta sur sa sœur.

— Tu aurais pu m'emmener ! protesta-t-elle. Tu y es allée avec Percy, je parie !

Lavinia acquiesça en esquivant l'assaut.

— Je pensais que tu ne voudrais pas venir. De plus, ton M. McTavish est un peu...

Elle chercha un qualificatif approprié.

— Un peu quoi ? fit Jane d'un air soupçonneux.

— Rabat-joie ? hasarda sa sœur, qui esquissa une grimace. Enfin... il est tellement convenable et réservé qu'il ne semble guère s'amuser lors de nos réunions familiales. Nous sommes trop remuants pour lui.

— Autrement dit, il me ressemble, résuma Jane en croisant les bras d'un air fâché.

— Voilà ! Vous êtes donc parfaitement assortis.

— Sans doute, admit son aînée. Il est urgent de décourager le duc. Maman ne me permettra jamais de refuser une demande en mariage de sa part. Et telle que je me connais, je risque d'accepter malgré moi si je suis seule en sa compagnie. Si seulement je te ressemblais davantage, soupira Jane en s'allongeant à nouveau sur son lit, les bras écartés. J'aimerais pouvoir dire ce que je pense en toutes circonstances.

— Traiter un duc d'imbécile, par exemple ? T'imposer lors d'une promenade en tête à tête ?

— Tu es toujours présente à mes côtés, heureusement, admit Jane avec tendresse. Je te pardonne même d'avoir traité M. McTavish de rabat-joie.

— C'est pourtant la stricte vérité, rétorqua sa cadette, espiègle.

Pour toute réponse, Jane lui lança un autre oreiller qui, cette fois, atteignit sa cible.

— Quoi qu'il arrive, Vinnie, ne me laisse pas seule avec lui.

Le lendemain soir, elles assistaient au bal des Prescott. Jane avait tenté d'invoquer une migraine pour échapper à cette soirée, mais sa mère s'était contentée de lui faire avaler un remède et de lui tendre ses gants.

— J'aurais dû me munir d'une épée, répondit Lavinia. J'aurais au moins pu le provoquer en duel.

— Les duels sont illégaux, et ces messieurs s'affrontent au pistolet.

— C'est un détail. Les héros de mes romans ne sortent jamais sans armes et sont prêts à se battre en duel à tout moment, expliqua fièrement la jeune femme.

Jane leva les yeux au ciel, et Lavinia soupira.

— Tu ne connais rien à la littérature…

Leur arrivée avait été annoncée quinze minutes plus tôt, et elles s'étaient réfugiées derrière une des immenses statues qui ornaient la salle.

Les Prescott étaient aussi riches que les Capel et, comme eux, ils n'étaient pas tout à fait respectables. Ils avaient également une fille à marier, même si Phoebe n'avait ni le caractère de Lavinia, ni la beauté de Jane.

La salle de bal était opulente et le buffet bien garni. Il était manifeste que le gentleman qui mettrait le grappin sur Phoebe ferait une excellente affaire financière.

— Le duc verra peut-être en Phoebe Prescott la duchesse idéale, hasarda Lavinia.

Elles scrutèrent la foule en quête de la jeune fille, qui trônait au milieu de la pièce, entourée d'une nuée de prétendants. Son rire sonore était reconnaissable entre mille.

— Mais je doute que le duc recherche une épouse ayant le sens de l'humour. Du moins, une femme qui éclate de rire pour un rien, ajouta-t-elle.

— Si seulement je riais davantage, se plaignit Jane.

— Tu dois rester toi-même, que tu cherches un mari ou que tu n'en veuilles pas.

— Tu as raison. Et si le duc parlait d'abord à papa ? Ou à maman ?

— Papa est en voyage d'affaires pendant quelques jours, et le duc ne s'entretiendrait jamais avec maman avant d'avoir consulté notre père. Je ne te quitterai pas d'une semelle, promit Lavinia en lui prenant le bras. Sauf quand tu danseras. Ce serait un peu bizarre… même de ma part.

Jane rit de bon cœur, comme l'espérait sa sœur. Puis elle s'interrompit brusquement.

— Seigneur… voici maman, souffla-t-elle.

Cette dernière avançait vers elles d'un pas déterminé, des plumes dans les cheveux.

— Oh non, marmonna Lavinia en découvrant l'expression satisfaite de leur mère.

— Te voici, Jane ! Et toi aussi, Lavinia. La voiture du duc est arrivée.

Elle se mit à pincer les joues de Jane, mais sa cadette s'interposa.

— Jane est superbe, maman, murmura-t-elle.

La malheureuse avait déjà les joues rouges de honte.

— Sa Grâce le duc de Hasford ! annonça le majordome.

Tous les regards se tournèrent vers l'entrée de la salle. En découvrant la prestance de Thaddeus, Lavinia eut le souffle coupé. Dans l'encadrement de la porte, il semblait tout droit surgi d'un tableau représentant un dieu grec dans toute sa majesté. Avec sa tenue de soirée, il dégageait une telle puissance que c'en était époustouflant.

Lavinia se mordit la lèvre. Pourquoi se comportait-elle comme une de ses héroïnes face à cet homme ?

Le duc s'avança pour saluer ses hôtes d'un signe de tête, tout en balayant l'assemblée d'un regard perçant qui s'attarda sur Jane. Il esquissa un sourire.

« Oh non, songea Lavinia. Pas question ! »

Il vint à leur rencontre.

Thaddeus commençait à s'habituer à susciter l'attention parmi la bonne société. Dans l'armée, s'il impressionnait ses hommes, c'était pour son courage, non pour son titre.

Il espérait qu'il ne regretterait pas d'avoir préféré les salles de bal aux champs de bataille. Heureusement, il avait un but à présent, grâce à une jeune femme en robe blanche, flanquée de sa mère et de son incontournable sœur. Il garda les yeux rivés sur lady Jane en approchant.

Oui, c'était une bonne idée de vouloir l'épouser. Elle l'assisterait dans ses activités ducales et apporterait un peu de joie dans sa vie.

— Bonsoir madame, mesdemoiselles.

Si elles esquissèrent toutes les trois une révérence, Lavinia fut la seule à ne pas baisser les yeux. Il se sentit... vulnérable, mis à nu, comme si elle lisait ses moindres pensées, ses désirs les plus profonds.

Il n'appréciait pas le moins du monde les sensations que cette jeune femme faisait naître en lui.

— Comment allez-vous, monsieur le duc ? Ma fille Jane est ravissante ce soir, n'est-ce pas ?

La moue de Lavinia n'échappa pas à Thaddeus. La préférence manifeste de sa mère lui donna envie de prendre sa défense.

— Vos deux filles sont ravissantes, corrigea-t-il.

C'était la vérité. Si lady Jane était un lys délicat, sa sœur était sublime dans cette robe bleue assortie à ses yeux, dont la coupe sobre soulignait ses courbes. Ses cheveux châtains étaient relevés sur sa tête, révélant la délicatesse de sa nuque.

— Merci, Votre Grâce, déclara-t-elle, toutefois sceptique.

— Lady Jane, m'accorderez-vous une danse ce soir ? Et vous aussi, lady Lavinia ?

La courtoisie l'empêchait de n'inviter que l'aînée.

— Avec plaisir, Votre Grâce, répondit lady Scudamore à leur place.

Elle saisit le carnet de bal de Jane et le tendit au duc, tandis que Lavinia tentait de dégager le sien de son poignet. Lady Scudamore fournit un crayon, qu'il utilisa pour inscrire son nom sur les deux carnets.

— À tout à l'heure, alors, dit-il en s'inclinant.

Les dames plongèrent dans une révérence avant qu'il s'éloigne. La gorge nouée, il croisa de nombreux regards intrigués.

Plus vite il convolerait, plus vite cette comédie serait terminée.

D'abord, je ne vis rien. Sur le seuil de la pièce, j'attendais que mes yeux s'accoutument à la pénombre.

Peu à peu, je pus discerner quelques détails : une cheminée sans feu, un grand bureau à une extrémité, des rayonnages chargés de livres aussi austères que les meubles. Comment pouvait-on éprouver le moindre plaisir à lire dans un tel cadre ?

Puis je le vis, lui.

Un ténébreux époux, de Percy Wittlesford.

6

— Lady Lavinia ?

Le duc tendit une main vers elle, les yeux rivés sur un point situé au-dessus de son épaule droite. Pourvu qu'il s'agisse d'une autre femme suscitant son intérêt ! Elle en doutait car, après avoir dansé avec le duc, Jane était plus convaincue que jamais qu'il allait bientôt la demander en mariage.

Lavinia devait agir au plus vite pour contrecarrer les projets matrimoniaux de sa mère et du duc.

— Merci, Votre Grâce, dit-elle en prenant sa main, avant de poser l'autre sur son épaule.

Il eut une seconde d'hésitation avant de la prendre par la taille.

La chaleur de sa main troubla la jeune femme au plus haut point. Seigneur ! Si ce simple geste suffisait à la désarçonner, comment réagirait-elle si… Non, il ne fallait pas y penser.

— Passez-vous une bonne soirée ? s'enquit-il en l'entraînant sur la piste.

— Vous tenez vraiment à le savoir ?

Elle se mordit la langue. Impossible de ravaler cette maladresse. Le duc semblait exaspéré. Elle avait le don d'agacer les gens – à part Jane et Percy, bien sûr. Et encore, sa sœur la réprimandait de temps en temps.

Elle tenta de se justifier :

— Pourquoi faut-il en permanence être courtois les uns envers les autres ? Ne serait-il pas plus agréable de dire ce que l'on pense, et non ce que l'on est censé dire ?

Surpris, lord Hasford soutint son regard. À la bonne heure ! Elle avait réussi à l'intriguer. Mais en quoi était-ce une victoire ?

— Ce serait une atteinte remarquable aux conventions sociales, lady Lavinia.

— Justement !

Le rire rauque du duc fit naître en elle une onde de chaleur. Ils dansèrent sans échanger une parole pendant quelques minutes. Lavinia aimait le contact de sa main sur sa taille et de son épaule ferme sous ses doigts. L'orchestre ne semblait pas enclin à conclure le morceau. Sa mère avait-elle payé les musiciens afin qu'ils en rajoutent, en pensant à tort que Jane serait sur la piste avec le duc ?

— Je préférerais être chez moi, avoua-t-il de but en blanc.

Lavinia émergea de ses pensées.

— Pardon ?

Il désigna le bord de la piste et, d'un hochement de tête, elle admit que leur danse était terminée. Ils observèrent les autres couples de danseurs. Jane avait pour partenaire un prétendant particulièrement empressé. Heureusement, lady Scudamore savait qu'il n'était qu'un coureur de dot. De plus, il n'était pas assez respectable pour épouser sa fille.

— Depuis que je suis devenu duc – bien malgré moi, comme vous le savez...

Elle acquiesça. Qui ignorait comment il avait hérité ? « Le duc malgré lui »... « Un excellent titre de roman », songea-t-elle. Il avait déjà tout d'un héros ténébreux.

Et voilà que ces sensations inopportunes revenaient à la charge !

— ... je me rends compte que nous jouons tous un rôle, poursuivit-il sans se rendre compte du trouble de sa compagne. Je veux simplement faire ce qui est de mon devoir envers mon patrimoine et ma lignée. Il semble que ma présence à ce genre de soirée soit incontournable.

Pas étonnant qu'il soit désireux de convoler au plus vite. Il en avait assez de ces simagrées, mais ne pouvait s'en dispenser avant d'avoir une épouse. L'espace d'un instant, elle ressentit une certaine compassion pour lui, car il n'avait pas grandi dans l'attente de ce titre et avait embrassé une carrière militaire avant de devoir assumer le duché.

Puis elle se rappela qu'il avait choisi Jane, et que celle-ci risquait fort d'accepter malgré elle sa demande en mariage, s'il se montrait suffisamment persuasif. Une telle union serait une catastrophe pour elle.

Face à son silence, il l'observa, à nouveau hésitant... et touchant.

— Lady Lavinia ?

— Oui, bien sûr. Je vous comprends. Il est difficile d'échapper à la pression de la société, soupira-t-elle en pensant à sa famille. Percy en sait quelque chose.

Si elle ne regrettait en rien l'existence de Percy et Caroline, leur présence sous leur toit risquait de les faire basculer du côté des personnes infréquentables. Voilà pourquoi sa mère tenait tant à marier Jane à un duc.

— C'est pourtant votre frère qui a écrit ces romans, n'est-ce pas ? s'enquit-il, se méprenant sur ses paroles.

— Je ne pensais pas aux livres de Percy, rétorqua-t-elle. Mais dès qu'il apparaît en public, les gens pensent à ses origines.

— Ah oui... veuillez m'excuser, dit-il, à sa grande surprise.

« Le duc contrit » n'était pas un si bon titre.

— Je connais ce sentiment grâce à mon cousin Sebastian, M. da Silva, l'homme qui fut duc avant de ne plus l'être.

— Bien sûr… je l'avais oublié. Êtes-vous toujours en bons termes avec lui ?

Offusqué, il se crispa.

— Naturellement ! La situation de Sebastian ne saurait effacer des années d'amitié et de liens familiaux. Ce n'est pas sa faute, mais celle de sa mère.

— Vous êtes un ami loyal, commenta Lavinia.

— C'est la moindre des choses. J'essaie de faire ce qui est bien.

Alors que d'autres, à sa place, auraient dilapidé leur nouvelle fortune tombée du ciel, il s'efforçait d'être le meilleur duc possible. S'il avait renoncé à sa carrière militaire, c'était pour ne pas mettre son titre en péril. Et s'il cherchait une épouse, c'était parce qu'il fallait assurer la pérennité du duché.

Il ferait toujours son devoir.

— Lady Lavinia, je suis tenu de danser avec Mlle Prescott, la fille de nos hôtes. Si vous voulez bien m'excuser…

Encore son devoir. Elle le regarda se frayer un chemin dans la foule. Il dominait l'assemblée d'une bonne tête. Si seulement Jane pouvait exprimer clairement ce qu'elle voulait… Hélas, ce n'était pas le cas et Lavinia devrait régler le problème, comme d'habitude. Elle était prête à tout pour protéger sa sœur…

Cette conversation avec lady Lavinia, ces confidences avaient ébranlé Thaddeus. Décidément, il fallait qu'il se marie au plus vite. Il ramena Mlle Prescott à sa mère, qu'il complimenta pour le succès de sa réception. Enfin, il partit en quête de lady Jane – sa promise, si les choses se déroulaient comme prévu.

Il devait admettre que lady Lavinia avait raison : il était préférable d'exprimer ce que l'on avait en tête. Il repéra vite les cheveux blonds de Jane et se dirigea vers elle, un peu anxieux.

Et si elle refusait ? Ou, pire encore, si elle acceptait et que, finalement, ils ne s'entendent pas ? Mais ils s'entendraient, car la jeune femme cochait toutes les cases de sa liste, au moins les plus importantes. Quant au reste, son personnel et lui combleraient ses lacunes.

— Votre Grâce ! s'exclama lady Scudamore.

— Lady Ja...

— Oui, Votre Grâce, coupa Lavinia. Vous souhaitez admirer la collection de peintures des Prescott, c'est bien cela ?

Il l'observa d'un air soupçonneux.

— Jane aimerait les voir, elle aussi, intervint lady Scudamore en foudroyant Lavinia d'un regard si noir que Thaddeus eut presque de la peine pour elle.

— Hélas, Jane a promis une danse à M. Robins, je crois, rétorqua Lavinia en vérifiant le carnet de bal de sa sœur. Quel dommage ! Pour ma part, je suis libre. Le moment est bien choisi pour contempler ces toiles. Elles sont exposées dans cette salle, là-bas...

Un silence gêné s'installa, durant lequel Thaddeus chercha comment s'extirper de ce pétrin en restant diplomate.

— Vous m'avez dit aimer la peinture..., dit-il à Jane.

— En effet, admit celle-ci avec un sourire hésitant. Mais les connaissances de ma sœur sont bien plus étendues que les miennes, dans ce domaine.

— L'affaire est donc entendue ! décréta Lavinia qui prit le bras du duc. Nous allons jeter un coup d'œil à cette collection dès à présent. Si vous voulez bien nous excuser...

Malgré lui, Thaddeus suivit la jeune femme dans une pièce tout en longueur. Il y avait déjà quelques invités, mais ils se trouvaient à l'autre extrémité, absorbés dans la contemplation des œuvres.

Les toiles, éclairées par des chandelles, n'étaient pas du goût du duc. Si c'était là le style prisé par lady Lavinia…

— Vous ne pouvez pas épouser ma sœur.

Thaddeus tressaillit. Elle avait lâché son bras pour lui faire face. Elle était petite, par rapport à lui.

— Pardon ? chuchota-t-il en regardant les autres invités, qui n'avaient rien entendu.

— Ma sœur, énonça-t-elle, agacée. Vous ne pouvez pas l'épouser.

— Et pourquoi pas ?

Cela ne la regardait en rien, et il refusait cette conversation pour le moins déplacée.

— Si vous n'êtes pas venue ici pour regarder des tableaux, grommela-t-il, je peux vous raccompagner dans la salle de bal…

Elle lui agrippa le bras et s'approcha encore.

— Vous ne feriez qu'une bouchée de la pauvre Jane. Elle n'a pas l'étoffe d'une duchesse, surtout avec un duc tel que vous.

Piqué au vif, Thaddeus laissa libre cours à sa colère, pour une fois.

— Qu'est-ce que vous me reprochez, au juste ?

Il était furieux contre cette impertinente qui l'agaçait comme personne – pas même comme son ami Nash, qui avait tendance à frapper avant de réfléchir. Par chance, Thaddeus était aussi impressionnant que lui.

— Vous êtes…

Elle lâcha son bras et eut un geste d'impuissance :

— Vous êtes… *vous* !

— On peut dire que c'est un argument de poids, railla-t-il. Je suis moi. La belle affaire.

En plongeant dans son regard, il remarqua une émotion manifeste. Son corps irradiait une chaleur intense. Elle ajouta :

— Il est évident que vous vous intéressez au mariage, ce qui est compréhensible, mais en aucun cas vous ne pouvez épouser Jane. Je vous implore de ne pas mener à bien ce projet.

Elle lui reprit le bras, mais il se dégagea vivement de son emprise. Hélas, un bouton de sa manche se prit dans le tissu de sa robe. Déséquilibrée, la jeune femme vacilla.

La scène qui suivit se déroula comme dans le pire de ses cauchemars. Elle chuta en avant et se retrouva plaquée contre son corps. Il bascula en arrière et s'écroula, heurtant un meuble et se meurtrissant le dos au passage. Il ne put réprimer un cri.

Lady Lavinia était littéralement allongée sur lui. Affolée, elle posa les mains sur ses épaules pour tenter de s'écarter. Lui-même essaya de la repousser. Malencontreusement, il posa une main sur un sein.

— Lavinia !

Mortifié, Thaddeus ferma les yeux en reconnaissant la voix de lady Scudamore, qui s'approchait d'un pas vif. Et elle n'était pas seule. Lady Lavinia était toujours plaquée sur lui, ses seins contre son torse. En levant son autre main, il arracha un lambeau de tissu, sans doute de sa robe. La situation devenait catastrophique.

— Nom de Dieu, maugréa-t-elle en se redressant enfin.

Rouvrant les yeux, il prit conscience de l'ampleur du désastre. La robe de la jeune femme était déchirée d'un côté, et ses cheveux décoiffés tombaient lamentablement sur ses épaules. Bouche bée, le regard fou, elle avait le souffle court.

Lady Scudamore semblait atterrée. Attirés par le brouhaha, de nombreux invités assistaient au spectacle. Face à la stupeur générale, Thaddeus comprit ce qu'il lui restait à faire.

— Non..., fit Lavinia en secouant la tête. *Non !*

— Il le faut, répondit-il à voix basse. Nous le devons.

Jane surgit et les dévisagea tour à tour, puis elle parut arriver à la même conclusion que le duc.

— Vinnie... qu'as-tu donc fait ? demanda-t-elle, horrifiée.

— Rien du tout ! s'insurgea Lavinia. Je n'ai rien fait !

Hélas, personne ne l'écoutait. Jane, sa mère, le duc et elle étaient installés dans le salon des Capel, là où la fratrie s'était réunie quelques jours plus tôt. À cette époque, elle connaissait à peine l'existence du duc...

— Nous nous marierons dans trois semaines.

Il avait la mine si grave que Lavinia eut un élan d'empathie, mais elle se rappela vite que s'il affichait cette expression, c'était parce qu'il se sentait *obligé* de l'épouser.

— Rien ne nous contraint à ce mariage, objecta-t-elle.

Obstiné, il secoua la tête.

— Songe au scandale ! s'emporta sa mère.

— C'est le comble ! rétorqua la jeune femme. Avec les innombrables scandales qui ont éclaboussé notre famille, tu crois vraiment que la bonne société s'étonnerait que je n'épouse pas le duc ? Ils trouveraient cela normal de ma part, au contraire.

En se tournant vers Jane, elle remarqua sa peine, non parce qu'elle ne se marierait pas avec le duc, bien sûr, mais parce que...

Bon sang ! Si Lavinia provoquait un nouveau scandale, les parents de M. McTavish s'opposeraient à l'union de leur fils avec Jane. Cette triste vérité la heurta de plein fouet. Il faudrait qu'elle aille jusqu'au bout, qu'elle épouse le duc afin de permettre à sa sœur d'être heureuse…

— Lavinia, j'aimerais te dire deux mots seule à seule, fit Jane.

Elle avait retrouvé son calme coutumier. Lavinia s'apprêta à résister aux arguments de son aînée : celle-ci la supplierait sans doute de ne pas épouser le duc, malgré les conséquences pour Henry et elle. Jane était trop altruiste. Pourvu que M. McTavish soit digne d'elle !

— Nous revenons très vite, dit-elle à leur mère pour couper court à toute protestation.

Elles se réfugièrent dans la salle à manger déserte. Le clair de lune baignait la pièce d'une étrange lueur, un peu inquiétante, et projetait des ombres sur la table familiale.

— Tu n'es pas obligée de le faire, commença Jane avec une sincérité qui lui serra le cœur.

— Tu sais bien que si, répondit Lavinia. Écoute, je dois te l'avouer : je trouve le duc plutôt… séduisant.

C'était un euphémisme pour décrire les réactions que ce parangon de virilité déclenchait en elle.

— Je suis sûre qu'il fera un bon mari, ajouta-t-elle. Il faut bien que l'une de nous deux vive la vie qu'elle mérite.

Au bord des larmes, Jane prit sa sœur dans ses bras. Lorsqu'elles fondirent en larmes, Lavinia comprit qu'elle avait pris la bonne décision.

Sa famille ne pouvait endurer un nouveau scandale, en réalité, et sa mère ferait de son existence un enfer si elle refusait. De plus, dans ce cas, celle-ci trouverait un moyen de contraindre le duc à se reporter sur Jane, qui perdrait toute chance de connaître le bonheur avec son cher Henry.

Et une petite partie d'elle-même avait envie de l'épouser…

Enfin, elles se séparèrent et séchèrent leurs larmes.

— Rejoignons les autres, suggéra Lavinia.

Elle devait avoir une mine épouvantable, les yeux rougis et gonflés. En la voyant, le duc risquait de prendre ses jambes à son cou. Au moins, le problème serait réglé, songea-t-elle avec ironie.

Elle retourna auprès du duc et de leur mère. Vers son destin.

Je dois avouer que mon cœur se mit à battre à un rythme effréné, comme s'il cherchait à s'échapper de ma poitrine.

Non parce qu'il était hideux, bien au contraire, mais parce que son apparence se voulait la plus menaçante possible.

Et j'étais assurément en danger.

Un ténébreux époux, de Percy Wittlesford.

7

Thaddeus regarda la jeune femme – sa future épouse – quitter la pièce. Il avait envie de frapper la table à son côté. Jamais il ne réagissait avec violence, au contraire de son ami Nash, mais il avait l'impression de voir son avenir se fermer à jamais.

Il passerait le reste de ses jours avec une femme qui l'irritait, qui attisait ses sens, et qui n'avait aucune envie de l'épouser. Sans parler de son opposition farouche à un mariage avec sa sœur. Pourquoi avait-elle voulu l'empêcher, que diable ?

— Lavinia ne devrait pas tarder, déclara lady Scudamore, visiblement anxieuse.

Maintenant qu'elle avait mis le grappin sur un duc, elle redoutait de laisser filer sa prise.

— Elle est assez... vivace, expliqua-t-elle. Si elle ne possède pas la beauté de sa sœur, elle est délicieuse à sa façon.

Elle semblait si peu convaincue que, une fois de plus, Thaddeus eut envie de prendre la défense de la jeune femme.

— Lavinia a toujours aimé lire et donner son avis. Sa première qualité est une loyauté sans faille envers sa famille. Elle ferait n'importe quoi pour nous, précisa-t-elle fièrement.

Autrement dit, elle ferait passer sa famille avant lui, tout le contraire de ce qu'il recherchait.

De plus, il la soupçonnait d'adorer la littérature. Sans doute lisait-elle avidement ces romans, de sorte qu'elle ne se consacrerait pas exclusivement à son rôle de duchesse. Lorsqu'il avait admis ne pas lire, elle avait posé sur lui un regard de dédain.

Thaddeus n'avait rien contre la lecture tant qu'elle n'empiétait pas sur les devoirs liés à son titre. À cause des livres, lady Lavinia était exubérante et n'hésitait pas à donner son avis. Il préférait ne pas connaître ses opinions, qu'il ne partageait certainement pas.

— J'espérais vous voir choisir Jane, reprit lady Scudamore.

Il n'avait pas vraiment eu le choix. Il s'était retrouvé littéralement avec lady Lavinia sur les bras.

— Néanmoins, je me réjouis tout autant que vous ayez opté pour ma cadette.

— Oui, répliqua-t-il sèchement.

Il percevait son désarroi sans doute égal au sien face à cette vérité : ils allaient se marier. Si toutefois la jeune femme réapparaissait. Peut-être déciderait-elle de s'enfuir avec sa sœur. Se brouiller avec sa famille, être ruinée aux yeux de tous était-il préférable à une union avec un duc immensément riche et influent ?

Elle ne pouvait être à ce point stupide.

En entendant la porte se rouvrir, Thaddeus soupira, à la fois soulagé et au bord de la panique. D'instinct, il se leva et observa les deux sœurs tour à tour. Elles avaient pleuré, comme en attestaient leurs yeux rougis. Bon sang !

Pourquoi diable avait-il fallu que lady Lavinia l'entraîne vers ces maudits tableaux ? Et qu'elle s'écroule sur lui ? Elle n'avait aucune envie de l'épouser, c'était évident. La stupeur de la jeune femme n'avait pas été feinte. La situation était inextricable.

— Je me charge des formalités, annonça-t-il, la mâchoire crispée.

— Ce n'est pas..., commença Lavinia.

Lady Scudamore lui coupa la parole :

— Ma fille, duchesse ! Pas celle qui était prévue, certes, mais...

— Lady Lavinia, je suis heureux que vous m'ayez fait l'honneur d'accepter ma demande.

Il était incapable de croiser son regard.

— Mais je n'ai pas...

— Cette décision étant prise, j'ai certaines tâches à accomplir, poursuivit-il.

Défouler sa colère, dans un premier temps. Puis s'entretenir avec le père de la jeune femme et régler les détails du mariage, faire publier les bans et se résigner à une morne existence, en espérant ne pas toujours trouver sa femme aussi irritante qu'à cet instant.

— Je vous enverrai un message quand tout sera prêt, conclut-il.

Sur ces mots, il quitta la pièce sans un dernier regard.

— Que diable s'est-il passé ?

Sebastian, le cousin de Thaddeus, ancien duc de Hasford, se tenait dans le petit salon de la modeste maison qu'il partageait avec sa femme. Ses chiens étaient aux pieds de Thaddeus, qui les observa d'un air soupçonneux.

En quittant les Capel, il comptait rentrer chez lui pour soumettre son problème à Melmsford et chercher avec lui les mesures à prendre.

En chemin, il s'était dit que s'il existait un moyen de ne pas être accablé par cette situation, Sebastian le connaîtrait.

Ce n'était sans doute pas le cas.

Certes, il était plus de deux heures du matin lorsque Thaddeus avait frappé à la porte, pour trouver un Sebastian hagard et échevelé.

— Que s'est-il passé ? lui avait-il demandé en nouant la ceinture de son peignoir.

Thaddeus n'avait pu prononcer un mot.

— Assieds-toi.

Sebastian s'installa en face de lui, sur un divan.

— Les choses ne se déroulent pas comme prévu, Sebastian. J'avais dressé une liste…

— Naturellement ! coupa son cousin non sans ironie.

— Et cette femme, lady Lavinia, n'a vraiment rien à voir avec cette liste. Sa sœur était la candidate idéale avec sa beauté, sa réserve, ses bonnes manières…

— Dois-je en conclure que la sœur est affreuse, agressive et désireuse d'attirer l'attention en permanence ?

— Pas à ce point, admit le duc en esquissant un sourire.

Au plus profond de lui-même, il la trouvait attirante et brûlait désormais de la voir nue dans son lit. Sans doute serait-ce l'unique aspect agréable de sa vie conjugale. Il pourrait se libérer de ses pulsions sexuelles. Mais si elle ne partageait pas ce penchant ? Si elle était horrifiée à l'idée de s'unir à lui charnellement ?

— Je me réjouis d'apprendre qu'elle n'est pas un monstre, approuva son cousin. Que comptes-tu faire ? Tu dois avoir un projet en tête…

— Un projet ! s'exclama Thaddeus. Tu as raison, il me faut établir un projet.

Sebastian alla chercher une feuille de papier et une plume dans un tiroir.

— Si cela peut te rassurer, dit-il en lui tendant le tout.

Thaddeus posa la feuille sur sa cuisse et l'encrier sur un coussin, puis il saisit la plume.

Son projet initial de mariage venait de voler en éclats. Que faire, à présent ? Il ne lui restait qu'à adapter sa stratégie en conséquence, comme un officier en temps de guerre.

— Lavinia, tu ne peux pas faire ça !

Au cours de la semaine qui venait de s'écouler, Percy n'avait cessé d'exprimer sa réprobation. Sa sœur se contentait d'un vague sourire en secouant la tête en signe de résignation. Elle ne parvenait pas encore à faire bonne figure, en dépit de ses efforts, et à masquer son désespoir et sa tristesse. Jamais elle ne ferait au duc l'affront d'avouer ces sentiments, même dans l'intimité familiale.

Naturellement, Jane en était consciente.

— Je lui ai dit la même chose, mais elle ne m'écoute pas, renchérit-elle avec douceur. Je lui ai répété que si elle provoquait un scandale en refusant ce mariage, les McTavish finiraient par entendre raison. Henry m'a informée qu'ils songeaient à m'inviter dans leur loge au théâtre, d'ici quelques semaines.

Sur le point de rétorquer, Lavinia se ravisa. De quel droit les McTavish se montraient-ils aussi condescendants envers Jane, qui valait bien mieux que leur blanc-bec de fils ! Percy croisa son regard furibond et lui fit signe de se maîtriser.

— Même sans tenir compte des McTavish, répondit Lavinia, la réputation du duc est en jeu.

C'était manifeste, depuis l'annonce des fiançailles. Les journaux à scandale se délectaient de rappeler les circonstances dans lesquelles il avait obtenu son titre, suggérant une lignée contestable.

Et pourtant, quiconque avait rencontré Thaddeus savait que c'était un homme d'honneur. Sa détermination à épouser la jeune femme, en dépit de leurs différences et de sa préférence pour Jane, en attestait.

— Je refuse de nuire à sa réputation de quelque façon que ce soit. Il faudrait qu'il trouve lui-même un moyen d'éviter cette union, une porte de sortie honorable qui ne ternirait en rien son image.

— Même toi, tu n'as pas une imagination assez fertile pour élaborer une telle intrigue, objecta Percy.

— Merci ! railla Lavinia. Ce mariage est donc inévitable, et je vais devoir en tirer le meilleur parti. Au moins, nous n'aurons pas à endurer de longues fiançailles et d'interminables réceptions.

— Qu'est-ce qui te plaît chez lui ? demanda Jane.

Chère Jane ! Elle cherchait toujours ce qu'il y avait de meilleur chez une personne. Mais il ne serait pas convenable d'évoquer les cuisses fuselées du duc.

— Eh bien... il me semble assez fort pour me soulever et me faire franchir un tronc d'arbre abattu qui se dresserait sur notre chemin... Et il aime la peinture.

— Un tronc d'arbre abattu..., répéta Percy, perplexe. Tu fondes donc ta vie de couple sur la chute d'un arbre...

— Je ne peux rien y faire, expliqua-t-elle, gênée. Je ferai contre mauvaise fortune bon cœur. J'avoue que j'admire son sens de l'honneur.

Peut-être devrait-elle dresser une nouvelle liste : les choses qu'elle appréciait chez son futur mari.

— Même s'il ne me réussit pas toujours, ajouta-t-elle.

— Ce sera bien la première fois que tu feras contre mauvaise fortune bon cœur, commenta Percy.

Elle le foudroya du regard, même s'il avait raison. En général, elle se rebellait contre la moindre injustice au lieu d'être conciliante.

Au moins, elle pourrait admirer à loisir les cuisses fuselées du duc – un élément crucial pour sa liste, songea-t-elle avec un sourire.

Il ne parla pas tout de suite. Il trônait au centre de la pièce, ses bottes bien campées sur un vieux tapis élimé. Les bras croisés sur son torse, il m'observait comme si j'étais un insecte ou une créature peu digne d'intérêt. Naturellement, étant telle que je suis et déterminée à aller jusqu'au bout, j'y vis un défi.

— Je suis lady Rosalind Faringsworth, déclarai-je, la tête haute. Je viens sur votre invitation, je présume.

— Vous présumez bien, madame, répondit-il.

Sa voix rauque me fit frémir de la tête aux pieds. Son accent ne m'était pas familier et rendait chaque mot encore plus inquiétant.

Un ténébreux époux, de Percy Wittlesford.

8

— Si je devais décrire le jour de mon mariage dans un roman, maugréa Lavinia, ce serait un jour de tempête, avec des éclairs, des trombes d'eau sur Londres, un vent violent agitant les branches des arbres.

Elle regarda par la fenêtre et fit la moue.

Il faisait un temps de rêve. Le soleil brillait dans un ciel bleu parsemé de quelques nuages duveteux. La température était idéale.

— Pardon ? dit Jane, qui ajustait les jupons de sa sœur. Cesse donc de gigoter ! Je veux que ta tenue soit parfaite.

Malgré le manque de temps pour trouver une robe digne de l'occasion, lady Scudamore avait traîné une Lavinia réticente et une Jane serviable chez sa couturière, qui avait réussi à transformer une robe de bal.

Lavinia la trouvait magnifique, avec son décolleté ourlé de dentelle, à la fois audacieux et sage, et sa taille marquée par une ceinture d'un ton plus foncé que le tissu crème. La couturière avait ajouté du tulle qui donnait à l'ensemble un aspect féerique. Sauf qu'une fée n'épousait pas un duc à la hâte…

Elle était consciente de dramatiser un peu, même si son destin était désormais lié à celui d'un homme dont elle ignorait presque tout.

Que savait-elle, en réalité ?

1. Il semblait mince et musclé.
   a. Elle le trouvait terriblement séduisant.
2. Il n'aimait pas la lecture.
3. Il était déterminé à toujours faire ce qu'il fallait, quoi qu'il en coûte.
4. Ses cuisses (ce n'était pas une information mais le détail ne manquait pas d'intérêt*).
5. Il avait gardé la rigueur de l'ancien militaire qu'il était.

* Sans doute à classer avec les éléments du numéro 1, mais ces cuisses méritaient une mention spéciale.

Ce n'était pas grand-chose, en fait. Mais…

— Lavinia ?

— Quoi encore ?

Jane la toisait d'un air soucieux.

— Tu marmonnais, une fois de plus, la réprimanda-t-elle en posant les mains sur ses épaules. Il n'est pas trop tard pour renoncer, tu sais.

— Si, il est trop tard, répondit Lavinia à sa sœur en l'étreignant. Tu seras heureuse. De plus, le duc ne sera pas le pire des maris, j'en suis certaine.

— Maigre consolation…

— Aide-moi à poser mon voile.

La pièce de tulle blanc simple mais élégante ornait une couronne de fleurs d'oranger et descendait jusqu'aux genoux de la jeune femme. Le duc devrait se montrer habile pour la soulever au moment du baiser traditionnel.

Le baiser… Seigneur ! Elle allait recevoir son premier baiser ! Dans une église, devant tout le monde, de la part d'un quasi-inconnu.

Ensuite viendrait la nuit de noces…

— Lavinia ! répéta Jane, inquiète.

L'appréhension devait se lire sur son visage.

— Je peux faire quelque chose ? s'enquit Jane.

— Non, répondit-elle avec un sourire forcé dont sa sœur ne fut pas dupe.

Lavinia leva les yeux au ciel et ajouta :

— Je te promets que si je suis malheureuse avec lui, je résoudrai le problème.

Jane semblait sceptique. Soudain, elle écarquilla les yeux et alla chercher un objet dans un tiroir de la commode.

— Tu es prête à jurer sur cet exemplaire de *Sombre Seigneur* ?

Amusée, Lavinia posa une main sur la couverture de son premier roman.

— Je jure sur ce saint ouvrage que si je suis malheureuse en ménage, je résoudrai le problème.

Jane acquiesça et lança le livre sur le lit en riant.

— Tu fais tant de choses pour nous, souffla-t-elle.

— Si tu es heureuse, le jeu en vaut la chandelle, prétendit Lavinia, au bord des larmes.

— Les filles !

En entendant la voix tonitruante de leur mère, elles échangèrent un regard alarmé.

— Il est temps de partir pour l'église, devina Lavinia.

Elle prit son bouquet, que le duc avait fait livrer le matin même, et balaya une dernière fois sa chambre du regard.

Désormais, elle aurait une autre chambre, dans laquelle son mari aurait le droit d'entrer. Elle frémit de peur et d'impatience à la fois.

— Il n'est pas trop tard.

Sebastian croisa les bras et afficha une expression qui se voulait grave. Le duc soutint son regard si longtemps que son cousin, agacé, finit par lever les yeux au ciel.

— Nous pourrions simuler un enlèvement, suggéra Nash.

La colère de Thaddeus monta d'un cran.

Les trois hommes étaient réunis dans la chambre du duc, qui avait renvoyé son valet pour se préparer. Il arborait une redingote bleue, un gilet blanc et un pantalon d'un ton pourpre un peu étrange qui, selon Hodgkins, était de rigueur pour un marié. *Pas de tons pastel*. Ce n'était pas son unique écart par rapport à sa liste.

— L'idée n'est pas si mauvaise, marmonna Nash.

« Au contraire », songea Thaddeus. Elle allait à l'encontre de toutes ses valeurs, de son engagement envers son titre, de sa détermination à ne jamais fuir.

De plus, il allait atteindre son objectif initial. Il serait marié et pourrait engendrer un héritier.

— Je n'ai jamais rencontré ta future épouse, reprit Sebastian. Parle-nous un peu d'elle.

Thaddeus prit le temps de la réflexion. Il ne pouvait décemment déclarer qu'elle était à l'opposé de ce qu'il espérait au départ.

— Elle est... pleine de vie.

Sebastian et Nash échangèrent un regard entendu.

— Elle a beaucoup de conversation... Elle est jolie, et très loyale.

« Envers sa famille », songea-t-il.

— Nous savons que tu feras au mieux compte tenu de la situation, comme toujours, assura Sebastian. Mais d'autres solutions s'offrent à toi, tu sais...

— À part l'enlèvement, précisa Nash.

— Lesquelles ?

Thaddeus lissa son pantalon qui, à part sa couleur, ne lui déplaisait pas.

— Tu peux mener plusieurs vies parallèles. Tu possèdes de nombreux domaines. Il te suffit d'envoyer ta femme dans l'un d'eux.

Thaddeus arqua les sourcils.

— Tu me suggères de bannir ma jeune épouse parce qu'elle n'est pas celle que j'aurais choisie ? Ce serait cruel.

De plus, s'ils vivaient séparés, il n'aurait pas d'héritier de sitôt.

— Demande-lui si elle trouve ce choix cruel, insista Sebastian. Peut-être préférera-t-elle vivre loin de toi. Elle n'apprécie peut-être pas cette union, elle non plus.

Thaddeus en était persuadé. Ils avaient au moins cela en commun, même si cela ne constituait en rien une bonne base.

— Votre Grâce ? fit Fletchfield, derrière la porte de la chambre.

— Oui ?

— La voiture est prête, monsieur.

Le moment était venu de se rendre à l'église pour affronter son destin, qui avait été totalement bouleversé.

La gorge nouée, Lavinia laissa le duc l'aider à monter en voiture.

Ils étaient mariés.

La cérémonie et la réception s'étaient déroulées dans le plus grand flou. Certains invités l'avaient félicitée, car ils pensaient qu'un mariage était toujours une bonne nouvelle. D'autres semblaient troublés, songeant que les mariés se connaissaient à peine et que lady Jane aurait été une meilleure candidate.

S'ils savaient à quel point Lavinia était de leur avis !

Les mariés se retrouvaient en tête à tête pour la première fois depuis l'incident survenu lors du bal. Lavinia ne se souvenait clairement que de la fin de la cérémonie, lorsque le pasteur avait informé le marié qu'il pouvait embrasser la mariée.

Avait-il vraiment hésité, ou n'était-ce qu'une impression ?

Enfin, il avait soulevé le voile avec aisance avant de se pencher pour poser ses lèvres sur les siennes. Un contact trop bref. Il s'était ensuite tourné vers l'assemblée qui applaudissait.

Ce premier baiser était une réelle déception. Pourvu qu'ils ne soient pas tous ainsi…

— C'était…

Elle ne trouva pas les mots – un comble pour un écrivain.

— En effet, répondit-il d'un ton suggérant qu'elle ne devait pas chercher à lancer une conversation.

Il était hors de question qu'il se montre déjà dominateur.

— Les messieurs qui vous accompagnaient… ce sont vos amis ? Des parents ?

Elle savait que l'un d'eux était également duc, mais elle ignorait lequel.

Il émit un grommellement réprobateur, avant de déclarer :

— Les deux. Mon cousin Sebastian et notre ami Nash. Sebastian est mon prédécesseur concernant le titre, mais…

— Ah…

Elle savait comment il était devenu duc, naturellement.

— Ana Maria, la femme de Nash, est ma cousine et la demi-sœur de Sebastian.

— J'ai l'impression que votre famille est aussi compliquée que la mienne.

Peut-être avaient-ils plus en commun que prévu ?

— La vôtre est plus scandaleuse, objecta-t-il avec arrogance. À part votre sœur, lady Jane.

Lavinia serra les dents.

— Nous ne sommes mariés que depuis vingt minutes, mais nous allons devoir nous accorder sur certains points avant de poursuivre.

— Sinon ? railla-t-il avec dédain. Il est impossible de revenir en arrière, lady Lav… enfin, Votre Grâce.

Votre Grâce. Oui, elle était désormais duchesse.

— Peut-être, concéda-t-elle, tout en refusant de se laisser intimider. Mais je trouve qu'il vaut mieux mettre les choses au point dès le départ, au lieu de garder ses rancœurs pour soi. C'est ainsi que nous procédons dans ma famille.

— Chez moi, c'est le contraire.

— Et comment l'avez-vous vécu ? s'enquit-elle.

L'expression du duc était féroce.

— C'était…

Il se tut et poussa un long soupir.

— C'était difficile, avoua-t-il, tenté de se laisser aller aux confidences.

Ce qui semblait nécessaire, maintenant qu'il était marié. N'était-ce pas la règle au sein d'un couple ?

— Très difficile ajouta-t-il.

Il eut soudain l'impression d'avoir mis son âme à nu. Jamais il ne révélait ses sentiments à quiconque. Sa réponse était pourtant en deçà de ses émotions les plus profondes. Heureusement, il n'avait aucune intention d'avoir des sentiments intenses pour la jeune femme, car il ne le supporterait sans doute pas.

— Raison de plus pour jouer cartes sur table, déclara Lavinia.

— Nous arrivons bientôt, dit-il avec une pointe d'agacement.

— Ce n'est pas une réponse, objecta la jeune femme d'un ton amusé.

Au moins, il parvenait à la divertir, songea-t-il amèrement.

— Nous en reparlerons à la maison, reprit-elle, plus enjouée.

À la maison… Ils seraient dorénavant *chez eux* dans la somptueuse demeure ducale.

Les implications de ce mariage s'enroulèrent autour de Thaddeus tel un serpent. Soudain, il manquait d'air. Il allait devoir se faire à ce mariage au plus vite. S'il parvenait à supporter cette union, elle la tolérerait sans doute aussi et ne verrait pas en son mari un monstre. Elle ne masquerait pas ses émotions, contrairement à ses parents autrefois.

Elle l'observait avec attention, comme si elle évaluait ses qualités et ses défauts. Et si elle dressait des listes, elle aussi ? Il résista à l'envie de lui demander quelles étaient ses conclusions. Mais il croyait deviner ses pensées.

Et il n'était pas certain d'avoir envie de les entendre.

— Merci, dit-elle contre toute attente.

— De quoi ?

— D'être allé jusqu'au bout. Si nous n'avions pas réglé le problème de cette façon, les conséquences auraient été dévastatrices. Je n'imaginais pas les implications pour les autres.

« Sa famille, sans doute », songea Thaddeus.

— Vous aviez compris. Vous aviez bien réfléchi, poursuivit-elle. Tel un fin stratège, vous avez anticipé les conséquences éventuelles.

Elle semblait éprouver pour lui de l'admiration. Ce mariage ne serait peut-être pas si pénible, finalement…

— Je comprends que vous ayez du mal à vous exprimer en cet instant, ajouta-t-elle d'un ton suggérant que c'était un défaut à ses yeux.

La lueur d'espoir de Thaddeus s'éteignit aussitôt.

— Votre Grâce. Votre Grâce…

Le majordome les accueillit sur le seuil. Dès son entrée, Lavinia retint son souffle. Elle sentait la présence du duc derrière elle. Ce corps, ces cuisses fuselées… Il passerait la nuit dans le même lit qu'elle.

Ou pas. Peut-être l'ignorerait-il totalement, compte tenu de son aversion pour leur union. Néanmoins, comment nier leur attirance mutuelle ? Elle avait vu son regard s'attarder sur sa silhouette.

— La duchesse est fatiguée, déclara-t-il. Nous prendrons le thé au salon.

Thaddeus prit la jeune femme par le bras et l'entraîna vers l'une des nombreuses portes jalonnant l'entrée majestueuse.

Lorsqu'elle voulut objecter qu'elle n'était en rien fatiguée, il resserra son emprise sur son bras et se pencha vers elle :

— Je sais que vous ne l'êtes pas, mais je veux donner au personnel le temps de tout préparer. Ils nous attendaient plus tard.

La colère de Lavinia retomba aussitôt. Cet homme faisait preuve de sollicitude envers ses employés ? Il l'invita à entrer dans une pièce et referma la porte derrière eux.

Le salon étonnamment chaleureux contrastait avec la rigidité apparente du maître des lieux. Deux divans se faisaient face sur un tapis moelleux. Sous une fenêtre, une banquette invitait à la lecture.

— Vous êtes certain d'être le vrai duc ? demanda-t-elle, les mains sur les hanches, en espérant qu'il comprenne sa plaisanterie.

— Pourquoi cette question ? fit-il, sourcils froncés.

Son mari manquait parfois d'humour…

— Parce que vous vous souciez du bien-être de votre personnel, une considération rare chez un duc. Vous risquez d'être banni par vos pairs !

Il alla se servir un verre d'alcool sur une desserte, puis tourna vers elle un regard interrogateur.

— Volontiers, répondit-elle à sa question tacite.

Elle méritait bien un petit remontant le jour de son mariage avec un duc dont l'humour n'était pas manifeste, quand même !

— Tenez, fit-il en lui tendant un verre.

Dès la première gorgée, elle se mit à toussoter.

— Voulez-vous vous asseoir ?

Elle hocha la tête, les yeux embués à cause du cognac.

Il prit place à son côté sur le divan, si près qu'elle sentait la chaleur qui émanait de lui. Il tendit un bras sur le dossier, et le retira vivement en effleurant les cheveux de la jeune femme.

— Ce n'est rien, assura-t-elle. Nous sommes mariés, après tout.

Thaddeus ne put retenir un petit rire teinté d'amertume.

— Même si nous allons peut-être le regretter, ajouta-t-elle.

— Nous sommes mariés, en effet. Ce qui signifie que je vous dois le respect. Je vous demande pardon si j'ai dit ou fait quoi que ce soit suggérant le contraire.

— Est-ce la première fois que vous présentez des excuses à quelqu'un ? s'enquit-elle, touchée par sa sincérité.

— Si cela continue, je vais vraiment me faire expulser de la bande des ducs…

Il avait donc de l'humour, finalement !

— Je trouve préférable que nous soyons francs et honnêtes l'un envers l'autre, reprit-il avec son sérieux coutumier.

— Je vous écoute.

— Comment ça ?

— Soyez franc ! le défia Lavinia.

L'orage qui avait commencé dans la matinée faisait rage. Au moment où il prit la parole, un coup de tonnerre retentit. Je me retins de sursauter. Nous étions debout face à face sans dire un mot, à nous toiser.

Je suppose qu'il convient de décrire l'homme qui, je l'ignorais alors, tenait mon avenir entre ses mains.

Autant brosser le portrait du dieu Hadès, tant son âme semblait sombre.

Un ténébreux époux, de Percy Wittlesford.

9

— Nous conviendrons tous les deux que les circonstances…

— Si l'on peut parler de « circonstances » pour un mariage, coupa-t-elle.

— Nous nous trouvons dans ces… circonstances malgré nous, souffla-t-il. Et si nous voulons y trouver quelque agrément, il faut établir quelques règles.

— Une stratégie avant la bataille ? railla Lavinia.

— Nous devons être prêts à affronter toutes…

— Toutes les circonstances, compléta-t-elle.

— C'est une attitude avisée, quelle que soit la situation.

Seigneur ! Elle devait le prendre pour un imbécile prétentieux. S'il lui posait la question, elle répondrait sans détour par l'affirmative. Elle n'avait sans doute jamais entendu un pire imbécile prétentieux de sa vie.

Si seulement il possédait un peu de sa capacité à s'amuser de toutes les… circonstances !

— En partant de ce principe, reprit-il, nous parviendrons à avancer ensemble dans la vie.

— Avancer ensemble ? répéta-t-elle. Qu'est-ce que cela signifie ?

Il se racla la gorge, un peu gêné. Son plan avait semblé bien meilleur dans sa tête.

— Puisque nous sommes mariés, mettons-nous d'accord sur certains points.

— Vous me proposez donc une sorte de contrat. Mettons-le par écrit. J'aime consigner chaque détail sur le papier, dit-elle en se levant. Avez-vous de quoi écrire ?

— Dans le tiroir de cette table. Il se trouve que je dresse moi-même des listes.

Il eut l'impression de livrer une confession intime.

Lavinia prit quelques feuilles et un crayon avant de reprendre sa place, cherchant un endroit où s'appuyer.

— Ah ! Je pourrais écrire sur vous ! s'exclama-t-elle d'un air espiègle.

— Comment cela ?

— Regardez...

Elle posa une feuille sur la cuisse du duc.

— Quelle fermeté, commenta-t-elle, avant de s'empourprer violemment. Enfin... je voulais dire...

— Et si j'allais vous chercher un livre ? suggéra-t-il en réprimant un rire. Il vous servira de support.

Il avait failli s'esclaffer... Il en était le premier surpris, car il ne riait jamais.

Du moins jusqu'à présent.

Plus étonnant encore, sa femme semblait informée de certaines réalités conjugales. Cela influerait-il sur leurs rapports ? Cette nuit de noces ne serait apparemment pas une totale découverte pour elle.

Encore fallait-il que les négociations progressent. Il n'était pas question qu'il s'impose à elle, même s'il était légalement en droit de le faire. Il avait beaucoup réfléchi à leurs obligations mutuelles.

Il sélectionna un ouvrage sur un rayonnage et le porta vers le divan. Les yeux de la jeune femme pétillaient de joie et d'impatience. Thaddeus se promit de noter quelques informations supplémentaires sur son épouse : *Semble ravie de s'engager dans une vie de couple* et *Aime dresser des listes*. Comme lui.

Elle posa l'ouvrage sur ses genoux et porta la mine du crayon à sa bouche pour l'humecter du bout de la langue. Ce simple geste suffit à embraser Thaddeus, surtout une partie de son corps qui espérait ardemment qu'ils parviennent à un accord.

Il voulait réaliser au moins un élément de sa liste, le plus agréable de tous.

— Alors ? lança-t-elle.

— Alors quoi ? Je n'ai pas à vous dicter des conditions. Nous sommes en train de négocier, je vous le rappelle.

— Nous négocions nos… circonstances ? railla-t-elle, espiègle.

— Oui.

Elle leva les yeux au ciel. Thaddeus eut envie de l'attirer sur ses genoux, de plaquer les mains sur ses fesses rondes et de l'embrasser à perdre haleine. Il aurait voulu lui caresser les fesses, puis lui donner quelques tapes sensuelles après avoir demandé si elle pensait mériter une punition…

Son désir était si intense qu'il en était évident. Pourvu que sa jeune épouse soit également volcanique au lit ! Il tenait à avoir une partenaire aussi passionnée que lui, et non une femme indifférente qui attendrait que son mari finisse ce qu'il avait à faire en fixant le plafond.

Elle n'était pas de celles qui se laissent faire, à moins que cela ne lui plaise.

Encore une ligne à ajouter à sa liste : *Avoir des objectifs communs procurant du plaisir.*

— Votre Grâce ? fit-elle.

Il la regardait d'un air étrange, à la fois séduisant et alarmant, qui ne manquait jamais de la troubler.

Il tenait à négocier alors qu'il était en position de force, à présent. Peut-être lui accorderait-il un peu plus de pouvoir, à la longue. Il semblait plein de sollicitude, y compris envers elle. Il se souciait au moins de son confort.

— Vous devriez m'appeler autrement, marmonna-t-il.

— Autrement que « Votre Grâce » ? C'est pourtant ce que vous êtes. Moi aussi, dorénavant. Vous trouvez cela perturbant que nous soyons deux grâces ? Cela devrait bien se passer, n'ayez crainte.

Elle ne pouvait s'empêcher de le taquiner. Il était si pragmatique ! Était-il capable d'insouciance ?

— Que ferions-nous si je me prénommais Grace ? poursuivit-elle.

Cela ne l'amusa pas du tout. Avait-il compris ?

— Je voulais dire que Grace est aussi un prén…

— J'ai compris, trancha-t-il, agacé.

— Ah…

Elle haussa les épaules. Un mari dénué d'humour ne serait pas la pire des épreuves. Il n'était pas très agréable de voir quelqu'un couper court à ses plaisanteries, mais il l'avait fait sans agressivité et sans la juger. Contrairement à certains membres de sa famille.

— Comment voulez-vous que je vous appelle ? demanda-t-elle en brandissant sa feuille de papier. Est-ce un élément à négocier ?

Face à sa stupeur, elle éclata de rire.

Et soudain, comme par miracle, un sourire naquit sur ses lèvres, ce qui parut l'étonner lui-même.

— Je suis prêt à négocier cette question, à condition que « trésor » soit exclu d'office.

À ajouter à la liste de Lavinia : *L'appeler « trésor » au moins une fois.*

— D'accord, répondit-elle en griffonnant quelques mots. Y a-t-il un autre sujet ne souffrant aucune discussion ?

Il pinça les lèvres, puis se redressa d'un air impérieux.

— L'amour.

Le souffle coupé, elle le dévisagea.

— Qui a parlé d'amour ? s'enquit-elle en s'efforçant de ne pas sembler sur la défensive.

— Moi, je vous en parle. J'ai réfléchi. Puisque aucun de nous deux ne voulait de ces... circonstances, nous pouvons admettre que nous avons contracté un mariage de raison.

— De raison ?

Que lui proposait-il, au juste ? Elle n'était pas certaine de vouloir entendre ses explications.

— J'ai un devoir à remplir envers mon titre, que j'ai obtenu à la suite d'étranges...

— ... circonstances ? railla-t-elle.

— Absolument. Ce qui signifie que j'ai besoin d'un héritier.

Il posa sur elle un regard lourd de sens qui la fit frémir de la tête aux pieds.

— Bien sûr, dit-elle d'un ton qui se voulait nonchalant.

Une conversation sur la sexualité était naturelle pour des jeunes mariés, non ?

— Pouvons-nous convenir que vous me donnerez un héritier ?

— Je ne suis pas en mesure de déterminer le sexe de l'enfant, rétorqua-t-elle.

Il tiqua, sans relever la plaisanterie.

— Ce n'est pas ce que je voulais dire. Je vous proposais, une fois que nous aurons un héritier et un second fils, au cas où, de vivre chacun de son côté. Vous serez duchesse et ferez ce que vous voudrez, mais vous me promettrez de ne pas provoquer de scandale. Je sais que ces cir... que ce mariage n'est pas votre choix. Ce que je vous suggère est une solution.

Lavinia ne masqua pas sa surprise.

— Vous suggérez que nous restions ensemble le temps d'engendrer deux garçons ? Il nous faudra peut-être des années !

Des années de relations sexuelles avec lui...

— J'espère que nous ne mettrons pas des années.

Il n'y allait pas par quatre chemins. Il n'avait aucune envie de passer plusieurs années avec elle. Message reçu.

— Vous savez combien de temps il faut pour avoir un enfant, n'est-ce pas ?

Le duc était de plus en plus déconcerté.

— Puisque nous négocions, reprit-elle, négocions. Vous venez d'établir que vous ne voulez pas vivre avec moi plus longtemps que nécessaire.

Elle était piquée au vif, mais elle devait admettre qu'elle était dans le même état d'esprit.

— Quand nous aurons un héritier, un seul garçon suffira : nous partirons chacun de notre côté. Ainsi, nous pourrions être libérés l'un de l'autre en une année. Cependant... qui élèvera cet enfant ?

Elle redoutait la réponse, mais avait besoin d'établir tous les termes de leur accord.

— Ce sera moi, naturellement.

Lavinia avait déjà le cœur serré à l'idée de vivre loin de l'enfant qu'elle n'avait pas encore porté. Mais son mari ne serait pas cruel au point de lui interdire de le voir.

— Et si nous avons d'abord une fille ?

— Vous l'élèverez, dit-il comme s'il lui accordait une faveur.

La jeune femme sentit sa gorge se nouer. Il ne lui laissait pas le choix. En tant que mari et duc, il avait tous les droits et la mainmise sur ces négociations.

Au moins, il ne s'était pas contenté de l'informer de ses projets. Il lui accordait un semblant de considération.

— Je suis d'accord, déclara-t-elle. Nous resterons ensemble le temps qu'il faudra pour avoir un fils.

Elle lui tendit une main, qu'il prit non sans une seconde d'hésitation. La sienne était grande, puissante et chaude. En croisant son regard, elle eut la certitude qu'il honorerait sa part du contrat. Dès qu'elle aurait fait son devoir de duchesse, elle vivrait comme bon lui semblerait.

Elle ne savait plus que penser. Parfois, elle se disait que la vie avec lui pourrait être tolérable, mais ce serait sans doute des moments furtifs. Ce serait à elle de prendre une part du pouvoir. Ainsi, elle avait au moins un objectif pour l'année à venir, au-delà de déclencher une grossesse.

La plupart des femmes y verraient une source d'angoisse mais, pour elle, c'était un défi qu'elle avait la ferme intention de relever.

Il était très grand. Je n'avais jamais rencontré d'homme plus imposant que lui. Il était tout en noir, à l'instar de sa gouvernante, et arborait une barbe brune de plusieurs jours qui entourait des lèvres étonnamment charnues. Il avait le nez droit et un regard fascinant, des prunelles noires sous des sourcils noirs. J'avais l'impression que son regard intense, plein de mystère, m'attirait comme Hadès avait attiré Perséphone dans les Enfers.

Un ténébreux époux, de Percy Wittlesford.

10

— Bon, fit Thaddeus en lâchant sa main. Il est temps pour vous de rencontrer le personnel. Ils doivent être prêts.

Son épouse acquiesça et se leva.

Il s'en voulait d'être contrarié par le fait qu'elle souhaite passer le moins de temps possible avec lui. Cela dit, n'était-ce pas lui qui avait proposé cette solution ? Et pourtant, il était irrité. Lui qui rêvait d'une duchesse réservée qui aurait partagé sa vie jusqu'à la fin de ses jours…

Il se retrouvait avec une furie qui semblait ravie de pouvoir se débarrasser de lui. Après la naissance d'un fils.

— Comment s'appelle votre majordome ? s'enquit-elle.

— Fletchfield.

— Fletchfield, répéta-t-elle avec une expression qu'il trouva adorable.

Adorable ? Il n'était plus lui-même ! Jamais il n'avait trouvé qui que ce soit *adorable*. Chassant cette pensée, il entraîna la jeune femme dans l'entrée où son personnel était réuni.

— Votre Grâce. Votre Grâce, énonça Fletchfield en leur adressant à chacun un signe de tête.

Thaddeus ne put s'empêcher de croiser le regard amusé de Lavinia.

— Merci, Fletchfield, répondit-il.

Plus étonnant encore, elle s'approcha des domestiques alignés par ordre d'importance dans la hiérarchie.

— Vous êtes la gouvernante, je présume ? demanda-t-elle avec un sourire.

Thaddeus ressentit quelque jalousie de ne pas avoir été gratifié d'un sourire aussi chaleureux. Lorsqu'il l'avait embrassée dans l'église, elle avait affiché une mine grave. Elle n'avait ri que pour s'amuser qu'il y ait deux « grâces » sous le même toit.

— Oui, Votre Grâce, confirma l'employée dont il avait oublié le nom. Je suis Mme Webb.

Thaddeus vit son épouse, qu'il ne savait toujours pas comment appeler, consacrer quelques instants à chaque domestique. Il était manifeste qu'elle avait coutume de mettre les gens à l'aise – comme il se devait pour une duchesse.

Il était impressionné par sa sollicitude. Sa vie de couple ne serait peut-être pas aussi difficile, finalement... De toute façon, elle ne durerait que le temps d'avoir un fils. Il la trouvait très désirable. Ses courbes voluptueuses et son regard sensuel n'évoquaient en rien une sage duchesse, mais elle était saisissante. Il brûlait de découvrir le grain de sa peau, de goûter sa saveur...

Il attendait leur nuit de noces avec impatience... et pas uniquement dans le but de procréer.

Quelques heures plus tard, Thaddeus marchait de long en large dans sa chambre. Hodgkins l'avait aidé à enlever son costume de marié au profit d'une tenue de nuit, puis il s'était un peu attardé, mais Thaddeus l'avait congédié.

Comme s'il ignorait ce qu'il avait à faire !

Il était censé se rendre dans la chambre de sa femme pour avoir avec elle une relation sexuelle, puis revenir dormir dans son propre lit. Inutile de dresser une liste pour cela.

Il procéderait ainsi jusqu'à ce qu'il ait un héritier à qui transmettre ce titre obtenu malgré lui, avec une femme épousée malgré lui. Quand prendrait-il enfin ses propres décisions ? En tant que duc, il était censé avoir du pouvoir. En attendant, il rechercherait le plaisir auprès d'une épouse voluptueuse, pleine d'humour et d'esprit, d'une vive intelligence. Il admirerait l'éclat de sa peau à la lueur des chandelles.

Elle réagirait à ses caresses, c'était certain. Il l'initierait aux plaisirs de la chair, il chercherait ses zones sensibles et la ferait gémir de délices. Déjà, il sentait son sexe durcir. *Patience, Thaddeus*. Il ne voulait pas la décevoir, surtout pour la première fois.

C'était une première fois pour elle, mais pas pour lui, même s'il était abstinent depuis longtemps.

Il poussa un soupir et quitta sa chambre pour rejoindre Lavinia.

Il frappa à la porte, n'osant ouvrir sans y avoir été invité.

— Entrez !

Il découvrit le grand lit aux couvertures rabattues. Elle était assise dans un fauteuil au coin du feu, les cheveux lâchés, les pieds nus, drapée dans un peignoir trop long pour elle.

Son teint pâle faisait ressortir ses yeux. Aurait-elle quelque appréhension, après tout ce qu'elle avait affronté ? Il eut envie de la rassurer. Ce ne serait pas si pénible…

— Lavinia, murmura-t-il en s'approchant de la cheminée.

Il vit ses orteils se crisper sur le tapis.

— J'ignorais si je devais me coucher ou attendre ici. J'aurais été mal à l'aise, au lit. J'ai renvoyé ma femme de chambre, une adorable jeune fille du nom de Nancy. C'est la nièce de Mme Webb et elle a travaillé chez les Raddleston, qui organisaient le bal lors duquel nous nous sommes rencontrés. Lady Raddleston savait que j'aurais besoin d'une femme de chambre. Et elle a pensé que Nancy préférerait travailler avec un membre de sa famille...

Sa façon de babiller amusa Thaddeus, qui y vit un signe d'anxiété. Pour la première fois depuis leur rencontre, il avait l'impression de mener la danse.

— Venez, dit-il en lui tendant la main.

Elle l'accepta et se leva. Le peignoir était si long qu'il traînait par terre.

— Ce mariage est arrivé si vite que j'ai dû emprunter quelques effets à ma cousine Caroline. Elle est plus grande que moi.

Elle avait retrouvé le sourire, ce qui rassura Thaddeus. Pourvu qu'elle ne redevienne pas irritante comme elle l'était parfois. Au moins, elle était plus détendue.

— Allons nous coucher, que vous puissiez ôter ce chapiteau qui vous sert de peignoir.

Il esquissa un sourire qui se voulait rassurant. Elle le précéda et s'adossa à la tête de lit, les jambes repliées, recroquevillée sur elle-même.

Thaddeus en fit autant de l'autre côté du lit et posa un bras sur les épaules de Lavinia.

Surprise, elle sursauta, puis se mit à rire.

— Je vais devoir m'y habituer, sans doute...

Il se mit à lui caresser l'épaule. Sa peau était encore plus douce qu'il ne l'imaginait. Bientôt, elle se détendit à son contact.

— Je suis un peu informée de ce qui va se passer, admit-elle d'une voix tendue. Je veux simplement...

— Nous prendrons notre temps, promit-il autant à lui-même qu'à sa jeune épouse.

D'après son expérience limitée en la matière, les femmes appréciaient qu'un homme ne se précipite pas.

— Merci, souffla-t-elle en se tournant vers lui.

C'était une invitation à l'embrasser, ce qu'il fit. Il posa ses lèvres sur les siennes et s'attarda avant d'entrouvrir la bouche pour goûter sa saveur.

Elle étouffa une exclamation de surprise, mais accepta sa langue en elle en posant les mains sur les avant-bras de Thaddeus.

Lorsqu'elle se risqua à donner à son tour un coup de langue, il fut parcouru d'une onde de désir irrépressible. Il fit pivoter la jeune femme vers lui et entreprit de dénouer le cordon de sa chemise de nuit. Enfin, il approfondit son baiser.

Elle n'exprimait plus la moindre appréhension. Répondant à une invitation tacite, elle le lâcha pour ôter sa chemise de nuit. Sans la quitter des yeux, il se dévêtit à son tour. En découvrant le corps de son mari, elle se mordit la lèvre. Lui plaisait-il ? Il retint son souffle, dans l'attente de son verdict.

Il se savait plus grand que la moyenne des hommes. Les années passées dans l'armée avaient façonné sa musculature. Lavinia ne put retenir un grommellement rauque en arquant un sourcil.

— Vous êtes tel que je l'imaginais, avoua-t-elle dans un soupir.

— Vous m'avez donc imaginé ? demanda-t-il, aux anges.

— Ne jouez pas les étonnés. Notre attirance est palpable, en dépit de ce que nous pensons l'un de l'autre. L'alchimie est présente depuis notre première rencontre.

Elle semblait le défier de prétendre le contraire.

— C'est vrai, admit-il en s'approchant encore.

Elle jeta un coup d'œil sur la verge gonflée de Thaddeus, puis revint à son visage, les yeux écarquillés.

— Et si nous commencions à mettre en œuvre les termes de notre accord ? proposa-t-elle dans un souffle.

Repu, Thaddeus roula sur le côté. Il avait fait de son mieux pour satisfaire sa partenaire, qui avait bien réagi à ses attentions. Lors de la pénétration initiale, elle avait émis une seule plainte et, peu à peu, ses coups de reins avaient provoqué des gémissements de plaisir.

— Je ne vais pas tarder à regagner ma chambre, annonça-t-il.

Elle se dressa sur un avant-bras pour l'observer.

— Ce n'est pas indispensable. Vous pouvez rester ici… si vous voulez.

— Je ne veux pas vous déranger plus que nécessaire.

Il n'avait jamais passé une nuit entière avec une partenaire. Et au vu de l'accord conclu avec son épouse, il ne se sentait pas le droit de s'attarder davantage.

— Je dois vous en remercier ? fit-elle, hésitante.

— Il vaut mieux que nos… interactions soient brèves.

Il fit un signe pour les désigner tous deux. Comment qualifier un rapport sexuel avec une épouse ?

— De brèves interactions, répéta-t-elle avec un sourire au coin des lèvres.

— Eh bien… oui.

Il se leva, se rhabilla et s'inclina, un peu gêné.

— Bonne nuit, Lavinia.

— Bonne nuit… Thaddeus.

Il hocha la tête et tourna les talons. Pourquoi se sentait-il si déconfit, alors qu'il venait de soulager ses pulsions ?

La vie conjugale s'annonçait bien différente de ce qu'il avait envisagé.

Dès que la porte de sa chambre se fut refermée, Lavinia se rallongea, les bras tendus sur les côtés.

— Brèves interactions ! s'exclama-t-elle en riant.

Elle ne pensait pas que cette première « interaction » serait aussi... brève, effectivement. Un peu décevante.

En s'imaginant sa nuit de noces, elle avait envisagé des sensations extrêmes, que ce soit dans le plaisir ou la douleur. Ce n'avait été rien de cela. Ç'avait été... correct. Comme un thé pas trop chaud et pas assez sucré. Rien de mémorable.

Était-ce là ce qui rendait les poètes dithyrambiques ? Une pénétration et quelques allées et venues, puis un jet de semence ? Quelle déception...

Pourtant, lorsqu'il l'avait embrassée, elle avait ressenti le feu du désir. La langue de Thaddeus était ensorcelante. Mais quant au reste... elle se sentait presque flouée. Toutes ces histoires sur le grand frisson étaient-elles un mensonge ?

Elle soupira et se leva pour ramasser sa chemise de nuit tombée par terre.

Au moins, sa chambre lui plaisait. Elle était si spacieuse qu'elle pourrait s'y promener dans le plus simple appareil à l'abri des regards. Elle réfléchit à la suite des événements. En attendant l'arrivée d'un héritier, elle devrait trouver de quoi s'occuper.

Trop agitée pour dormir, elle se mit en quête d'une plume et de feuilles de papier. Elle pourrait écrire à loisir. Dans un coin de la pièce, elle remarqua un secrétaire. Le premier tiroir recelait du papier, mais pas de plume. Elle trouva son bonheur dans le deuxième. Elle s'installa et se plongea dans une intense réflexion.

Occupations pour passer le temps
1. Écrire des romans.
2. Contribuer aux bonnes œuvres.
a. Lesquelles ? Mon mari m'accordera-t-il une allocation pour cela ?
3. Se faire des amis en dehors de la famille.
a. Faut-il organiser une réception pour lier connaissance avec des gens ? Qui inviter ? Mon mari m'accordera-t-il une allocation pour la création de ce réseau amical ?
4. Le convaincre de m'accorder suffisamment d'argent pour pouvoir faire ce que je veux.
5. Avoir un chien.
a. Peut-être un chat.
b. Ou les deux.

Satisfaite, elle parcourut sa liste. Si elle se débrouillait bien, elle parviendrait à mener une existence agréable. Car il ne fallait pas trop compter sur son mari là-dessus. L'aspect charnel de leur union se révélait inintéressant.

Tant pis !

Si elle avait un chien, il dormirait avec elle.

Elle rangea la feuille dans le tiroir du secrétaire et retourna se coucher dans son grand lit, bien au chaud sous les couvertures.

Son apparence me perturbait. Bien trop, je dois l'admettre. J'avais à la fois envie de m'approcher de lui pour poser une main sur sa joue, et de prendre mes jambes à mon cou pour ne plus jamais remettre les pieds dans cette maison.

— Vous ne pouvez pas partir, énonça-t-il comme s'il lisait dans mes pensées.

Je me redressai.

— Je n'en ai aucune intention, répondis-je. Tant que je ne saurai pas pourquoi vous m'avez demandé de venir.

Il changea alors d'expression. Je le trouvais déjà inquiétant mais, cette fois, il était terrifiant. Les lèvres pincées, les yeux plissés, il fulminait.

Toutefois, j'étais plus intriguée que terrifiée.

Un ténébreux époux, de Percy Wittlesford.

11

— Votre Grâce.

Hodgkins se racla la gorge, suggérant que le duc se réveillait plus tard que de coutume. Il lui apportait son café matinal sur un plateau, avec une bonne dose de crème, tel qu'il l'aimait. C'était l'un de ses rares péchés mignons.

Ne venait-il pas de s'en trouver un autre ?

Il se redressa pour consulter l'horloge. Huit heures !

Rejetant les couvertures, il se leva d'un bond.

— J'ai sans doute trop dormi à cause de…

Il s'interrompit en se rappelant qu'il s'adressait à son valet.

J'ai sans doute trop dormi à cause de ma nuit de noces, que j'ai beaucoup appréciée, ainsi que ma femme.

Sa femme.

— La duchesse est-elle levée ?

Il semblait tendu alors qu'il aurait dû faire preuve d'assurance, surtout face au personnel. Encore un élément à ajouter à sa liste.

— Je le crois, Votre Grâce. Il me semble que madame est sortie.

— Sortie ?

Où diable avait-elle pu se rendre ? Elle pouvait être allée voir sa famille… Sa sœur, peut-être ? Il aurait dû lui demander la veille si elle voulait prendre le petit déjeuner avec lui, mais il pensait qu'elle serait là, qu'il n'aurait pas à solliciter le plaisir de sa compagnie.

Cela dit, elle pouvait être irritante, même s'ils avaient trouvé un accord et s'il leur avait apporté satisfaction à tous les deux la nuit précédente.

Vraiment ? Était-ce suffisant ?

Il n'en attendait pas davantage en établissant la liste de ses objectifs mais, maintenant qu'il avait ressenti le feu de la passion, il devinait que la vie pouvait apporter bien plus.

— Votre Grâce ?

Il chassa ces pensées pour se concentrer sur Hodgkins, qui déployait des trésors de patience.

— Bien sûr...

Il prit la tasse et lui fit signe de se retirer.

— Vous pouvez disposer. Je m'habillerai seul.

Le valet pinça les lèvres d'un air réprobateur. Thaddeus était conscient que son domestique ne lui faisait pas confiance pour choisir une tenue digne de son rang. Sans un mot, il s'inclina et sortit.

Thaddeus dégusta son café. Il pensait passer la journée, au moins la matinée, avec une jeune épouse rougissante ayant besoin de temps pour s'accoutumer à son nouveau statut. Elle semblait en avoir décidé autrement.

Une petite voix intérieure lui rappela que lui-même n'en avait toujours fait qu'à sa tête. Cependant, une partie de lui rêvait de partager sa vie et ses pensées avec une âme sœur. D'un point de vue purement pragmatique, il avait entrevu lady Jane dans ce rôle... Mais Lavinia n'était pas responsable de cette fâcheuse situation. Et elle comprenait ce qu'il attendait d'elle.

En revanche, il ne savait vraiment pas à quoi s'attendre de sa part. Comment aurait-il pu prévoir qu'elle sortirait le lendemain de leur nuit de noces ? Il avait espéré que, repue et épuisée par la passion, elle dormirait jusqu'à midi avant d'émerger de sa chambre avec une expression de plénitude.

Il n'avait pas déployé suffisamment d'efforts pour l'inciter à rester, admit-il. Mais, de toute façon, ne devraient-ils pas se séparer dès qu'il aurait son héritier pour le titre ? Alors pourquoi s'impliquer dans une relation qui était destinée à ne pas durer ?

— Bonjour tout le monde ! lança Lavinia d'un ton aussi détaché que possible.

Les membres de sa famille se tournèrent vers elle. Le petit déjeuner était le seul moment de la journée où ils étaient tous réunis. Son père, qui présidait en bout de table, détourna les yeux. Face à lui, sa mère était sidérée, tandis que Percy affichait déjà un sourire narquois. Jane, elle, semblait un peu alarmée.

— Qu'est-ce que tu fais ici ? demanda sa mère. Tu devrais être en train d'apprendre à gérer un foyer ducal ou tenir compagnie à ton mari !

Lavinia s'avança vers sa place habituelle, entre Caroline et Christina. Du haut de ses cinq ans, sa petite sœur ne semblait guère étonnée par son apparition.

Caroline lui fit de la place à côté d'elle. Elle s'installa, prête à répondre à la question de sa mère. Son comportement n'était pas plus bizarre que celui d'autres membres de la famille. Il lui suffisait de faire comme si tout était normal.

— Je viens voir ma famille, répondit-elle avec entrain.

Elle prit un petit pain dans une corbeille.

— Le duc et moi sommes en bons termes, si c'est ce qui vous préoccupe.

Elle se garda néanmoins de préciser les termes de leur accord.

— Tu n'as pas quelque tâche de duchesse à accomplir ? intervint Percy d'un air moqueur.

— Tout va bien ? souffla Jane.

— À merveille, je t'assure, insista-t-elle en faisant signe à une domestique de lui servir du thé.

Un silence inhabituel s'installa tandis qu'elle mangeait une bouchée de pain. D'ordinaire, les conversations allaient bon train.

— Pour ce qui est de mes tâches de duchesse, elles sont encore un peu floues, avoua-t-elle enfin en tirant la langue à Percy. Mais je voulais m'assurer que les McTavish se rendent compte des conséquences de ce changement dans la famille.

Elle n'oubliait pas que son objectif premier, en épousant le duc, était de garantir le bonheur de Jane.

— As-tu parlé à Henry ? demanda-t-elle à sa sœur. A-t-il bien compris ?

Jane se contenta d'un sourire timide et d'un léger hochement de tête.

— Cela fait quel effet d'être duchesse ? s'enquit Caroline.

Celle-ci n'y allait jamais par quatre chemins. Et ses bourdes étaient légendaires.

— Ce n'est pas si différent d'avant, répondit Lavinia en haussant les épaules.

Heureusement, elle avait sa liste sur laquelle se concentrer, au lieu de chercher un peu de joie dans cette union.

Elle réprima un rire, ce qui lui valut un regard soupçonneux de son demi-frère.

— Je trouve que ta visite n'est absolument pas convenable, commenta sa mère d'un air réprobateur. Tu devrais être chez toi, avec ton mari !

— Mon mari est occupé à ses tâches de duc, rétorqua la jeune femme.

Tout ce que Thaddeus faisait était lié à son titre, hélas.

— Dans une heure, Jane part en promenade en compagnie de la tante de M. McTavish et ses sœurs, reprit sa mère. Tu peux rester jusque-là. Mais si elles te voient, veille à afficher une mine ravie, je te préviens. Je ne veux pas que Jane ait à expliquer ta présence ici.

Malheureusement, sa mère avait raison. Les McTavish ne manqueraient pas de s'interroger.

— Puisque j'ai peu de temps, viens donc faire un tour au jardin avec moi, Jane, proposa-t-elle en se levant.

— Je vous accompagne, dit Percy.

Lavinia faillit protester, mais elle se ravisa. De toute façon, elle n'avait pas de secrets pour lui non plus.

— Moi, je ne viens pas, décréta Caroline en rassemblant les miettes de pain dans le tissu de sa robe.

Ce n'était pas le comportement le plus insolite de Caroline. Parfois, Lavinia se demandait si son prince de père n'avait pas déteint sur elle, car sa mère, la tante de Lavinia, n'était pas aussi excentrique.

À moins que ce ne soit l'influence de cette famille...

Quoi qu'il en soit, l'essentiel était d'éviter le scandale jusqu'au mariage de Jane avec Henry.

Elle alla prendre sa cape, Jane et Percy sur les talons. Rien n'avait changé par rapport à d'habitude, ou presque. Dans l'entrée, elle enfila sa cape et fut aussitôt enveloppée d'une douce chaleur. Elle était frileuse de nature. Sans doute parce que sa mère l'obligeait à porter des robes décolletées soulignant ses deux meilleurs atouts.

Un jour, elle lui révélerait que ce n'était pas sa poitrine généreuse qui lui avait permis d'épouser un duc, mais un faux mouvement. Si elle avait porté des talons raisonnables, elle n'aurait pas chuté contre Thaddeus et n'en serait pas là. Et Jane aurait passé la nuit dernière dans ce grand lit de duchesse.

Lorsque le trio fut à distance des oreilles indiscrètes de lady Scudamore ou de cette gaffeuse de Caroline, Percy prit Lavinia par les épaules.

— Alors ? C'était comment ? *Il* est comment ?

Elle devinait à quoi il faisait allusion.

— Tu ne préfères pas savoir si j'apprends à être une duchesse digne de ce nom ? si les domestiques courbent l'échine jusqu'à terre à mon approche ?

— Ne dis pas de bêtises ! Cela ne risque pas d'arriver…

— C'est vrai, renchérit Jane.

— Traîtresse ! s'esclaffa Lavinia.

Ils se dirigèrent vers leur banc préféré. Lavinia prit place entre les deux, au bord d'une allée de ce jardin qui faisait la fierté de la maîtresse des lieux.

— Alors ? Nous attendons ! s'impatienta Percy.

— Que voulez-vous savoir ?

— Tout ! répondit Jane, enthousiaste.

Naturellement… À sa connaissance, Percy était aussi innocent que Jane.

— Eh bien… c'était… Franchement, ce n'était pas grand-chose, en réalité. Il s'est mis au lit, j'ai enlevé ma chemise de nuit, on s'est embrassés, puis il y a eu quelques mouvements de reins et… c'est tout. Ensuite, il est retourné dans sa chambre.

La laissant frustrée. Soit les romans d'amour qu'elle avait dévorés au fil des années mentaient, soit le duc était incompétent. Ou simplement maladroit.

— Ah…

— Dommage, fit Percy. J'espérais que tu aurais de nouvelles choses à utiliser dans tes romans.

— Eh bien, non. À moins que je ne veuille décrire les moments les plus brefs et les plus ternes du mariage.

— Ah non ! fit Jane. Dois-je en conclure que ce sera ainsi avec Henry ?

— Rien ne prouve que le duc soit représentatif de la gent masculine en la matière. Henry et toi êtes si amoureux que vous passerez de bien meilleures nuits, j'en suis sûre.

Lavinia déplorait de ne rien avoir de plus palpitant à leur raconter.

— Toutefois, reprit-elle en pensant à sa liste de la veille, j'aurai le temps d'écrire et de me consacrer aux bonnes œuvres, vous savez, au profit de gens nécessiteux. Il est temps que je me fasse des amis, également. Certes, vous suffisez à mon bonheur, tous les deux, mais soyons réalistes : nous nous verrons moins souvent à l'avenir.

Jane semblait au bord des larmes.

— Et un chien, ajouta Lavinia pour lui changer les idées. Je vais prendre un chien.

— Et pour le duc, que comptes-tu faire ? s'enquit Percy. Pour... tu sais quoi...

— Je pourrais faire quelques suggestions afin d'améliorer les choses. Il ne s'en offusquerait pas, puisque c'est un mariage de raison.

Jane prit les mains de sa sœur dans les siennes.

— Vinnie, jamais je ne pourrai te remercier suffisamment pour ce que tu as fait pour moi ! Je ne l'oublierai jamais. Si un jour tu as besoin d'un toit, quand je serai mariée à M. McTavish...

— Arrête ! coupa Lavinia.

Elle ne voulait pas leur expliquer les détails de son accord avec le duc. Du moins, pas encore. Ils auraient trop de peine pour elle.

— Comment pourrais-tu aborder le sujet avec lui ? s'enquit Percy d'un ton badin. Je sais ! Tu n'as qu'à écrire ce que tu souhaites, comme s'il s'agissait d'une scène de roman. Il serait plus facile de faire passer le message ainsi, non ?

— Je suppose que oui...

Une idée germait déjà dans son esprit. Ses mots lui serviraient à obtenir ce qu'elle voulait. N'était-ce pas ainsi qu'elle avait toujours procédé ? Le duc ne refuserait pas le devoir conjugal, puisqu'il voulait un héritier. Et s'il repoussait ses suggestions, eh bien, elle se contenterait du peu de plaisir qu'il lui donnerait.

— Je devrais lui accorder le bénéfice du doute, reprit-elle. Peut-être était-il simplement impressionné. C'était sa nuit de noces, après tout. Je vais laisser passer un certain nombre de fois pour voir s'il est toujours ainsi. C'est un sujet délicat.

— Naturellement, admit Percy.

— Et toi ? demanda-t-elle. Une admiratrice de Percy Wittlesford a-t-elle capté ton attention ?

Face à l'expression gênée de son demi-frère, Lavinia retint son souffle.

— Tu n'es pas obligé d'en parler, ajouta-t-elle en sentant la main de Jane se crisper sur la sienne.

— Je n'ai pas envie d'en parler… pour le moment. J'ai…

Il semblait si vulnérable que Lavinia eut envie de le prendre dans ses bras. Elle résista à cette impulsion.

— Sache que nous t'aimons et te soutenons, déclara-t-elle.

— En attendant, dit le jeune homme qui retrouva le sourire, tu as un duc à séduire.

Lavinia se mit à rire pour les rassurer, et ils regagnèrent la maison. Jane pour partir en promenade avec les McTavish, et Lavinia pour rédiger un texte lui permettant d'aborder la question sexuelle avec un mari peu intéressé par le sujet.

— Asseyez-vous.

Il désigna un divan contre le mur, à sa droite, et prit place derrière son bureau sans attendre que je sois assise.

Je m'installai, les mains croisées sur les genoux.

— Monsieur, vous savez qui je suis, alors que je n'ai pas le plaisir de vous connaître.

Il sourit, nullement parce qu'il était amusé. Il avait tout d'un chasseur sur le point de capturer sa proie.

— Je suis le comte de Dramorsky.

— Et... ? fis-je en me redressant. Ni votre personne ni votre nom ne me sont familiers.

Il afficha un air de prédateur qui me noua la gorge.

— Vous vous y ferez, car ce sera bientôt le vôtre.

Un ténébreux époux, de Percy Wittlesford.

12

Lavinia se coucha sous l'édredon, les mains le long du corps. Elle avait permis à Nancy de lui enfiler sa chemise de nuit, mais l'avait enlevée dès le départ de la domestique. Autant gagner du temps…

Se retrouver nue dans son lit était une sensation merveilleuse. Elle avait toujours partagé sa chambre avec Jane, et jamais il ne lui serait venu à l'idée de dormir dans le plus simple appareil.

Elle n'avait revu son mari que pour le dîner, et de loin, car chacun était assis à une extrémité de l'immense table. Leur conversation avait été malaisée car ils devaient presque crier. De plus, ils étaient entourés de domestiques.

Elle s'était retirée dès qu'elle l'avait pu sans paraître impolie. Elle voulait en avoir le cœur net : les ébats de la veille étaient-ils une indication de ce que serait leur avenir conjugal ? Pourvu que non…

En l'entendant frapper à la porte, elle l'invita à entrer. Il était en peignoir, comme la veille, et jambes nues.

— J'espère que je ne viens pas trop tôt, fit-il d'un ton bourru.

— Pas du tout.

Il s'approcha et ôta son peignoir. Il ne portait rien en dessous, cette fois. Avait-il eu la même idée qu'elle sur la perte de temps que représentaient les vêtements ? Elle frémit d'impatience. Il était déjà en érection. Elle fut impressionnée par la taille de cette verge dressée.

— Vous avez froid ?

Il se glissa près d'elle et la prit dans ses bras.

— J'ai l'habitude, marmonna-t-elle contre son torse.

Il la serra plus fort, et elle se lova dans son étreinte.

— Vous vous sentez bien ?

Elle ne comprit pas immédiatement.

— Oui, très bien, merci.

Elle avait la voix trop stridente. Il posa une main sur son flanc, sous son sein, dont la pointe se dressa à ce contact.

« Oh oui, songea-t-elle, caresse-moi là... »

— Puis-je... ? souffla-t-il en glissant la main plus haut.

— Oui, chuchota-t-elle.

Il prit un sein dans sa paume mais, en sentant le sursaut de la jeune femme, s'écarta aussitôt.

— Vous avez froid.

Il se leva et se dirigea vers une commode pour ouvrir un tiroir.

Fascinée, elle se redressa pour observer son dos et ses fesses musclées, qu'elle eut soudain envie de toucher.

Lorsqu'il se retourna, elle baissa les yeux pour ne pas lui montrer qu'elle le scrutait. Il posa une couverture sur elle, puis se remit au lit et attira la jeune femme vers lui.

— Je ne veux pas que vous ayez froid, dit-il d'un ton détaché, comme s'ils n'étaient pas enlacés, nus, dans un lit.

— Je n'avais pas...

Elle soupira. À quoi bon ? Au lieu de discuter avec lui de sa température corporelle, mieux valait découvrir s'il avait l'intention de lui donner du plaisir ou de simplement respecter sa part du contrat.

En sentant son sexe dressé contre sa cuisse, Lavinia se remit à trembler. Seigneur ! Pourvu qu'il ne l'enveloppe pas dans une couverture de laine, au lieu de lui faire l'amour ! Par chance, il ne remarqua pas ce frisson, ou bien il décida de l'ignorer.

— Lavinia...

Il s'empara de ses lèvres. Le contact de sa barbe naissante était un peu rugueux mais étrangement agréable, et soulignait leurs différences. Il était grand, musclé et viril ; elle était petite, douce et voluptueuse. Au lit, la taille n'était plus un problème. Thaddeus se mit à pétrir un sein.

Voilà qui était mieux...

Très vite, cependant, il glissa la main vers le haut de ses cuisses qu'il écarta, avant de s'allonger sur son corps.

Il prit une profonde inspiration et plaça son sexe à l'entrée de son vagin. Hésitant, il chercha son regard. Il semblait... inquiet, et non passionné ou désireux de prendre son plaisir.

— Tout va bien, je n'ai pas mal, dit-elle d'un ton qui se voulait rassurant.

Il répondit d'un grommellement, puis s'insinua en elle. Elle écarta les jambes pour mieux l'accueillir.

Même s'il lui semblait difficile d'être plus proche de lui, elle enroula les bras autour de lui. Ses mains se posèrent sur sa chute de reins. Aussitôt, ses fesses se crispèrent et elle ressentit comme une onde de plaisir indicible.

Elle voulait qu'il la touche à cet endroit précis. Hélas, elle doutait de pouvoir créer un tel contact, même en se tortillant.

N'avait-il donc jamais donné de plaisir à une femme de cette façon ?

Elle-même se caressait et connaissait les zones sensibles. Elle se promit de lui en parler, mais en évitant de mettre les pieds dans le plat en demandant :

« Savez-vous au moins, Votre Grâce, où se situe le clitoris ? »

Thaddeus montait vers l'extase et accentuait ses mouvements de reins. La jeune femme avait les mains plaquées sur ses fesses tandis qu'il ondulait entre ses cuisses. Dans un ultime coup de boutoir, il se déversa en elle avec une plainte rauque.

Il s'écroula sur elle, repu, et reprit son souffle. Depuis qu'il était duc, il avait rarement l'occasion de lâcher prise. Un officier n'avait pas le droit de se laisser aller, au contraire d'un duc, mais il ne tolérerait pas un manquement à ses obligations, d'où cet accord avec sa femme.

Pour l'heure, il voulait baisser la garde pour savourer cette plénitude prolongeant la jouissance. Mais Lavinia tapota son épaule.

— Vous voulez bien... ?

Elle gigota pour lui indiquer qu'il était trop lourd.

— Bien sûr, fit-il, embarrassé, en roulant sur le côté. Je ne voulais pas...

— Oh, ce n'est rien, dit-elle d'un ton enjoué, moins sensuel qu'il ne l'aurait souhaité. Je suis fatiguée et la journée a été longue.

Il fixa le plafond, les mains croisées sur son torse.

— Vous êtes partie de bonne heure, ce matin.

Y avait-il une note de réprobation dans sa question ? Ou de possessivité ? Il réfléchit, sourcils froncés. Il était en droit de savoir où se trouvait sa duchesse quand ils n'étaient pas ensemble.

— En effet, admit-elle, amusée. Je suis allée voir ma famille.

« Sa famille ? » songea-t-il, contrarié. N'était-ce pas lui sa famille, désormais ?

— Eh bien... j'espère que vous resterez à la maison, demain. Je crois que Mme Webb souhaite s'entretenir avec vous de certaines questions domestiques.

— Je lui ai parlé à mon retour. Nous avons rendez-vous après le petit déjeuner. Je m'entretiendrai avec Fletchfield après le déjeuner.

Elle s'exprimait du ton d'une mère qui raisonne un enfant capricieux. Bon sang ! Ce n'était pas ainsi qu'il imaginait cette conversation. Il espérait lui avoir procuré suffisamment de plaisir pour l'amadouer, la rendre plus conciliante, plus malléable.

« Elle est différente de sa sœur, lui intima la petite voix de la raison. Tu ne lui as peut-être pas procuré assez de plaisir. T'a-t-elle donné l'impression d'atteindre l'orgasme ? »

Il n'y avait pas vraiment réfléchi. Le sexe était simplement une nécessité pour lui – d'où sa présence sur la liste.

Ses partenaires précédentes semblaient relativement satisfaites, mais avaient-elles éprouvé du plaisir ? Il devait admettre qu'il n'en avait aucune idée.

Il n'avait considéré Lavinia que pour ce que ses formes généreuses et son esprit ouvert pouvaient lui apporter.

— Vous comptez rester longtemps ? demanda-t-elle.

— Vous voulez que je m'en aille ? s'enquit-il en la dévisageant.

Elle haussa les épaules.

— Cela m'est égal, mais je suis fatiguée. Alors si vous comptez partir, faites-le bientôt afin de ne pas me réveiller plus tard.

Il eut soudain le souffle court. N'était-ce pas ce qu'il voulait ? Une vie de couple qui se limitait à la copulation ?

Il se redressa et tendit la main vers son peignoir.

— Je vous souhaite une bonne nuit, maugréa-t-il.

— Dormez bien, Thaddeus, répliqua-t-elle avec entrain.

Il réprima un grommellement et se retira d'un pas décidé. Déjà, sa vie d'homme marié ne répondait pas à ses attentes.

Dès que la porte se fut refermée, Lavinia poussa un long soupir. La vie conjugale n'était pas du tout ce à quoi elle s'attendait. Elle espérait une deuxième nuit différente, après la déception de la veille. Hélas, après quelques baisers et caresses pour la forme, il s'était insinué en elle et avait progressé à son rythme sans se soucier de ses besoins ou envies.

La plupart des femmes vivaient sans doute la même chose soir après soir. Elle était réaliste : son expérience n'avait rien d'exceptionnel. Pourtant, l'attirance qu'elle percevait entre eux lui avait donné de l'espoir… mais il se comportait comme un homme des cavernes.

Si au moins il lui donnait du plaisir ! De sa part, elle n'avait eu droit qu'à quelques grognements.

Elle quitta le lit et enfila le peignoir de Caroline, avant de s'installer devant son secrétaire. Il faudrait qu'elle fasse quelques emplettes. Elle possédait une garde-robe acceptable pour une jeune fille issue d'une famille excentrique, mais indigne de ce que la société attendait d'une duchesse. Nancy, sa femme de chambre, n'avait pas masqué sa surprise lorsqu'elle s'était préparée pour le dîner, la veille.

Elle se réjouissait à la perspective de porter de jolies robes. Elle aimait aussi sa chambre confortable et luxueuse. Être duchesse avait de bons côtés. Quel dommage que l'aspect du mariage sur lequel elle fondait le plus d'espoirs se révèle une déception !

Elle lui en parlerait. Ce serait peut-être délicat, au départ. Peut-être serait-il sur la défensive. Mais quand ils auraient résolu leur problème, ils seraient plus heureux.

En attendant, elle achèterait des toilettes de duchesse et s'impliquerait dans la gestion de son foyer… et elle adopterait un chien. Soudain, une idée lui vint : et si cette déception était ce qui incitait tant de femmes à lire des romans tels que les siens ?

Dans ce cas, elle continuerait à écrire, ne serait-ce que pour aider ces lectrices insatisfaites de leur existence. Elle voulait prêter sa plume à celles qui n'avaient pas voix au chapitre, pour ainsi dire. Elle sourit et prit une feuille de papier.

Elle écrirait un nouveau roman qui comblerait le vide laissé par les maris trop pressés.

J'étais trop abasourdie pour prononcer un mot. Un mariage ?

Mon mutisme ne le troublait en rien, apparemment. Il se mit à arpenter la pièce à longues enjambées. Il m'aurait fallu deux fois plus de temps que lui pour parcourir la même distance.

Soudain, il s'arrêta devant moi.

— Vous possédez quelque chose que je veux acquérir, déclara-t-il d'un ton dur. Et pour l'obtenir, je dois être marié avec vous.

Je me levai d'un bond.

C'était ce que j'espérais depuis plusieurs semaines, mais pas dans ces conditions.

— Je refuse de rester ici à écouter vos sornettes !

D'une main ferme sur mon épaule, il me fit rasseoir sur le divan.

Je levai les yeux vers lui. Pour la première fois depuis mon arrivée, j'avais peur.

Un ténébreux époux, de Percy Wittlesford.

13

Le lendemain matin, Thaddeus se leva très tôt, mais pas pour intercepter Lavinia si elle se mettait en tête de sortir. Du moins espérait-il s'en convaincre.

Elle vivait sous son toit, désormais. Cette escapade le jour suivant leurs noces pouvait être perçue comme un signe de mécontentement.

Néanmoins, il avait établi clairement que leur cohabitation ne serait que provisoire. Pouvait-il lui reprocher son comportement ?

Il buvait son café, seul à la grande table de la salle à manger, sous le regard de trois domestiques au garde-à-vous. Il n'avait pas coutume d'être observé de la sorte. Et les journaux n'avaient sans doute pas encore été livrés, car Fletchfield les lui remettait sans faute chaque matin. Quelle situation embarrassante !

Dès qu'il reposa sa tasse sur sa soucoupe, un domestique s'empressa de la prendre.

— Encore un peu de café, Votre Grâce ?

— Volontiers.

Le jeune homme s'éclipsa. Il n'en restait plus que deux.

Soudain, la porte s'ouvrit et Lavinia apparut. Sa présence emplit la pièce, en dépit de sa carrure modeste. Il trouva sa robe un peu simple, et pas suffisamment décolletée à son goût. Cela dit, une duchesse se devait d'arborer une tenue sage à cette heure de la journée.

Il aurait volontiers oublié les convenances pour monter dans sa chambre avec elle, histoire d'engendrer un héritier… Cette pensée déclencha une érection malvenue. Depuis quand pensait-il à copuler en pleine journée ? D'ailleurs, cela se faisait-il ?

En croisant son regard, elle eut un sursaut. Aurait-elle deviné ses pensées ?

— J'ignorais que vous étiez là, Thaddeus, dit-elle en prenant place à l'autre extrémité de la table.

Il fronça les sourcils. Où diable voulait-elle qu'il se trouve ?

— Voulez-vous vous asseoir plus près de moi ? demanda-t-il en espérant ne pas sembler autoritaire.

— Avec plaisir, répondit-elle en souriant. Merci de me le proposer.

Elle s'installa à sa gauche.

— Une tasse de thé, Votre Grâce ? s'enquit un valet.

Elle lui adressa un sourire lumineux.

— Très volontiers. Quel est votre nom ?

— Smith, Votre Grâce.

— Merci, Smith. Je prendrai du thé avec un nuage de lait et du sucre.

Elle se tourna vers son mari.

— J'aime les saveurs sucrées, lui expliqua-t-elle. Je suis incapable d'y résister.

— Quels sont vos projets pour la journée ?

— À part mes entretiens avec la gouvernante et le majordome ? fit-elle non sans malice.

« Aïe ! » songea-t-il. Son ton avait été trop possessif, une fois de plus, et elle ne manquait pas de le rappeler subtilement à l'ordre.

— Oui…

— Tout va bien, je vous assure, dit-elle en lui tapotant le bras, visiblement amusée. Je pensais faire quelques emplettes. J'ai besoin d'un peignoir et je voudrais commander de nouvelles robes dignes de l'épouse d'un homme de votre rang.

Elle le taquinait sans vergogne mais, pour une raison inconnue, il ne lui en voulait pas.

Lavinia savoura une première gorgée de thé. Son expression de plaisir, sa façon de s'humecter les lèvres étaient fascinantes. Réagissait-elle de manière aussi sensuelle chaque fois qu'elle buvait du thé ? Pourvu que non.

— Aimeriez-vous avoir un peu de compagnie lors de vos achats ? proposa-t-il sans réfléchir.

Il avait envie de passer du temps avec cette femme, *sa* femme, qui semblait s'amuser d'un rien.

— Si vous êtes certain de ne pas vous ennuyer à mourir, répliqua-t-elle étonnée, votre présence me sera utile. En général, ma mère m'accompagne. (Elle leva les yeux au ciel d'un air exaspéré.) Ainsi que Jane. Cette fois, je ne risque pas de me voir imposer des modèles excentriques qui me donnent l'air d'un couvre-théière.

Thaddeus s'esclaffa.

— Un couvre-théière ? Jamais de la vie !

Elle évoquait plutôt une théière ouvragée, tout en rondeurs et en chaleur.

— Je suis trop petite pour avoir de l'allure, quelle que soit la toilette, expliqua-t-elle. J'envie ces femmes élancées qui ont un port de reine.

L'instinct de protection de Thaddeus ressurgit. Il la trouvait belle telle qu'elle était, de ses cheveux soyeux à ses fossettes, sans oublier ses courbes. Sa personnalité la rendait unique et irrésistible. Et pourtant, il devait lui résister car leur couple n'avait pas d'avenir. Mieux valait qu'il s'en tienne à son objectif de procréation.

Et elle, était-ce ce qu'elle voulait ?

De plus, il venait de lui proposer de l'accompagner... Quel imbécile !

— Je vous laisse prendre votre petit déjeuner, annonça-t-il en se levant. À quelle heure souhaitez-vous partir ?

— Dans l'après-midi, après ma réunion. Vers quinze heures ?

— Excellent. Je vais travailler jusqu'au déjeuner.

— Excellent, railla-t-elle avec un sourire entendu.

Qu'est-ce qui pouvait l'amuser à ce point ? Après tout, il préférait ne pas le savoir…

Lavinia regarda son mari quitter la salle à manger. Il essayait de se montrer sévère et austère, mais il l'invitait à se rapprocher de lui à table et voulait l'accompagner dans les boutiques…

C'était touchant. Et bienvenu.

— Puis-je vous servir quelque chose, Votre Grâce ? demanda l'autre valet. Je vous ai entendue parler de votre goût du sucré. La cuisinière a préparé des scones aux raisins.

— J'y goûterai volontiers. Quel est votre nom ?

— Powell, Votre Grâce, répondit-il en s'inclinant.

— Je vous remercie.

Il posa devant elle une assiette garnie de scones appétissants, accompagnés de crème et de confiture de fraises.

Être duchesse n'était pas sans avantages…

Thaddeus ne semblait pas avoir mangé. Il paraissait pourtant apprécier les bonnes choses – comme ce punch, le soir de leur rencontre. Le souvenir de son expression ravie lui donna envie de l'inciter à se détendre, à baisser sa garde… et à lui procurer ce plaisir qu'elle désirait de tout son corps.

Il fallait absolument qu'elle lui en parle au plus vite, avant qu'ils s'installent dans une sorte de routine. Comment aborder le sujet ?

D'abord, il fallait se préparer.

Elle finit son scone généreusement tartiné de crème et de confiture, puis regagna sa chambre afin de dresser une nouvelle liste.

À ce rythme, elle finirait par publier un livre entier de listes.

Sujets de discussion à propos de nos activités nocturnes

1. *Davantage de baisers.*
2. *Passer plus de temps qu'actuellement.*
   a. *Être patient.*
   b. *Être curieux.*
   c. *Être aventureux.*
3. *Ce devrait être plus amusant qu'actuellement.*
   a. *Pour moi.*
4. *Parler de ce qui est le plus agréable. Une conversation franche donne de meilleurs résultats.*

— À table ! dit Lavinia, qui reprit sa place à la gauche du duc sans qu'il le lui demande.

Dans la matinée, après avoir dressé sa liste, elle s'était entretenue avec Mme Webb, la gouvernante, qui lui avait fait visiter un nombre impressionnant de pièces et qui semblait approuver les décisions du duc en matière domestique.

Celui-ci ne recevait guère de visites à part son cousin, l'ancien duc, la sœur de son cousin et son ami le duc de Malvern, qui avait épousé la sœur dudit cousin. Ces derniers temps, ils ne venaient plus guère car ils étaient tous mariés.

Un solitaire, songea Lavinia, même s'il n'en avait pas conscience lui-même. Pourquoi avait-il proposé de l'accompagner cet après-midi ? Il ne semblait pas apprécier particulièrement sa compagnie et ne pouvait se passionner pour la mode.

— Vous avez passé une bonne matinée ? insista-t-elle en constatant qu'il lui avait répondu d'un vague grommellement.

Cette fois, il haussa les épaules, qu'il avait musclées et fermes. Il aurait eu une élégance naturelle dans n'importe quelle tenue, même une robe…

— Qu'est-ce qui vous amuse ?

Il fit signe à Smith d'apporter un plateau chargé de mets appétissants.

Je vous imagine en robe de bal, avec vos gros biceps et vos longues jambes.

— Peu importe, ajouta-t-il avec un geste nonchalant, ce qui évita à la jeune femme de mentir. Cela ne me regarde pas.

Il se servit de poulet au romarin.

— Vous en voulez ?

Elle acquiesça, un peu vexée quand même qu'il n'ait que faire de la raison de son amusement.

— Il vous reste à voir Fletchfield, n'est-ce pas ?

— En effet, marmonna-t-elle, la bouche pleine. Ce ne sera pas long. À propos, je voulais vous demander si nous pourrions organiser une fête…

Il parut si abasourdi qu'elle eut l'impression de lui avoir demandé si elle pouvait jouer au badminton dans le plus simple appareil.

— Une… fête ? bredouilla-t-il comme s'il ignorait le sens de ce mot.

— Cela fait six mois que vous êtes duc, non ? Et vous êtes marié, à présent. Vous devez vous présenter officiellement à la bonne société.

— Les gens me connaissent déjà, objecta-t-il d'un ton lugubre.

— Pas vraiment. Ils n'ont jamais mis les pieds chez vous, dégusté vos plats, vos alcools, les vins de votre cave…

— Très bien, concéda-t-il sèchement.

— À la bonne heure ! s'exclama-t-elle, ignorant sa mine renfrognée. Je m'occupe des préparatifs avec Fletchfield, Mme Webb et la cuisinière. Vous vous contenterez de faire votre apparition en grande tenue.

Il marmonna quelques mots dans sa barbe. Lavinia crut l'entendre évoquer les « tons pastel », puis il posa sa serviette sur la table.

— Retrouvons-nous à l'issue de votre entretien avec Fletchfield. Je serai dans mon bureau. Il vous indiquera le chemin.

— Votre Grâce ? fit Melmsford.

Son air inquiet suggérait que Thaddeus n'avait pas répondu à une question. Encore une fois.

— Quoi ? fit-il en essayant de se concentrer sur le document posé devant lui, au lieu d'imaginer le moment où Lavinia le rejoindrait.

Depuis qu'elle vivait sous son toit, il avait l'impression que tout était sombre quand elle n'était pas là. C'était ridicule...

— Nous finirons les comptes une autre fois, suggéra Melmsford en tendant la main vers le registre.

— Non. Tout va bien. Je suis un peu distrait.

Melmsford se rassit, peu convaincu.

— Y a-t-il quelque chose dont vous aimeriez parler ?

C'était un geste inhabituel de la part d'un employé, mais Thaddeus n'avait personne à qui se confier. Sebastian et Nash, ses deux meilleurs amis, coulaient des jours heureux avec leurs épouses respectives. Melmsford était un homme bienveillant.

— Vous n'êtes pas marié, n'est-ce pas ?

Son secrétaire secoua la tête.

— Non, mais j'espère rencontrer l'âme sœur, un jour.

Il s'interrompit et parut chercher ses mots.

— La duchesse est une bonne personne, du moins me semble-t-il.

— C'est vrai, confirma Thaddeus. Mais...

Ce n'est pas elle que j'aurais choisie, et j'ai conclu un accord avec elle. Hélas, je ne sais pas comment me comporter quand nous sommes ensemble.

Il ne pouvait s'en ouvrir à Melmsford.

— Remettons-nous au travail, marmonna-t-il.

Tandis qu'ils évoquaient diverses questions relatives aux domaines, aux terres, au bétail et aux métayers, Thaddeus demeurait troublé par l'ambiguïté de son comportement envers Lavinia. S'il avait su que le mariage impliquait autant de soucis, il aurait sans doute prolongé son célibat... Mais alors, il n'aurait pas connu les délices de ses baisers, de sa peau nacrée et de sa douce chaleur. Nom d'un chien ! Les plaisirs de la chair le détournaient totalement de ses objectifs. Et voilà qu'il était en érection, en pleine journée, en présence de son secrétaire ! Vite, il fallait chasser ces pensées lubriques et prendre son mal en patience jusqu'à ce soir.

À moins que...

— Me voici !

L'entrée fracassante de Lavinia fit sursauter les deux hommes.

— Vous en avez terminé avec la paperasserie ? demanda-t-elle avec entrain. Sinon, je peux patienter.

Thaddeus se sentait un peu étourdi.

— Nous avons terminé, décréta-t-il en se levant.

Melmsford les observa tour à tour, comme s'il s'attendait à une explosion.

— Ce sera tout, Melmsford.

— Bien sûr, Votre Grâce, répondit-il en s'inclinant devant Lavinia, avant de s'éclipser.

La jeune femme prit la place du secrétaire et se pencha sur les documents qui jonchaient le bureau.

— Mon Dieu ! Ces colonnes de chiffres... Percy serait au paradis !

Percy ? Thaddeus ressentit un élan de jalousie, puis il se rendit compte qu'elle parlait de son frère.

— Mme Webb et M. Fletchfield sont impressionnés par la rapidité avec laquelle vous vous êtes adapté à vos nouvelles fonctions, expliqua-t-elle. Il semble que votre prédécesseur… votre cousin, je crois, était un homme de cœur mais qu'il ne possédait pas votre discipline.

— Avant d'hériter, Sebastian ne s'intéressait qu'à…

Il s'interrompit. On n'évoquait pas ces choses en présence d'une dame. Toutefois, il s'agissait de son épouse… qui n'avait pas sa langue dans sa poche.

— À quoi ? demanda-t-elle.

— Aux femmes.

Elle rougit. Aurait-il embarrassé l'audacieuse Lavinia Capel, désormais duchesse de Hasford ?

— À ce propos, reprit-elle en sortant une feuille de papier de sa poche. J'aimerais discuter avec vous d'un sujet qui me tient à cœur.

Il hésita.

— Et vos emplettes ? Les boutiques vont bientôt fermer, ajouta-t-il en sortant sa montre de gousset.

— C'est plus important que les boutiques, affirma Lavinia en posant la feuille sur le bureau. Il s'agit de nous.

Maintenant qu'elle avait son attention, elle se rendit compte qu'il n'allait pas apprécier cette conversation. Quel homme, ancien militaire de surcroît, sans oublier son titre de duc, aimerait entendre qu'il n'était pas à la hauteur sexuellement ?

Elle pouvait ne rien dire et endurer les choses jusqu'à ce qu'elle ait un fils, en acceptant sans discuter de le recevoir dans son lit. Elle avait déjà fait des concessions en acceptant son marché : être privée de plaisir serait simplement une frustration de plus.

— Nous ? répéta-t-il d'un ton sec.

Elle tapota sa liste.

— Notamment nos... tentatives de procréation.

Dans un roman, elle aurait choisi une autre formule, bien sûr. La situation était des plus incongrues. Elle avait l'impression d'être une employée venue formuler une requête.

— Installons-nous sur le divan, proposa-t-elle.

Elle prit la liste et se dirigea vers celui-ci. Thaddeus la rejoignit sans un mot, occupant la majeure partie du divan. Elle en profita pour admirer ses cuisses fuselées.

— Par nos tentatives de procréation, vous entendez...

— Précisément. Je pensais que cette activité serait agréable pour tous les deux.

— Ce n'est pas le cas ? demanda-t-il, stupéfait.

Le pauvre... Quelle ignorance !

— Non, ce n'est pas le cas. Puisque nous sommes d'accord pour nous séparer dès que vous aurez un héritier...

Je devrai abandonner mon enfant, mais il ne faut pas y penser.

— ... j'aimerais en retirer plus de joie.

Un silence pesant s'installa entre eux. Thaddeus respira profondément.

— Je vois, souffla-t-il.

Encore un silence.

— Et votre liste est censée nous aider ?

Il parcourut les divers éléments.

— Plus de baisers ?

— Oui.

— Je devrai y consacrer plus de temps d'une manière générale ?

Elle acquiesça encore.

— Être patient, curieux, aventureux ?

— Absolument.

Il la dévisagea longuement, sans animosité. Comme lorsqu'il la regardait sans voir qu'elle s'en rendait compte.

— Je dois faire preuve de patience, de curiosité et avoir le goût de l'aventure, fit-il d'une voix de prédateur qui l'émoustilla.

Il plissa les yeux.

— Vous aussi, alors, décréta-t-il.

— Naturellement…

Elle avait le souffle court, ce qui était bon signe.

— Et nous découvrirons ensemble ce qui procure du plaisir ?

— Hmm.

Elle ressentait un tel désir, en cet instant, qu'elle parvenait à peine à prononcer un mot. Une douce torture que rien ne pourrait soulager, sinon… Le duc esquissa un sourire sensuel qui lui donna un air un peu canaille. Elle dut se retenir de se jeter sur lui.

— J'accepte ce nouveau contrat, dit-il en lui rendant le document.

Il lui tendit la main :

— Scellons notre accord.

Dès que leurs paumes se touchèrent, elle ne put réprimer un soupir d'anticipation à l'idée de la soirée à venir.

Comme il serait délicieux d'explorer le corps de cet homme, de découvrir ce qui le faisait gémir de plaisir et de le laisser lui rendre la pareille.

Quel soulagement ! Au lieu de s'offusquer, il l'avait écoutée avant d'accepter ses requêtes. C'était encourageant, dans la perspective de la « conversation franche » citée dans la liste.

Comment patienter jusqu'au soir ?

— Et si nous nous préparions pour sortir, à présent ? proposa Thaddeus.

Il savait pertinemment quel effet il produisait sur elle et ce qu'il comptait lui faire. Et elle brûlait d'impatience.

— Vous ne le savez pas encore, dit-il, debout face à moi, les mains sur les hanches, mais vous n'avez pas le choix. Vous devez m'épouser. Votre père vous a promise à moi et je vais prendre ce qui m'est dû.

— Mon père n'aurait jamais fait une chose pareille ! m'exclamai-je. Il doit s'agir d'un malentendu !

Je voulus me lever, mais il me repoussa sur le divan.

— Peu m'importe ce que vous croyez, railla-t-il avec un sourire mauvais. Vous m'épouserez avant minuit. Sinon...

Son expression était chargée d'une menace tacite.

— Je ferai de vous ce que je veux, quoi qu'il arrive. Et si vous m'épousez, je vous laisserai tranquille. À vous de choisir.

C'est ainsi que je devins la comtesse de Dramorsky.

Un ténébreux époux, de Percy Wittlesford.

14

Devait-il la féliciter d'avoir exprimé ses sentiments, s'en vouloir de ne pas avoir perçu sa déception, ou la soulever de terre et la porter dès maintenant vers sa chambre ?

Cette conversation avait mis l'imagination de Thaddeus en émoi. N'existait-il donc pas de limites à ce qui pouvait se passer entre mari et femme ? S'il attendait la soirée avec impatience, il savait qu'elle était dans le même état d'esprit. Au plus profond de lui, il eut envie de la titiller, d'attiser sa frustration… jusqu'à ce qu'ils se retrouvent enfin seuls.

Il afficha donc une expression impassible et posa les mains sur ses cuisses.

— Eh bien, merci d'avoir exprimé vos préoccupations. Ce fut très…

Il avait les yeux rivés sur son visage. Elle se mordillait la lèvre malgré elle.

— … informatif, poursuivit-il. Allons-nous faire ces achats ?

Il tendit une main, qu'elle accepta. Au lieu de l'entraîner dehors, il l'attira vers lui.

— Oh, mais il me semble que vous souhaitiez plus de baisers…

Sans attendre de réponse, il la prit par la taille et s'empara de ses lèvres. Étonnée, elle ne réagit pas tout de suite. Il saurait se montrer patient, comme elle le lui avait demandé. Il attendit donc qu'elle se détende et enroule les bras autour de son cou.

Dès son premier coup de langue, il crut percevoir un rire rauque dans la gorge de la jeune femme. Elle se lova contre lui et entrouvrit les lèvres pour s'offrir.

Patience.

Thaddeus entreprit une exploration sensuelle de sa bouche. Il goûta la saveur du thé qu'elle venait de boire. Leurs langues avides se livrèrent au plus doux des jeux sensuels. Lavinia répondit à chaque caresse, chaque succion, avec la même intensité.

Plus rien n'existait que leurs lèvres jointes, cette union fébrile qui donnait à Thaddeus envie de soulever sa robe pour voir si son sexe était humide de désir. Il brûlait de la pénétrer d'un doigt.

Patience.

Car ce n'était pas ce qu'elle lui avait demandé. Elle voulait de l'aventure, des découvertes, parler ouvertement de ce qu'ils aimaient. Et elle voulait des baisers.

Au lieu de se précipiter vers une conclusion rapide, il prolongea donc ce baiser en insistant sur ce qu'elle semblait apprécier : aspirer sa langue dans sa bouche, mordiller sa lèvre inférieure…

Au bout d'un moment, il n'eut plus à se souvenir d'être patient. Ils éprouvaient tant de plaisir à s'embrasser que c'était suffisant, malgré la torture de son érection.

Lorsqu'elle gémit, il la serra plus fort pour savourer le contact de ses seins lourds contre son torse.

Il avait envie de les pétrir sous ses paumes, de pincer ses mamelons entre ses doigts. Il ne leur avait guère accordé d'attention, jusqu'à présent. Pourrait-il la faire monter vers l'extase uniquement en lui caressant les seins ?

Ce n'était pas le moment de le vérifier.

Il interrompit leur baiser, pour poser les lèvres juste sous son oreille.

— Nous pourrions nous contenter de ceci, souffla-t-il. Mais vous voulez que je vous explore…

Il glissa les mains vers ses seins. Aussitôt, elle frémit de la tête aux pieds.

— Je veux vous explorer tout entière…

Ses lèvres s'approchèrent de son oreille.

— Vous avez raison d'exiger de la patience et de la curiosité.

Sa verge dressée tendait son pantalon.

— Mais j'en exigerai autant de vous.

Il prit une main de la jeune femme et la dirigea lentement vers son membre en érection. Lentement, afin qu'elle puisse l'arrêter si elle le voulait. Elle ne le fit pas. Il plaça sa paume sur le renflement de tissu afin qu'elle comprenne l'effet qu'elle produisait sur lui.

— Ce soir, souffla-t-il, je vous explorerai et j'espère que vous m'explorerez aussi.

Il s'écarta légèrement. Elle avait toujours la main sur son sexe et les paupières lourdes de désir, les lèvres gonflées par leur baiser.

Lorsqu'elle croisa son regard, il retint son souffle. L'aurait-il choquée ? Bien sûr que non.

Ses lèvres purpurines esquissèrent un sourire ravageur que soulignait sa fossette.

— C'est promis, trésor, railla-t-elle avec un sourire espiègle. J'ai hâte…

Soutenant toujours son regard, elle ôta la main de son pantalon, et son sourire se fit plus coquin.

— Allons faire les boutiques, et vous me conseillerez sur mes tenues.

Sur ces mots, elle lui adressa un clin d'œil et s'éloigna.

Fasciné par ce clin d'œil, ce sourire et l'assurance de sa démarche, il se figea un instant avant de lui emboîter le pas.

— Ne m'appelez pas « trésor ».

Pour toute réponse, elle éclata de rire.

À l'issue de cette scène torride, Lavinia peina à se concentrer. Même le plaisir d'acquérir une garde-robe digne d'une duchesse ne parvint pas à la détourner de ce qui allait se passer le soir venu.

Enfin, elle avait une garde-robe digne de ce nom. La couturière, qui habillait aussi la mère de Lavinia, avait déployé mille efforts pour répondre aux besoins du couple, même si le duc ne semblait guère se passionner pour la mode. Sa seule exigence était un rejet des tons pastel.

Lavinia partageait cette aversion.

Ils avaient dîné rapidement, en silence, échangeant des regards lourds de promesses pour la nuit qui s'annonçait. La jeune femme brûlait d'impatience. Quand vint le moment de se retirer, elle gagna sa chambre, puis elle se posta au milieu de la pièce, drapée dans son peignoir.

Ce baiser… Ce baiser magique l'avait convaincue que cet aspect de leur vie de couple pouvait s'améliorer. Elle appréciait que Thaddeus ne se soit pas précipité, qu'il ait fait preuve de la patience qu'elle réclamait. Tellement de patience qu'elle en voulait davantage…

Soudain, la porte s'ouvrit. Dans un sursaut, elle se tourna vers le duc. Vêtu du même peignoir que les autres soirs, il s'avança vers elle, pieds nus, d'un air de prédateur sans être menaçant. Lavinia avait envie d'être un délicieux festin qu'il savourerait à loisir.

— Vous souriez encore, constata-t-il d'une voix rauque.

— Je souris trop, Votre Grâce ? demanda-t-elle pour le provoquer.

Il secoua la tête.

— J'aime votre sourire, assura-t-il avec un rictus gourmand qui fit naître des frissons dans tout le corps de la jeune femme. Je veux vous faire sourire.

Aurait-elle réveillé la bête en lui ? Dans ce cas, elle s'en réjouissait. Elle leva les yeux vers lui. Il était si proche qu'elle captait un parfum boisé de savon. Elle l'imagina aussitôt en bûcheron torse nu, en pleine forêt. Armé d'une hache.

— Comment comptez-vous me faire sourire, trésor ? s'enquit-elle d'une voix douce.

Il la prit par les bras et se pencha pour l'embrasser dans le cou. Elle se cambra et émit un gémissement étouffé. Les lèvres de Thaddeus se mirent à vagabonder sur sa peau nacrée. Le souffle court, elle glissa une main sous un pan de son peignoir, sur son torse. Ses pectoraux fermes étaient parsemés d'une légère toison.

— Vous voulez de la patience, de la curiosité, de l'aventure, dit-il en la soulevant dans ses bras.

Elle poussa un cri de surprise lorsqu'il la déposa sur le lit avant de la rejoindre. Elle éclata de rire quand il s'allongea sur son corps, veillant à ne pas l'écraser sous son poids.

— C'est là votre esprit aventurier ? plaisanta-t-elle. Sur le lit ? Votre Grâce, quelle audace !

Un instant vexé par son impudence, il s'amusa vite de son espièglerie.

— Je ne veux pas satisfaire votre curiosité tout de suite, grommela-t-il. Nous quitterons peu à peu le confort de ce lit, sachez-le.

Il avait réussi à piquer sa curiosité. Où comptait-il l'entraîner ? Sur le tapis, peut-être ? Contre un mur ? Dans le parc ?

Cela s'annonçait bien… pour tous les deux.

— Je brûle d'impatience, souffla-t-elle.

— Patience, Lavinia…

Il l'embrassa avec un mélange de fermeté et de douceur. Leurs corps se fondirent l'un à l'autre. Il enfouit les doigts dans sa chevelure et l'invita à ouvrir les lèvres. Lavinia insinua la langue dans sa bouche, comme elle l'avait fait plus tôt dans la journée. En l'absence de vêtements, la sensation était encore plus enivrante. La chair de la jeune femme s'embrasa. Lorsqu'il posa l'autre main sur sa hanche, elle eut envie de le supplier de la remonter. Mais il lui répondrait d'être patiente.

Elle ne voulait pas être patiente !

Sans cesser de l'embrasser fébrilement, Thaddeus lui caressa le ventre.

— Cette curiosité est-elle suffisante pour vous, madame qui aime les listes ?

Elle croisa son regard et y lut un désir intense, consciente d'exprimer la même passion. Mais elle ne l'avait pas encore touché, du moins pas comme elle le souhaitait.

— C'est un bon début, admit-elle en posant une main sur sa nuque. J'apprécie ces baisers.

Elle s'humecta les lèvres d'un air suggestif qui coupa le souffle de Thaddeus. Elle frémit.

— Mais j'ai envie d'exploration. Je suis très curieuse, voyez-vous…

Elle effleura du bout des doigts ses larges épaules pour faire glisser le peignoir sur sa peau.

— Je veux savoir ce que vous ressentez.

Elle palpa ses biceps, puis ses pectoraux, sentant les battements de son cœur sous ses doigts.

— Ce que je ressens ?

Il posa les lèvres sur un point situé sous la clavicule de la jeune femme. Aussitôt, elle crispa les doigts sur ses muscles.

— Incroyable… Comment faites-vous pour… Peu importe, vous me raconterez plus tard.

Elle ne voulait pas le distraire en l'interrogeant sur sa condition physique.

— J'aime votre peau, avoua-t-il en titillant un sein avant de prendre le mamelon dressé entre ses lèvres.

— Oh ! s'exclama-t-elle dès la première succion.

Elle rejeta la tête en arrière. Thaddeus rit doucement et multiplia les coups de langue autour de son aréole. Chaque parcelle de sa peau réagit. La main de la jeune femme était toujours posée sur son torse pour en explorer les reliefs. Sa paume passa sur un mamelon.

Elle évoluait dans une douce torpeur. Elle voulait savourer l'instant mais brûlait d'atteindre la conclusion, qui ne serait pas la même pour elle et pour lui, d'après son expérience.

Il fallait qu'elle soit patiente, elle aussi…

Au bout d'un moment, alors que pointait l'orgasme peu à peu, elle ressentit le besoin de le sentir en elle, tandis qu'elle savourait le poids de son corps puissant…

— C'était mieux ? murmura-t-il entre les draps.

— Bien mieux, répondit-elle avec une petite tape dans le dos. Il semble que vous soyez aussi doué pour accepter les ordres que pour en donner.

Il grommela dans sa barbe, ce qui la fit sourire. Les termes de leur contrat seraient moins pénibles à respecter, dans ces conditions. Le temps qu'elle mette au monde un fils, elle tiendrait ses engagements. En se sentant sombrer dans le sommeil, elle se dit qu'elle aurait tout le temps d'y songer plus tard.

Le reste de sa vie, en réalité.

— Il faut que je regagne ma chambre, déclara soudain Thaddeus.

— Ah… Rien ne vous y oblige, vous savez.

Elle entendit un bruissement de draps, puis le sentit se lever du lit en maugréant des paroles indistinctes.

Le lit lui parut tristement vide, tout à coup, mais c'était ainsi que cela devait se dérouler, non ? L'objectif était d'engendrer un fils, rien de plus.

Elle remonta les couvertures sur son visage et attendit que la porte se referme pour pousser un long soupir.

Il tint parole.

Après la cérémonie, menée par un pasteur bougon qui ne s'intéressait qu'à l'argent que lui proposait mon mari, il fit tinter une cloche. La gouvernante vêtue de noir apparut. Sa mine réprobatrice m'indiqua que je n'avais pas d'allié dans cette maison.

— Montrez à madame ses appartements, ordonna le comte. Je reviendrai dans une semaine.

Sans un mot de plus, sans un regard, il s'en alla.

Je balayai la pièce du regard. J'avais envie de hurler de terreur ou de m'enfuir pour trouver de l'aide.

Mais nul ne m'entendrait. Nul ne me porterait secours.

J'étais totalement seule.

Un ténébreux époux, de Percy Wittlesford.

15

— Bonjour, Melmsford ! lança Thaddeus en entrant dans son bureau, plein d'allant.

— Bonjour, Votre Grâce.

Le secrétaire se leva, une liasse de documents dans une main.

— Posez cela, ordonna Thaddeus, qui ne voulait pas gâcher son bel entrain en se plongeant dans la paperasse. Et si nous faisions autre chose, aujourd'hui ?

— Autre chose ? s'étonna Melmsford.

— Oui, quelque chose qui ne nous oblige pas à rester enfermés par une si belle journée.

Les deux hommes se tournèrent vers la fenêtre. Le ciel était nuageux.

— Eh bien… pas si belle, je l'admets.

Pour lui, cependant, la journée était radieuse. Il savait désormais qu'il parviendrait à cocher un élément de sa liste tant qu'il vivrait avec sa femme, même si elle n'avait rien de la sage jeune fille qu'il avait au départ à l'esprit.

— Que souhaitez-vous faire ? s'enquit Melmsford.

Thaddeus haussa les épaules. Que faisait-il en compagnie de Sebastian et Nash, autrefois ?

Il buvait en tentant d'empêcher Nash de s'impliquer une fois de plus dans une rixe, et il enviait le charme de Sebastian auprès de la gent féminine. Rien de tout cela pour Melmsford et lui.

— Je crois que j'ai envie de faire des achats, annonça-t-il.

Le secrétaire ne masqua pas sa stupeur face à cette proposition incongrue.

— J'aimerais... acheter quelque chose pour ma femme.

Un cadeau qui exprimerait le plaisir qu'il prenait avec elle, et qui lui prouverait qu'il ne lui en voulait pas d'avoir abordé le sujet de leur sexualité. Il avait envie de lui offrir un cadeau, même s'il ne savait pas vraiment pourquoi.

— Un bijou, peut-être ? suggéra Melmsford.

C'était aussi l'idée de Thaddeus au début, mais il n'était plus très sûr. Lavinia préférerait un cadeau plus personnel. Cela dit, il ne la connaissait pas très bien – ce qui était préférable, dans le contexte de leur contrat...

Soudain, la bonne humeur du duc s'envola :

— Tant pis. Mettons-nous au travail.

Il s'assit à son bureau d'un air bougon.

— Comme vous voudrez, Votre Grâce.

Melmsford reprit sa place en observant Thaddeus du coin de l'œil.

Il ne pouvait s'en prendre qu'à lui-même s'il avait choisi de rester à distance de sa femme, persuadé qu'elle ne voudrait pas de lui. Il ne devait pas lui offrir de bijou, il ne devait pas découvrir ce qui la faisait sourire, à part ses baisers, car leur relation serait temporaire.

Pourquoi sentait-il soudain un grand vide à l'intérieur de lui ?

Quelques heures plus tard, les deux hommes avaient passé en revue les biens du duc en vérifiant que ses placements rapportaient des bénéfices optimaux. Thaddeus était déterminé à redresser la situation du duché. Sebastian avait commencé cette tâche, mais il avait été déshérité peu après. Son père avait négligé ses affaires pendant que sa mère passait son temps à tourmenter Ana Maria, la demi-sœur de Sebastian, et à se préoccuper de son propre prestige.

Les comptes étaient un peu comme une stratégie militaire. Thaddeus n'avait pas à se soucier de ce que ses investissements pensaient de lui ou de savoir s'ils souffriraient d'être abandonnés. Si seulement cela était valable pour chaque aspect de l'existence...

Car c'était souvent le seul moyen de survivre : ne rien ressentir.

Un sourire ravi aux lèvres, Lavinia écrivait avec frénésie. Elle comptait supporter l'année à venir en couchant ses émotions sur le papier. Ses héroïnes auraient tout ce dont elle serait privée dans la vie réelle.

Cela lui suffirait.

Et son éditeur serait enchanté.

En entendant frapper à la porte de sa chambre, elle sursauta et consulta l'horloge posée sur son secrétaire. Il était presque midi. Avait-elle vraiment écrit la matinée entière ?

— Entrez !

Une domestique apparut, les yeux baissés, n'osant croiser le regard de la duchesse.

— Vous vous nommez Gessings, n'est-ce pas ?

— Oui, Votre Grâce, souffla-t-elle. Lady Jane Capel vous attend dans le petit salon, madame.

— C'est ma sœur ! s'exclama la jeune femme en se levant d'un bond.

Elle croisa la femme de chambre médusée et dévala l'escalier.

— Fletchfield ! Où se trouve le petit salon ?

— Par ici, Votre Grâce, répondit le majordome, qui passait dans le vestibule.

Il lui ouvrit une porte. Jane patientait, assise sur un divan. Les deux sœurs, qui n'avaient que onze mois de différence d'âge, n'avaient jamais été séparées jusqu'ici. Ces quelques jours leur avaient semblé une éternité.

— Merci, Fletchfield, dit Lavinia en se précipitant vers son aînée.

Elles s'étreignirent, mais Lavinia faillit trébucher sur un obstacle, près de ses chevilles. Étonnée, elle baissa les yeux pour découvrir un petit chien minuscule et hirsute.

— Mon Dieu ! De quoi s'agit-il ?

— C'est un chien, voyons. Tu en voulais un, non ? lança Jane avec un large sourire.

L'animal à toison rousse se mit à sautiller sur les jambes de Lavinia en agitant furieusement la queue.

— Comment s'appelle-t-il ? C'est un mâle ou une femelle ?

Jane haussa les épaules.

— Une femelle, je crois, mais elle n'a pas de nom. Tu lui en trouveras un.

Elles observèrent le chien qui jappait avec enthousiasme. Lavinia eut soudain une idée.

— Trésor, dit-elle en prenant l'animal dans ses bras. Je vais l'appeler Trésor.

La chienne frétilla de plus belle et lécha la joue de sa maîtresse.

— Un joli nom, admit Jane. Et ce n'est pas tout. Il y a une autre nouvelle.

Sa sœur leva les yeux vers elle, soudain alarmée.

— Tu as un problème ?

— Non, au contraire. Henry m'a demandée en mariage !

— Et tu as accepté ? fit Lavinia en posant Trésor à terre.

— Bien sûr que j'ai accepté, imbécile ! rétorqua Jane en levant les yeux au ciel.

Sa cadette soupira.

— Je voulais simplement en avoir le cœur net.

Elles s'installèrent sur le divan.

— Raconte-moi.

Dis-moi ce que l'on ressent à aimer un homme qui t'aime en retour, car je n'aurai jamais cette chance.

Trésor trottina vers l'extrémité de la pièce pour explorer son nouveau foyer. Elle renifla le bas d'un meuble qui semblait la fasciner.

— Eh bien, il a d'abord dû parler à ses parents, raconta Jane.

Lavinia fronça les sourcils. Elle savait déjà que Henry McTavish tenait à respecter le désir de ses parents. C'était même la raison pour laquelle elle avait accepté d'épouser le duc : cela atténuait le côté excentrique de sa famille. Elle regrettait simplement que Henry n'ait pas demandé sa sœur en mariage d'abord, sachant que ses parents auraient sans doute dit oui.

Peut-être, dans un prochain roman, écrirait-elle l'histoire d'un amoureux transi qui demande la main de sa belle sans se soucier de l'avis des autres.

— Ensuite, sa mère m'a invitée à déjeuner. Maman a hésité. Elle ne s'est toujours pas remise du…

Jane s'interrompit et porta une main à sa bouche.

— Du fait que c'est moi qui ai épousé le duc et pas toi ?

Lavinia était consciente du sentiment de sa mère, qui n'avait jamais caché ce qu'elle pensait de sa cadette, surtout depuis leur entrée dans la bonne société. Ce rejet était toujours aussi douloureux, car une mère se devait de soutenir tous ses enfants, non ? En se rappelant qu'elle-même n'aurait pas la chance d'élever le sien, du moins son fils, elle sentit sa gorge se serrer. Elle n'aurait droit qu'à quelques visites…

— Hum… elle a fini par accepter que j'y aille, mais en compagnie de Caroline.

Jane leva les yeux au ciel, ce qui n'était pas dans ses habitudes.

— C'était gênant, poursuivit-elle. Caroline était…

— Fidèle à elle-même, j'imagine. A-t-elle incité M. McTavish à te demander en mariage le jour même ?

— Presque, mais j'ai réussi à faire diversion, Dieu merci. Après le repas, il m'a invitée à me promener dans le parc. Il tombait quelques gouttes de pluie, mais il m'a assuré qu'il n'attrapait jamais froid.

Avait-il demandé à Jane si la pluie ne la dérangeait pas ? *Concentre-toi, Lavinia. Ce n'est pas ton problème.*

— Dehors, il m'a montré une statue de son arrière-grand-père. Henry lui ressemble beaucoup, fit Jane en rougissant. Il m'a dit que je pouvais l'appeler Henry…

« Parce que Trésor est exclu d'office », songea Lavinia en repensant à Thaddeus. Elle sourit et reporta son attention sur sa sœur.

— Qu'a déclaré Henry ?

— Que son arrière-grand-père, son grand-père et son père avaient tous épousé une femme ayant été un atout pour le nom des McTavish, et qu'il espérait qu'il en serait de même pour moi.

Elle afficha un large sourire tandis que Lavinia réprimait une moue dubitative. Il n'était donc pas question d'amour, ou de l'honneur qu'elle lui ferait en l'épousant ?

Lavinia avait envie de réécrire cette scène en y intégrant des compliments et bien plus de…

— Il t'a embrassée ?

L'air offusqué de Jane répondit à sa question. Lavinia devrait peut-être dresser une liste de requêtes pour elle, quand elle serait mariée.

— Non, il… Vois-tu, sa famille nous observait derrière la fenêtre, bredouilla Jane en rougissant. Et nous ne nous sommes pas retrouvés seuls depuis. Je fais ce qu'il faut, n'est-ce pas ? Je veux dire… j'admire M. McTavish depuis si longtemps, et maintenant que mon vœu se réalise, je veux être sûre… parce que tu t'es sacrifiée pour que je puisse l'épouser.

— Tu n'imagines pas ta vie avec un autre homme, n'est-ce pas ?

Jane secoua la tête.

— Non.

Cette assurance soulagea Lavinia.

— Je rêve de lui, la nuit, avoua Jane. Il est gentil, séduisant, intelligent et… c'est lui que je veux, Vinnie.

Que ressentait-on à être follement amoureuse ? Et à être aimée en retour ?

Lavinia réprima un soupir. Au moins, elle avait un chien, désormais.

— Et voilà !

La jeune femme entra en trombe dans le bureau de Thaddeus. Son expression survoltée éclipsait la couleur vive de sa robe. Une boule de poils trottinait à ses pieds.

Melmsford se leva et quitta prudemment la pièce en s'inclinant.

— Quoi ?

Thaddeus vit le chien s'approcher pour lui renifler les chevilles.

— Ah, je vois… Il est à vous ?

— En effet, confirma-t-elle, ravie. Jane me l'a apportée. N'est-elle pas merveilleuse ?

Sceptique, Thaddeus observa l'animal, qui soutint son regard. Malgré sa petite taille, la chienne semblait déborder d'énergie.

— Merveilleuse, confirma-t-il.

— Mais ce n'est pas pour parler d'elle que je suis là. Viens, Trésor ! lança-t-elle en claquant des doigts.

Thaddeus arqua les sourcils. *Trésor ?* Tel était le nom qu'elle lui avait donné ? Il n'eut pas le temps de s'attarder sur cette question.

— Nous allons organiser une fête en l'honneur des fiançailles de Jane ! Elle va épouser M. McTavish, figurez-vous. C'est à cause de lui que...

Elle se figea.

— C'est à cause de lui que *quoi,* Lavinia ? demanda-t-il en se levant.

Il ignorait s'il avait vraiment envie de le savoir.

Visiblement soucieuse, elle prit place sur la chaise libérée par Melmsford. Trésor sauta sur ses genoux. Le regard vague, elle la caressa distraitement.

— C'est à cause de lui que je vous ai épousé... J'ai tendance à ne pas craindre les ragots, mais les McTavish ont établi clairement qu'ils interdiraient à leur fils d'épouser une jeune fille éclaboussée par le scandale.

— Votre sœur n'a jamais créé le moindre scandale, protesta Thaddeus.

Lavinia posa sur lui un regard légèrement condescendant.

— Moi, si. Sans oublier Percy et les autres enfants illégitimes de ma famille.

Un long silence s'installa entre eux.

— Il est bon de parler ouvertement de ces choses, déclara-t-il.

— Oui, admit-elle. La situation est plus claire, ainsi. Comme notre contrat.

— Notre contrat.

Celui qui prévoyait qu'ils vivraient séparés dès qu'elle aurait mis un héritier au monde...

Soudain, il était moins impatient d'avoir un fils. Il n'était pas amoureux de sa femme – absolument pas – mais elle mettait de la vie dans la maison et ses soirées étaient plus agréables...

Certains couples reposaient sur bien moins que cela. Mais il préférait la solitude, non ?

Une fois encore, il n'avait pas envie de connaître la réponse à cette question. Il avait conclu cet accord avec elle sans s'interroger sur les souhaits de Lavinia. Il ne pouvait jouer les girouettes et revenir sur sa décision, malgré l'effet dévastateur de leurs baisers.

— Donc cette fête, dit-il en prenant une feuille de papier, célébrerait les fiançailles de votre sœur avec M. McTavish.

— Absolument !

Elle déposa Trésor sur le tapis, qui alla immédiatement renifler les chevilles de Thaddeus.

— Vous n'étiez pas particulièrement enthousiaste quand j'ai évoqué une réception, ajouta-t-elle, mais celle-ci est motivée. Vous comprenez l'utilité du projet ?

Elle avait dans les yeux une lueur amusée qu'il ne s'expliquait pas.

— Oui. Cette fête aura le double avantage de présenter la nouvelle duchesse à la bonne société et de célébrer l'union à venir de votre sœur.

— Ce serait très efficace, commenta-t-elle.

— Et alors ?

— Vous admirez l'efficacité, non ? insista-t-elle d'un air faussement ingénu. Avec votre formation militaire... à moins que vous n'ayez été attiré par l'armée justement parce que vous aviez déjà cet état d'esprit.

— En quoi serait-ce un problème ? se défendit-il.

— Parfois, il n'est pas nécessaire d'être totalement efficace. Parfois, il vaut mieux prendre son temps...

Cette fois, il n'était plus question de la réception.

— Je sais prendre mon temps quand il le faut, affirma-t-il, prêt à entrer dans son jeu.

— Ah oui ? fit-elle, nonchalante.

Elle ne le regardait plus. Elle avait les yeux rivés sur les documents posés sur le bureau.

— J'ai pourtant l'impression que vous rongez votre frein en attendant de redevenir efficace.

Alors seulement, elle croisa son regard d'un air de défi.

— Comment cela ? grommela-t-il en se levant.

L'expression de la jeune femme se fit malicieuse, comme si elle était consciente de ce qu'il s'apprêtait à faire et s'en réjouissait.

Il contourna le bureau lentement pour qu'elle puisse s'éloigner si elle le souhaitait.

Elle ne le fit pas. Au contraire, elle s'humecta les lèvres en le regardant s'approcher et se leva, une étincelle provocante dans les yeux.

Thaddeus consulta sa montre.

— Je crois que j'ai le temps d'avancer sur un projet en cours, déclara-t-il.

Il tendit une main vers elle.

— Aimeriez-vous travailler dessus avec moi, duchesse ?

Il allait l'embrasser...

Ce n'était pas qu'elle n'en avait pas envie, loin de là, mais s'il l'embrassait dans ce bureau, s'ils flirtaient, s'ils se provoquaient, jusqu'où iraient-ils ? Elle finirait par avoir le cœur brisé.

C'est elle qui avait commencé avec ses taquineries sur l'efficacité. Autant agiter un tissu rouge devant un taureau. Elle avait envie de passer plus de temps avec lui en dehors de leurs ébats, de le connaître en tant qu'homme et pas seulement en tant qu'amant.

C'était un être fascinant, tour à tour passionné et bougon, honorable et attentionné...

— Arrêtez ! dit-elle en ignorant la main qu'il lui tendait. Il ne faut pas. Vous m'avez avertie qu'il n'y aurait pas d'amour entre nous, or ce comportement est plutôt celui d'un couple amoureux. Je sais que j'en suis responsable, mais nous ne pouvons pas... J'ignore ce qu'il en est pour vous mais, pour ma part, je ne suis pas de force à supporter des émotions fortes telles que l'amour ou même la tendresse dans ces conditions... or j'ai déjà beaucoup de mal à ne pas vous apprécier...

Il se figea, la mine dure.

Inconsciente de la tension qui régnait dans la pièce, Trésor sauta sur la chaise qu'occupait auparavant sa maîtresse et entreprit de se lécher la patte.

— Je vois, déclara Thaddeus d'un ton glacial.

L'aurait-elle blessé ? Dans son orgueil, sans doute. Pour lui faire de la peine, il faudrait qu'il ait des sentiments pour elle. Or il avait dit lui-même qu'il n'en avait pas. Il ne voyait en elle qu'une mère pour son héritier. Elle n'était à ses yeux qu'un ventre à engrosser, même si elle exigeait d'y prendre du plaisir.

Tel était leur contrat.

— Je vous demande pardon de vous avoir entraîné dans cette direction, reprit-elle, le cœur battant. Je veillerai à ce que nos échanges futurs demeurent impersonnels. À part...

Elle s'interrompit, toute précision étant inutile.

— Très bien, madame, fit-il en s'inclinant. Je ne franchirai pas les limites.

Seigneur, il était furieux ! Pourquoi une telle colère ? N'était-ce pas lui qui avait fixé les termes de leur contrat ?

Lavinia fit un pas vers lui.

— Je fais simplement ce que vous m'avez demandé : je suis une épouse qui obéit à son mari.

Elle commençait à sentir la moutarde lui monter au nez, elle aussi. Ils se toisèrent longuement, puis Thaddeus désigna la porte.

— Si vous voulez bien m'excuser, j'ai du travail. Je vous verrai au souper. Poursuivez les préparatifs de la fête donnée en l'honneur de votre sœur, si vous le souhaitez. Je vous laisse carte blanche.

Il s'exprimait d'un ton sans timbre.

Très bien. Elle avait enfreint les règles de leur contrat et devrait en assumer les conséquences. Elle garderait désormais ses distances, sauf au lit.

Sinon, elle aurait le cœur brisé.

— Viens, Trésor, dit-elle en regrettant déjà le nom qu'elle avait choisi pour sa chienne.

Au cours de la semaine qui suivit, Lavinia refoula ses sentiments envers Thaddeus dans un coin de sa tête. Elle n'osait les faire ressurgir, même la nuit, lors de leurs ébats.

Car il apprenait toujours à la satisfaire et elle prenait le plaisir qu'elle pouvait. Ils progressaient à grands pas, même si leur harmonie n'était pas encore parfaite. Au moins, le duc persévérait - ce qu'elle appréciait.

Parfois, elle se demandait si l'ardeur nocturne de son mari n'était pas proportionnelle à son refus de l'accepter dans son quotidien. Plus vite elle se retrouverait enceinte, plus vite il pourrait partir de son côté, et elle de même.

Mais elle savait que ce n'était pas si simple. En l'observant en pleine action, les yeux fermés, l'expression concentrée, elle se félicitait d'être à l'origine de ces quelques minutes de passion débridée.

C'était enivrant. Elle voulait lui faire perdre la raison, l'engloutir lors de l'extase.

Tout en préparant la réception en l'honneur de Jane, elle se lança dans la lecture d'ouvrages érotiques disponibles sous le manteau, chez certains libraires. Elle faisait ainsi d'une pierre deux coups, car ils seraient une source d'inspiration pour ses romans.

Son mari serait horrifié d'apprendre qu'elle était l'auteur de ces livres qu'il dédaignait. Il trouvait déjà assez fâcheux de penser que ce soit Percy...

Elle réprima un rire à cette idée.

Sa dernière lecture était un recueil de saynètes aussi choquantes que salaces. Si les divers auteurs ne choisissaient pas toujours très bien leurs mots, les scènes étaient éloquentes et captivantes. En dressant une liste de préparatifs pour la réception, elle ne cessait de consulter l'ouvrage coquin posé sur son bureau.

— Votre Grâce ?

Lavinia referma vivement son livre et leva les yeux vers Mme Webb, sur le seuil de la pièce dont elle avait pris possession, au rez-de-chaussée, qui était plus petite et plus chaleureuse que le bureau du duc. Elle avait chargé la gouvernante de remplacer les épais rideaux sombres par des voilages clairs. Dans le grenier, elle avait choisi un bureau afin de ne plus être obligée de se terrer dans sa chambre pour écrire.

Sa chambre à coucher n'aurait qu'une seule fonction, d'autant qu'ils ne parlaient pas pendant l'acte. Ils n'émettaient durant leurs ébats que des plaintes et des gémissements.

C'était peut-être une idée à creuser...

— Oui, madame Webb. Excusez-moi.

Je pensais à parler pendant l'amour et à donner des indications à mon mari.

— Votre sœur est ici, madame. Elle affirme que vous aviez rendez-vous.

Lavinia se leva et prit son livre érotique sous le bras avant de gagner le couloir.

Jane portait une superbe tenue bleu lavande avec une capeline ornée de petites fleurs de soie. Elle était radieuse. Lavinia l'envia presque, car elle allait épouser un homme par amour, et non à la suite d'une chute malencontreuse...

Cependant, elle était heureuse pour sa sœur. Et pour l'instant, elle se contenterait de ce duc austère le jour, et diabolique la nuit.

— Bonjour, Vinnie ! Tu es prête ?

— Oui. Accorde-moi juste le temps de monter ceci dans ma chambre.

Elle ne voulait pas que l'on sache ce qu'elle lisait. En général, une dame qui lisait des romans était moins bien considérée qu'une dame qui n'en lisait pas. C'était injuste, mais la société était ainsi.

Elle monta donc glisser l'ouvrage dans le dernier tiroir de son secrétaire. Nancy apparut, en s'excusant aussitôt de ne pas avoir été présente à son entrée dans la pièce.

— Pour l'amour du ciel, Nancy, vous ne pouvez pas anticiper mes moindres mouvements ! Je sors en compagnie de ma sœur. Êtes-vous disponible pour venir avec nous ?

Étonnée que la duchesse lui demande son avis, Nancy acquiesça.

— Parfait. J'aurai besoin d'un chapeau et d'une cape pour me protéger du vent. Et vous aussi.

Nancy alla chercher une somptueuse capeline ornée de plumes d'un violet foncé.

— Nul ne doutera de ma qualité de duchesse avec cette tenue, commenta-t-elle tandis que la jeune fille glissait ses mèches sous la coiffure.

— En effet, Votre Grâce, répondit celle-ci avec un sourire de satisfaction. Je vous rejoins en bas avec nos capes.

— Merci. N'oubliez pas Trésor. Une promenade lui fera du bien.

Lavinia voulut s'observer dans le miroir de la chambre, mais il faisait trop sombre. Elle tira les rideaux pour laisser entrer la lumière du jour.

— Voilà qui est mieux, murmura-t-elle.

Elle aurait voulu que rien ne soit caché – à part le fait qu'elle était l'auteur des romans de Percy Wittlesford, qu'elle lisait des romans érotiques sous son propre toit et qu'elle ne craignait pas de demander à son mari ce qu'elle voulait en matière sexuelle...

— Henry et sa famille sont enchantés que le duc et toi donniez cette réception pour fêter nos fiançailles, déclara Jane.

Les deux sœurs avaient décidé de mettre le cap sur une rue commerçante qui se trouvait à une certaine distance, surtout pour les dames raffinées qui se déplaçaient normalement en voiture. Mais Lavinia et Jane aimaient sillonner la ville à pied. Ces derniers jours, la duchesse trouvait qu'elle manquait d'exercice.

Nancy les suivait avec Trésor. C'était un peu gênant car elles n'avaient pas l'habitude d'être escortées ainsi, mais Lavinia tenait à éviter le moindre ragot qui risquerait de nuire au duc. Elle lui devait bien cela.

— Tant mieux. Thaddeus m'a donné carte blanche, ce qui m'impressionne un peu.

— Tu as besoin d'aide ? s'enquit Jane avec sollicitude.

— Non merci, j'ai Mme Webb, la gouvernante du d... enfin, *ma* gouvernante, une femme remarquable et très organisée.

— Et pour la liste des invités ?

— J'ai travaillé dessus, ce matin.

Mais j'ai été distraite par un ouvrage érotique des plus sulfureux...

— J'aimerais que tu y jettes un œil.

— Est-ce que... les McTavish pourraient-ils l'étudier également ? Ils voudraient avoir l'assurance que les bonnes personnes seront conviées.

Lavinia se crispa, mais elle s'efforça de garder son calme, car les McTavish étaient l'incarnation des convenances. Sans doute redoutaient-ils la présence d'amis peu fréquentables à leur goût.

— Bien sûr ! J'ai une idée. Et si nous invitions tout le monde à dîner, un de ces soirs ? Nos parents et les McTavish ? Ainsi, nous ferions connaissance sans avoir à redouter un défilé de mode de Caroline.

Outre ses gaffes, Caroline aimait créer ses propres tenues à partir de pièces de récupération et de matériaux naturels. Sa robe en branches d'arbre était légendaire.

— De plus, ajouta Jane, nos familles ne se chamailleraient pas pour être les hôtes. Lavinia, tu es un génie !

La gouvernante, Mme Kolstoff, fit quérir mes quelques effets chez moi. J'écrivis une lettre informant les domestiques des derniers événements. Mme Kolstoff me remit une somme d'argent généreuse pour les indemniser.

— Monsieur vous a laissé de quoi vivre confortablement, expliqua-t-elle.

Je tentai de lui soutirer des réponses à mes questions. Qui était le comte ? Comment mon père l'avait-il rencontré ? En vain. Elle refusait de me parler, sauf pour m'indiquer le moment des repas.

Je me sentais très seule, mais j'avais beaucoup de temps pour réfléchir.

Et établir un plan.

Un ténébreux époux, de Percy Wittlesford.

16

— Bonsoir.

Thaddeus se leva à l'entrée de Lavinia, dont la présence illumina la salle à manger, comme toujours.

— Bonsoir, répondit-elle.

Sa robe était presque assez décolletée à son goût. La couleur dorée ornée de motifs irisés rehaussait son teint pâle.

En s'asseyant, elle sourit au valet qui tenait sa chaise.

Thaddeus se rassit, sans la quitter des yeux. Il avait fait de son mieux pour feindre de ne pas s'intéresser à elle en dehors de la chambre à coucher, mais il n'y arrivait pas.

Il guettait le moment où elle prenait son petit déjeuner, et savait quand elle s'absentait de la maison ou s'entretenait avec un employé. Pourtant, elle attendait avec impatience le moment où elle sortirait de sa vie.

— S'il vous plaît, répondit-elle à Fletchfield qui lui proposait du potage.

Ils regardèrent le majordome les servir tour à tour.

— Une idée m'est venue, annonça Lavinia, les yeux pétillants.

Si la dernière idée de sa femme avait été une réception, la précédente n'aurait pu être évoquée en présence du personnel... Elle rit en déchiffrant son expression.

— Je vous promets que je n'ai pas de telles pensées tous les jours.

« Dommage », songea Thaddeus.

— Nous devrions inviter ma famille et les McTavish à dîner. Ils sont terriblement guindés, mais vous les impressionnerez beaucoup.

Dans sa bouche, c'était presque un défaut. Mais il n'avait que faire de son opinion, n'est-ce pas ?

— Les deux familles se chamailleraient moins en terrain neutre, poursuivit-elle.

— Pourquoi donc se chamailleraient-elles ?

— Elles ne sont en général d'accord sur rien, soupira Lavinia. La hauteur des haies, les gages du personnel... Nous avons débauché pas mal de leurs employés pour cette raison. Seule Jane fait l'unanimité des deux côtés. Acceptez-vous le principe de ce dîner ? Nous évoquerons les préparatifs de la réception de fiançailles avec les deux familles.

— À condition que ce ne soit pas un de vos fameux « dîners de tous les dangers ». Vous n'avez pas oublié votre évocation de mets toxiques ?

— Cela résoudrait les différends familiaux, railla-t-elle. Mais rien ne garantit que les bonnes cibles seraient touchées.

— Avoir une grande famille n'est pas facile, on dirait. J'ai grandi seul avec mes parents. Cela explique sans doute mon amitié avec Sebastian et Nash...

Elle posa sur lui un regard plein de douceur.

— Ils sont votre famille, mais Jane et Percy sont la mienne.

— Je le suppose, admit-il.

— Cela explique pourquoi vous vous sentez si seul à présent.

— Je ne me sens pas seul, prétendit-il à voix basse.

Elle se tourna vers Fletchfield.

— Le duc et moi nous servirons nous-mêmes, merci.

— Certainement, Votre Grâce.

Thaddeus lut-il de l'amusement dans le regard de son majordome ? Il les laissa en tête à tête.

Lavinia prit le plat de haricots verts et déposa des légumes dans l'assiette du duc, puis dans la sienne.

— Je n'ai pas demandé de haricots, protesta Thaddeus, conscient d'être contrariant mais incapable de s'en empêcher. Et je ne me sens pas seul !

— Si. Pourquoi seriez-vous venu faire des emplettes avec moi, sinon ? Pourquoi venez-vous me rejoindre pour le déjeuner ? Ce n'est pas par sympathie, en tout cas. Vous avez clairement établi que vous ne m'aimiez pas, et ce dès notre rencontre. « Je n'ai pas le temps de lire », l'imita-t-elle d'un ton grave.

— Ce n'était en rien une critique de votre personne !

— Peu importe.

— Si c'est important à vos yeux, c'est important pour moi.

— Que voulez-vous dire ?

— Je ne sais pas..., avoua-t-il. Nous... nous devrions essayer de nous entendre.

— Tant que nous serons ensemble, c'est ça ? rétorqua-t-elle, sur la défensive.

— Oui, mais... Et si... ?

Que dire ? Il voulait passer du temps avec elle, apprendre à mieux la connaître. Il soupira.

— Vous avez sans doute raison. Je me sens seul.

Il tendit la main vers elle.

— M'aiderez-vous à me sentir moins seul ?

Durant de longues secondes, elle le dévisagea. Puis elle accepta sa main.

— Oui.

Ce fut pour lui un oui plus fort que celui qu'elle avait prononcé le jour de leur mariage.

Ensuite, les paroles et l'expression de Thaddeus hantèrent l'esprit de la jeune femme, même lorsqu'ils passèrent en revue le menu du dîner de la semaine suivante, avec des légumes en quantité car la mère de Lavinia était à la diète.

Le dessert était si délicieux qu'elle le dévora en quelques secondes.

— Vous en voulez encore ?

— Volontiers.

Il lui servit une portion généreuse de mousse au chocolat, puis vida le reste du plat dans son assiette.

— Vous en avez beaucoup, commenta-t-elle avec un regard espiègle. Vous allez manger tout cela ? Ne me dites pas que c'est ainsi que vous avez façonné ce corps musclé.

Il plongea dans son regard en portant sa cuillère à sa bouche. Puis il se lécha les lèvres. Soudain, Lavinia eut très chaud. À son tour, elle dégusta une cuillerée de mousse, en prenant le temps de lécher le couvert en argent d'un air suggestif.

Thaddeus retint son souffle, ce qui amusa la jeune femme.

— Seigneur, marmonna-t-il. Oublions le dessert et montons nous coucher…

Elle rit franchement et se laissa entraîner à l'étage. Ils gravirent les marches quatre à quatre et, avec un regard complice, gagnèrent chacun leur chambre.

— À dans cinq minutes, Lavinia.

— Cinq minutes, trésor.

— Je dois enlever cette robe au plus vite, Nancy.

Celle-ci se leva vivement de sa chaise pour l'aider.

— Vous pouvez disposer, dit ensuite Lavinia en détachant ses cheveux.

Elle ne portait plus que ses dessous et ses bas.

— Bien, Votre Grâce.

Sur le seuil, la femme de chambre croisa le duc, qui referma la porte derrière lui.

— Les cinq minutes ne sont pas encore écoulées, objecta Lavinia.

La ceinture de son peignoir était mal nouée, laissant entrevoir son torse. Et si elle mettait en pratique quelques positions décrites dans son livre ?

— J'étais impatient, avoua-t-il avec un regard de braise. Je me sentais terriblement seul.

— Venez vous coucher, monsieur mon mari…

Elle tendit la main vers lui. Il l'accepta et se laissa entraîner vers le lit. Son peignoir tomba sur le tapis. Elle put contempler sa musculature avant qu'il se glisse entre les draps.

— Volontiers…

Il s'allongea sur le dos. Son sexe durci créait un renflement.

— Je m'efforcerai d'être le plus inefficace possible et de prendre mon temps, promit-il.

Lavinia fut parcourue d'un long frisson, comme s'il avait touché sa peau.

— Parfait, dit-elle en se couchant à son tour.

Mon mari revint plus d'un mois plus tard.

J'avais adopté une existence des plus routinières. Le matin, je prenais mon petit déjeuner dans l'une des rares pièces dont les fenêtres laissaient entrer la lumière. Ensuite, je lisais et, dans l'après-midi, je me promenais dans le parc situé en face de la maison, toujours accompagnée de ma nouvelle femme de chambre, une jeune fille qui ne parlait pas ma langue.

Le soir, je prenais mon repas dans la vaste salle à manger, puis je me retirais dans ma chambre, où je cherchais divers moyens de m'échapper.

Mais pour aller où ?

Un ténébreux époux, de Percy Wittlesford.

17

Thaddeus n'avait qu'une envie : écarter les cuisses de Lavinia et s'insinuer en elle pour atteindre l'extase en quelques coups de reins.

C'était là l'attitude d'un homme qui ne se souciait pas du plaisir de sa partenaire. En vérité, il s'en souciait énormément. Il voulait la faire jouir, la sentir trembler de tout son corps en criant son nom.

Cela signifiait qu'il devait prendre son temps.

« Ce qui mérite d'être fait doit être bien exécuté. » Telle était la devise d'un grand officier de l'armée.

Thaddeus se tourna vers la jeune femme. Elle avait remonté le drap sur ses épaules. Il posa une main sur les couvertures et croisa son regard. À la lueur des chandelles, il distinguait son sourire. Une étincelle dans ses yeux lui indiqua qu'elle en avait envie autant que lui.

Si cela était possible.

Mais s'il prenait son temps, s'il se montrait compétent, elle le désirerait davantage encore.

— Puis-je… ? murmura-t-il en désignant les couvertures.

Elle hocha la tête en se mordant la lèvre.

Écartant les couvertures, il effleura sa peau douce du bout des doigts. Elle ferma les yeux et déglutit.

Il rabattit les couvertures sur sa taille pour dénuder uniquement le haut de son corps. Chaque soir, elle le tourmentait avec le décolleté de ses robes et ses courbes.

Il avait envie d'embrasser chaque parcelle de son corps, l'explorer de ses lèvres...

— À quoi pensez-vous ? demanda-t-elle d'une voix rauque, les joues rouges, la lèvre inférieure gonflée.

— À votre beauté.

Elle esquissa un sourire timide et posa une main sur son épaule.

— Vous êtes beau, vous aussi.

— Moi ? s'étonna-t-il. On m'a attribué un tas de qualificatifs, mais jamais on ne m'a dit que j'étais beau.

Elle rit et approcha son visage du sien.

— Laissez-moi deviner de quoi on vous a traité...

Elle planta un premier baiser dans son cou.

— Arrogant...

Un autre baiser.

— Déterminé...

Un petit coup de langue au même endroit.

— Sévère...

Un baiser derrière l'oreille.

— Très, très efficace.

Elle glissa la bouche le long de sa mâchoire avant de s'arrêter sur ses lèvres.

— Et séduisant en diable, conclut-elle.

Sur ces mots, elle s'empara de sa bouche avec une détermination égale à la sienne. Sa langue entama une lente exploration tandis que ses mains parcouraient chaque muscle de son torse.

Thaddeus pétrit les seins dénudés de la jeune femme, faisant se dresser les pointes sous ses paumes. Il caressa sa peau nacrée tandis qu'elle l'embrassait langoureusement.

C'était ce qu'il espérait. Elle allait même au-delà de ses espoirs. Il avait trouvé une femme généreuse, enthousiaste et sensuelle, une femme qui n'avait pas honte de ce qui se déroulait dans une chambre à coucher.

Quelle chance il avait !

Sa main abandonna un sein frémissant pour descendre le long de son abdomen, vers sa toison douce, la zone sensible qu'il brûlait d'envie de titiller.

— Oui…, gémit-elle en interrompant leur baiser.

Elle prit la main du duc pour la placer exactement là où elle voulait qu'il la touche. De son index, il se mit à masser délicatement le bouton de rose tandis que son majeur descendait vers l'entrée humide de son sexe. Enfin, il plaqua sa paume sur le clitoris en pénétrant sa moiteur d'un doigt, puis de deux.

Elle émit une plainte rauque. Thaddeus enfouit le visage dans son cou tout en continuant à faire monter le plaisir en elle. Elle crispa de plus belle les doigts sur sa peau, la tête rejetée en arrière, les muscles tendus. Lorsqu'elle se mit à trembler de tout son corps, il ne s'interrompit pas mais accentua sa pression et ses mouvements de va-et-vient. Soudain, elle fut secouée d'un spasme qui se prolongea un moment.

Elle reprit son souffle et pencha la tête en avant. Alors seulement, il ralentit sa caresse et s'immobilisa. Sa verge était dure comme la pierre. Jamais il n'avait vu plus beau spectacle que celui de Lavinia en plein orgasme.

Il aurait voulu la garder dans cet état de plénitude toute la vie.

— Vous savez donc où se trouve le clitoris, murmura-t-elle, des étincelles dans les yeux.

Il fut subjugué par ces mots. Jamais il n'aurait imaginé entendre son épouse parler si librement. Il devait l'admettre, cela lui plaisait.

Énormément.

Mais cela ne lui donnerait pas un fils.

Ne t'attache pas trop. Elle te quittera bientôt, tu le sais.

Il réprima un grommellement de frustration.

— Que se passe-t-il ? demanda Lavinia en constatant chez lui une tension soudaine.

S'il avait le souffle court et la mâchoire crispée, ce n'était pas à cause du feu de la passion.

— Rien...

Sceptique, elle n'insista pas. En une fraction de seconde, il s'était renfrogné, alors qu'il semblait vraiment heureux du plaisir qu'il venait de lui procurer. Son mari était si fermé à ses propres émotions qu'il n'en était sans doute même pas conscient. Dès le départ, elle avait perçu sa sensualité profonde, puis elle avait compris qu'il ignorait l'existence de celle-ci.

« Plus maintenant », songea-t-elle avec un sourire. Elle devrait donc lui apprendre à laisser libre cours à ses sentiments, et elle était certaine de savoir comment.

Elle l'embrassa dans le cou, comme un peu plus tôt, alternant coups de langue, mordillements et succions. Elle s'aventura sur sa nuque, sa clavicule, son épaule. Posant une main sur sa hanche, elle écarta les doigts pour descendre plus bas. Sa langue glissa vers un téton, qu'elle mordilla. Il grommela et se mit à haleter. C'était un bon début...

Son torse était sculptural, parsemé d'une toison brune qui descendait jusqu'à son sexe. Sous sa paume, elle sentait des abdominaux fermes. Elle descendit encore et referma la main sur le sommet de sa verge.

— Lavinia...

Elle resserra son emprise.

— Vous voulez que j'arrête ?

— Oh non... bon sang...

Elle étouffa un rire. Monsieur le duc se laissait aller. Elle fit glisser sa main le long de son membre dressé, dans un lent mouvement de va-et-vient. Il l'accompagna de coups de reins. Lavinia se pencha pour déposer un chapelet de baisers sur son ventre, sa hanche, le haut de sa cuisse, jusqu'à la main qui s'activait.

Thaddeus se tendit.

— Vous voulez que je vous prenne dans ma bouche ?

Elle donna un coup de langue sur son gland. Ses lectures lui avaient appris que ce geste aurait un effet immédiat sur lui.

— Oui…

La jeune femme lécha d'abord le gland comme une friandise, puis elle le prit tout entier dans sa bouche. Il avait un goût salé indéfinissable. Elle ne sentait plus que sa chaleur, son parfum et ses muscles qui saillaient à chacun de ses mouvements.

Sa main accompagna le va-et-vient de sa bouche avec un jeu de succions et d'aspirations, tandis que ses cheveux caressaient le bas-ventre de Thaddeus. Il enfouit les doigts dans sa crinière pour écarter ses mèches.

— Je veux te voir… Lavinia… C'est si bon…

Elle savourait ce pouvoir qu'elle avait sur lui, celui de le rendre fou de plaisir. C'était prodigieusement enivrant.

Soudain il s'écarta, avant de positionner la jeune femme à quatre pattes sur le lit. Il enfouit deux doigts dans les replis humides de sa féminité.

— Je peux ? implora-t-il en frottant son point sensible.

— Oui.

Elle lui offrit sa croupe en se plaquant contre sa verge dressée. Au bout d'un moment, il retira sa main pour la remplacer par son membre. Elle eut l'impression de lui appartenir, en cet instant un peu sauvage. Elle avait envie que ce sexe la pénètre ainsi, après les attentions qu'elle venait de lui prodiguer.

Dès qu'il entra en elle, elle se cambra pour mieux l'accueillir. C'était une nouvelle position qui lui procurait d'autres sensations.

— Oui..., gémit-elle dès les premiers coups de boutoir.

Haletant, il accéléra peu à peu. Elle avait réussi à faire de lui la bête sexuelle qu'elle avait entrevue le jour de leur rencontre. C'était une sensation merveilleuse.

Elle s'adapta à sa frénésie grandissante, aussi déchaînée que lui. Thaddeus se mit à masser son clitoris pour déclencher son orgasme. Elle gémit de plus belle et se laissa emporter par la vague.

— Ne t'arrête pas..., fit-elle, les dents serrées.

— Oh non, souffla-t-il en lui mordant l'épaule.

Il accentua au contraire ses coups de boutoir.

— Tu vas jouir, Lavinia ? demanda-t-il dans son dos.

— Oui... encore... je viens...

Au moment de basculer dans le précipice de l'orgasme, de se noyer dans un océan de plaisir, elle haleta, puis ce fut l'explosion qui secoua son corps tout entier. Derrière elle, elle le sentit monter à son tour vers la jouissance. Soudain il se figea, le corps tendu, puis sa semence brûlante se déversa en elle. Aussitôt, il l'enlaça et s'écroula sur le lit, lové dans son dos. Ils avaient le souffle court et il était encore en elle.

— C'est merveilleux..., avoua-t-il enfin.

— Oh oui, fit-elle en posant une main sur le bras qui l'enlaçait. Et maintenant, je suis fourbue.

— Je vais te laisser.

Dès qu'il s'écarta, elle ressentit un manque. Elle le regarda enfiler son peignoir.

— Tu pourrais dormir avec moi, suggéra-t-elle, hésitante. Je n'y verrais pas d'inconvénient.

Mieux que cela, elle en avait envie, mais elle ne voulait pas qu'il pense qu'elle s'attachait à lui. Elle respecterait sa part du contrat quand le moment serait venu.

Heureusement qu'elle ne s'attachait pas à ses petites attentions, à son envie de bien faire, à sa maladresse parfois, sans oublier sa façon d'être à l'écoute alors que, d'instinct, il lui aurait plutôt donné des ordres.

— Non. Je ne voudrais pas te déranger, répondit-il, un peu distant.

Elle le regarda s'éloigner et, dès qu'il eut refermé la porte, se recroquevilla, en proie à une grande mélancolie malgré ce qui venait de se passer entre eux.

À cause de ce qui venait de se passer entre eux.

Bon sang… Elle était en train de tomber amoureuse de lui.

Thaddeus imaginait par avance leur soirée quand elle s'adressa à un valet :

— Smith, voulez-vous nous apporter nos capes ? Nous sortons. Et demandez à Fletchfield de faire préparer la voiture, je vous prie.

Thaddeus s'en étonna.

— Aurais-je oublié quelque engagement ? s'enquit-il.

Le regard malicieux de la jeune femme le troubla. Cette sensation étrange, qu'il ne maîtrisait pas, n'était pas déplaisante.

— Lors de notre rencontre, tu m'as dit vouloir écouter de la musique, expliqua-t-elle. Je me doutais que tu rechignerais à prendre une soirée, alors je me suis renseignée auprès de Melmsford qui m'a assuré que tes affaires n'en pâtiraient pas.

— Nous sortons ?

Ils étaient seuls dans la salle à manger.

— Absolument, répondit-elle d'un ton sans réplique.

— N'est-ce pas magnifique ? fit-elle en entrant dans la vaste salle à son bras.

Des chaises étaient alignées contre les murs, face à une piste de danse. Il y avait déjà pas mal de monde.

— Merveilleux, grommela-t-il.

— Ne sois pas si bougon…

Thaddeus vit enfin les musiciens dans un coin, des hommes et des femmes de tous âges, vêtus de tenues disparates. Leur seul point commun semblait être leur capacité à jouer d'un instrument.

Ce qui restait à prouver.

Dès les premières notes, Lavinia se tourna vers lui avec un sourire.

— Me ferez-vous l'honneur d'une danse, Votre Grâce ?

Sans lui laisser le temps de répondre, elle l'entraîna sur la piste en riant de son désarroi. Au bout d'une minute, il plongea dans son regard. Ils évoluaient en totale harmonie, comme au lit…

Les musiciens étaient talentueux.

Il était bon, pour une fois, de faire quelque chose d'agréable sans avoir d'objectif concret, juste pour le plaisir. Mais il risquait d'y prendre goût.

— Tu passes un bon moment, n'est-ce pas ? commenta-t-elle sans malice mais avec une certaine satisfaction.

Elle était si bienveillante… Elle avait cherché à lui faire plaisir. Comme chaque soir.

Ils dansèrent pendant une demi-heure, puis marquèrent une pause.

— Et si nous prenions un rafraîchissement, histoire de nous reposer un peu ? proposa-t-il.

Elle leva les yeux vers lui, les joues roses, le regard pétillant.

— Vous avez du mal à tenir le rythme, Votre Grâce ?

Il l'entraîna vers la buvette.

— Tu sais bien que non, murmura-t-il d'un ton sensuel.

Il la sentit frémir.

Elle avait craint qu'il ne soit déstabilisé d'être extrait de sa routine pour s'amuser un peu. Elle avait craint qu'il ne s'ennuie ou, pire encore, qu'il ne refuse de sortir. Heureusement, Melmsford l'avait encouragée dans son projet en affirmant que le duc ne pouvait invoquer la moindre affaire urgente.

Dès les premiers tours de piste, son mari s'était détendu au point de lancer quelques sous-entendus salaces sur leurs ébats. Elle avait eu l'impression qu'ils formaient un vrai couple amoureux.

Thaddeus prit deux verres de vin puis ils s'assirent sur des chaises, le plus loin possible de l'orchestre.

— C'est formidable, n'est-ce pas ? lança-t-elle.

En buvant une gorgée de vin, elle grimaça.

— Tu ne parlais pas du vin, je suppose, railla-t-il. Il est loin d'être digne de ma cave ducale... mais meilleur que l'odieux breuvage des champs de bataille.

— L'orchestre est honorable. Percy et moi avons essayé plusieurs établissements avant celui-ci. Certes, le cadre n'est pas prestigieux...

— Tu as fréquenté plusieurs salles de danse avec Percy ?

— Trésor, tu sais bien que ma famille n'est pas opposée à un parfum de scandale ! fit-elle en levant les yeux au ciel.

Contre toute attente, il s'esclaffa, ce qui fit naître une onde de chaleur dans le ventre de la jeune femme.

Mais ceci n'avait rien à voir avec le désir qu'il lui inspirait. C'était un sentiment plus insidieux, plus... dangereux. S'ils se quittaient, il lui manquerait terriblement.

— Mes parents ne m'emmenaient jamais dans ce genre d'endroit, lui confia-t-il. Ils étaient d'un autre milieu. Ils ne m'emmenaient même pas à des concerts jugés dignes de notre rang.

Lavinia avait l'impression qu'il n'avait pas eu des parents aimants, ce qui expliquait peut-être sa nature solitaire.

— Que faisiez-vous ensemble, alors ?

Il haussa les épaules et finit son vin.

— Pas grand-chose. J'ai eu un précepteur, puis je suis allé au pensionnat. Tout était prévu. Je devais entrer dans l'armée, comme mon père, avant qu'il hérite.

En général, les fils uniques étaient élevés en tant qu'héritiers destinés à reprendre un titre éventuel, et non à risquer la mort sur un champ de bataille.

— C'était ainsi dans ma famille paternelle, soupira-t-il, se délestant d'un grand poids. Avant de te rencontrer, j'ignorais qu'une famille pouvait représenter autre chose que des devoirs, des responsabilités et de la froideur.

— Et tes amis ?

— Les sentiments sont différents, mais je me sens responsable d'eux aussi. J'ai toujours endossé leurs problèmes en jugeant de mon devoir de les résoudre.

— Tu as résolu le problème de la nécessité d'un héritier, remarqua-t-elle.

— Je me rends compte à présent qu'une famille peut être plus que cela.

Il prit sa main dans la sienne.

— Merci, Lavinia. J'ai changé comme je ne l'aurais jamais imaginé.

La jeune femme réprima l'envie de se jeter à son cou et de l'embrasser. Si seulement elle pouvait lui dire que Jane et Percy la soutenaient dans l'exercice de sa passion secrète, celle de l'écriture, et que les moments qu'ils partageaient tous les deux étaient une inspiration précieuse pour elle ! Non. Il ne fallait pas qu'elle lui rappelle qu'ils étaient plus liés qu'il ne le souhaitait. Il ne voulait pas d'amour. S'il avait de la gratitude envers elle, il ne voulait pas d'elle pour autant.

Elle garda donc le silence et observa les danseurs sur la piste. Était-ce une impression ou la musique était-elle plus triste, désormais ?

Je m'étais découvert un refuge : la bibliothèque. Elle était garnie d'ouvrages les plus divers, des traités agricoles d'autrefois aux romans frivoles que mes parents me reprochaient de dévorer. Certains étaient en anglais, d'autres rédigés dans ce que je supposais être la langue natale de mon mari, ou encore en français, en espagnol, en italien, en allemand et même en latin. Je lisais assez bien le français et l'italien. Un après-midi, je fis une trouvaille qui pouvait jouer en ma faveur.

Un ténébreux époux, de Percy Wittlesford.

18

Il pensait qu'un homme marié devait supporter son épouse en permanence. Il pensait qu'il se lasserait de voir toujours la même tête, d'écouter les mêmes propos, les mêmes réflexions.

Eh bien, non. Outre leur sortie pour danser et leurs soirées partagées, il ne croisait Lavinia que rarement, lorsqu'elle passait boire une tasse de thé et manger un scone, le matin, sans jamais s'attarder. Heureusement, leurs nuits torrides dépassaient ses espoirs les plus fous.

D'après Fletchfield, elle était accaparée par les préparatifs du dîner qui aurait lieu dans la soirée. Ce qui signifiait que, sans doute, il la verrait plus souvent ensuite. Il en eut presque le tournis.

— La veste noire, Votre Grâce ? fit Hodgkins, qui la sortit sans attendre une réponse.

À quoi bon ? Son valet savait mieux que lui comment il devait s'habiller. Thaddeus n'était bon qu'à donner des ordres à ses soldats.

— Et un pantalon de soirée.

Thaddeus ouvrit la bouche pour protester. Il détestait ces maudits pantalons trop serrés dans lesquels il se sentait à l'étroit. Il préféra toutefois ne pas contrarier Hodgkins.

Celui-ci apportait la touche finale au nœud de cravate du duc quand on frappa à la porte.

— Entrez !

Hodgkins approuva la tenue de son maître d'un hochement de tête satisfait.

Lavinia apparut, très agitée.

— Excusez-moi, Hodgkins, dit-elle en posant un regard appréciateur sur son mari.

Thaddeus ne s'était jamais vraiment soucié de son apparence, mais si Lavinia le trouvait à son goût, c'était l'essentiel.

— Bien sûr. Votre Grâce. Votre Grâce, fit le valet avant de se retirer sous le regard amusé de la duchesse.

— Ne devrais-tu pas être en train de superviser la cuisine ?

Il s'en voulait un peu de se languir à ce point de sa femme.

Elle s'approcha et enroula les bras autour de son cou pour se lover contre lui. Elle tenait à la main un objet. Ainsi, il avait une vue plongeante sur son décolleté, sur ses seins généreux.

Remarquant son intérêt, elle arqua un sourcil.

— Oh ! Quel coquin !

Il la prit par la taille. Sa robe de soirée indigo était élégante, avec de petites manches qui moulaient ses bras tandis que les avant-bras présentaient des fronces.

Il adorait cette sensation d'être enveloppé par la jeune femme.

— J'ai quelque chose pour toi, murmura-t-elle.

Il afficha aussitôt un air entendu.

— Non, pas cela ! Même si la tentation est grande.

Depuis cette nuit inoubliable, elle avait appris à faire un tas de nouvelles choses avec sa bouche qu'il appréciait grandement – même si le but restait de la féconder le plus rapidement possible, il ne devait pas l'oublier.

Elle se hissa sur la pointe des pieds pour l'embrasser, ses seins plaqués sur son torse. Ce baiser n'avait rien de chaste, mais il ne visait pas non plus l'acte sexuel. C'était plutôt une marque de complicité entre deux amants.

Ou un mari et sa femme.

— Tu voulais me donner un baiser ?

— Non.

Elle lui tendit un écrin noir entouré d'un ruban rouge.

— C'est pour toi.

Il l'accepta et dénoua le ruban, qui tomba à terre. En soulevant le couvercle, il découvrit une épingle de cravate ornée d'un diamant, sobre et élégante.

— J'ai pensé qu'elle serait assortie à ta tenue de soirée, expliqua-t-elle avec un soupçon d'appréhension. Je ne t'ai jamais vu porter de bijou, mais tu es un ancien militaire, après tout. J'ai vu des hommes beaucoup moins séduisants que toi porter des bijoux. Ils étaient à leur avantage. Je ne veux pas dire par là que tu as...

Il déposa un baiser sur ses lèvres.

— Elle me plaît beaucoup. Merci, murmura-t-il.

Sa femme ne cessait de babiller quand elle était anxieuse. Il la trouvait adorable et il l'aim... Non. Surtout pas.

Jamais.

— Merci encore, dit-il en se redressant. Tu veux bien la fixer ? Je préfère que ce soit toi plutôt que Hodgkins.

— Moi aussi, avoua-t-elle avec un sourire entendu.

Aussitôt, son sexe durcit.

— Tu es consciente de l'effet que tu produis sur moi en ce moment même, n'est-ce pas ?

Pour souligner ces propos, il prit sa main libre et la posa sur le renflement de son pantalon.

— Si nous n'attendions pas des invités d'ici un quart d'heure, je soulèverais ta robe pour dévorer ta petite chatte jusqu'à ce que tu cries mon nom...

Éberluée, elle écarquilla les yeux. Son mari venait-il vraiment de prononcer ces paroles à voix haute ?

— Je ne m'attendais pas à aimer que tu me parles ainsi, dit-elle d'une voix rauque, mais cela me plaît. Promets-moi de recommencer dès que nous aurons plus d'un quart d'heure devant nous.

Elle exerça une pression mutine sur son membre gonflé de désir puis, dans un soupir, fixa l'épingle de cravate en place.

— Voilà, dit-elle en croisant son regard. Tu es encore plus irrésistible. Merci de recevoir ma famille. Je sais qu'elle n'est pas du goût de tout le monde. Et les McTavish non plus.

— Nous parviendrons à les tolérer ensemble, assura-t-il en la prenant par le bras. Et si nous descendions accueillir nos invités, puisque ma tenue est impeccable ?

— Volontiers, répondit-elle avec un sourire radieux.

Il était de plus en plus inquiet, car elle allait le quitter un jour et il se retrouverait seul avec la souffrance de savoir ce qu'il aurait perdu.

Peut-être parviendrait-il à la convaincre de... Non, il avait pris un engagement. Elle avait beau être de nature indépendante, elle demeurait dépendante de lui en raison de son statut d'épouse. Il ne voulait pas qu'elle se sente obligée de rester.

Si seulement il pensait moins aux autres ! Heureusement, cet altruisme lui avait permis d'améliorer leurs rapports conjugaux et d'avoir la sexualité épanouie dont il n'aurait jamais osé rêver... Oui, mais si les choses s'étaient passées autrement, il ne serait pas en train de tomber amoureux d'elle.

— Lavinia !

En entendant la voix stridente de sa mère, la jeune femme afficha un sourire forcé. Sa famille était arrivée avant les McTavish, et les domestiques s'affairaient à prendre manteaux et chapeaux.

Outre Jane et Percy, les Capel avaient amené Caroline et une tante un peu revêche dont elle ne se rappelait plus le nom, qui devait commencer par un P.

Sa mère portait une superbe robe dorée, avec une parure d'ambre. Jane arborait une de ses toilettes blanches de débutante, ourlée de dentelle, qui rehaussait sa beauté éthérée.

De toute façon, songea Lavinia, Jane serait belle habillée d'un sac en toile de jute. Percy était particulièrement fringant, même s'il cultivait son image d'artiste maudit.

— Quelle maison superbe ! s'exclama lady Scudamore.

Sa mère aurait-elle décidé d'être bienveillante, pour une fois ?

— Tu n'as pas eu l'occasion de changer la décoration, apparemment.

Ah non.

Percy croisa le regard de sa sœur, qui réprima un fou rire.

— La maison est superbe, Vinnie, déclara Jane, mais tu la rends encore plus belle.

— C'est vrai, renchérit Percy. Aurais-tu adopté une nouvelle coiffure ? Qu'est-ce qui a changé ? Tu es... lumineuse.

— Le mariage avec un duc te réussit, intervint sa mère d'un ton docte. C'est pour cela que...

Par chance, elle fut interrompue par quelques coups frappés à la porte. Pour une fois, Lavinia se réjouit de l'arrivée des McTavish.

— Entrez ! lança-t-elle dès que Fletchfield leur ouvrit.

Le trio franchit le seuil. Thaddeus alla à la rencontre de Mme McTavish et la débarrassa de sa cape, qu'il remit au majordome.

— Bonsoir, monsieur, dit-il ensuite à son mari. Merci d'avoir accepté notre invitation et de nous honorer de votre présence.

— Tout l'honneur est pour nous, assura Mme McTavish, qui semblait fascinée par le duc.

— Je crois que tout le monde est là, annonça la mère de Lavinia.

Thaddeus se tourna vers son épouse.

— Ma chère ?

Cette façon subtile de rappeler que c'était elle la maîtresse de maison, et non sa mère, la toucha.

Mortifiée, la comtesse se figea. Sa fille se trouvait désormais au-dessus d'elle dans l'échelle sociale.

— Votre Grâce, dit Lavinia à Thaddeus, auriez-vous l'obligeance d'escorter ma mère dans la salle à manger ? Je prendrai le bras de mon père.

Le convoi se forma : d'abord les parents McTavish, puis Henry et Jane, la tante âgée – Priscilla ? Pétunia ? Pamela ? – flanquée de Percy et Caroline...

Mme Webb s'était surpassée. La table était somptueuse, avec des bouquets de fleurs et des candélabres baignant la pièce d'une lueur dorée. Tous les valets étant présents, chaque convive avait un domestique attitré. Fletchfield s'occupait naturellement du duc.

Lavinia était presque intimidée par ce faste ducal. Même sa mère était impressionnée – ce qui lui éviterait peut-être de tenir des propos désobligeants. Avec un peu de chance, elle mesurerait ses paroles.

— Ce luxe aurait pu être pour toi, Jane, déclara cependant la comtesse d'un ton aussi amer que nostalgique.

Lavinia ravala sa colère. Sa mère ne pouvait-elle se réjouir de son bonheur au moins une fois dans sa vie ? Parce qu'elle était heureuse, malgré l'avenir qui lui était réservé par le contrat passé avec son mari. Elle aimait ces moments partagés avec lui. Cet homme était bienveillant, généreux, honorable et respectueux. Il était également capable d'accepter certaines requêtes… surtout au lit.

— Nous sommes réunis pour célébrer les fiançailles de lady Jane avec un gentleman qu'elle apprécie depuis très longtemps, me semble-t-il. N'est-ce pas, milady ? fit Thaddeus d'un ton chaleureux et ferme à la fois.

Il adressa un coup d'œil à Lavinia pour lui exprimer son soutien.

« Tu comprends pourquoi je suis ainsi ? » lui demanda-t-elle en silence.

« C'est un miracle que tu sois aussi sûre de toi », répondit-il d'un regard.

— Lady Jane est notre voisine depuis de nombreuses années. Or ce n'est qu'après votre mariage avec lady Lavinia, Votre Grâce, que nous avons envisagé une union entre elle et notre Henry.

Et voilà que Mme McTavish se montrait à son tour désagréable. Avec la comtesse, elles étaient faites pour s'entendre.

— Nous n'y aurions jamais songé non plus avant que Lavinia épouse le duc, renchérit celle-ci. La beauté et l'élégance de Jane semblaient lui promettre un avenir bien plus radieux, jusqu'à ce que…

La comtesse se contenta de désigner Thaddeus et Lavinia.

Jusqu'à ce que la pire de mes filles mette le grappin sur le plus beau parti de Londres.

— Passons au potage, proposa le duc.

« Sont-elles toujours ainsi ? » demanda-t-il du regard à Lavinia.

« Toujours », répondit-elle.

« Comment les supportais-tu ? »

« Je ne les supportais pas. »

Thaddeus réprima un grommellement qui fit rire Lavinia. Sa mère s'étonna de cet accès d'hilarité.

— Ce doit être une plaisanterie liée à leur couple, commenta-t-elle. Je vois tout de suite, quant à moi, si mon mari est perturbé ou s'il a oublié de manger.

— Facile : c'est presque toujours le cas, murmura Lavinia à l'adresse de Jane et Percy, qui lui sourirent.

— Manger redonne de l'énergie, ma chère, intervint le père de Lavinia, à la surprise générale.

Ce distrait avait parfois des fulgurances qui alimentaient sa légende. Hélas, il n'avait encore trouvé aucun remède contre son épouse.

— J'aimerais qu'un scientifique invente un moyen de se nourrir sans avoir à s'attabler, reprit-il. Si l'on pouvait emmagasiner des calories en marchant, afin de ne plus perdre de temps…

— On trouve des échoppes sur les marchés, papa, précisa Percy.

— En effet ! Si seulement il ne fallait pas perdre tout ce temps à table, à enchaîner les plats…

— Nous ne ferions jamais connaissance avec personne, objecta Lavinia en souriant aux McTavish.

Ceux-ci semblaient méfiants. Que racontait le comte ? Cependant, ils étaient accoutumés à ces excentricités. Pas étonnant qu'ils aient pris les Capel en grippe.

Jane pressa le bras de sa cadette pour la remercier d'avoir sauvé la situation dans l'immédiat. Lavinia se rappela qu'elle avait épousé le duc pour aider sa sœur et aussi son frère, les deux personnes qu'elle aimait le plus au monde. Si tout se déroulait comme prévu, Jane épouserait son bien-aimé, et Percy cesserait de se faire passer pour un écrivain sulfureux et travaillerait avec leur père au même titre qu'un fils légitime, grâce à la présence d'un duc dans la famille.

Quant à la reine, elle ne pourrait se priver des services d'un conseiller financier aussi compétent que Percy.

Fletchfield fit servir un consommé de poulet qui coupa momentanément court aux conversations. Thaddeus était dans le même état d'alerte que lors de ses patrouilles militaires. La comtesse à la langue bien pendue était susceptible de semer le trouble à tout instant. Lavinia n'avait pas exagéré. Dès sa première pique, il avait eu envie de lui clouer le bec. Elle faisait de la peine à ses deux filles.

Le comte était inexistant, totalement dans son monde. Pour l'heure, il semblait déterminé à goûter tous les vins de sa cave. Les McTavish scrutaient la pièce avec curiosité. Chaque fois que Mme McTavish se tournait vers lady Jane, elle pinçait les lèvres d'un air réprobateur. Que pouvait-elle reprocher à la jeune femme ?

— Ce consommé est délicieux, Votre Grâce, déclara M. McTavish en observant ses hôtes. Votre cuisinière doit vous coûter cher.

La comtesse étouffa un rire narquois qui ne présageait rien de bon.

— Quand on paie ses domestiques à leur juste valeur, on obtient un excellent service, expliqua-t-elle en désignant les valets postés derrière les convives. Vous croyez pouvoir trouver des garçons de cette qualité qui accepteraient les gages d'un commis de cuisine ?

— Maman, intervint Lavinia tendue, nous devrions parler de la fête pour les fiançailles. De la décoration de la salle, par exemple. Le duc a généreusement proposé de nous recevoir, et il nous laisse le soin de régler les détails.

— Vous voulez dire, votre famille ? demanda Mme McTavish. Auquel cas nous aurons certainement des ours savants et des invités avinés.

Elle se tourna vers le comte, qui ne parut pas s'offusquer de l'allusion.

— Faire venir des ours dans une telle demeure serait très compliqué, dit-il le plus sérieusement du monde. Les ours ne sont pas réputés pour leur savoir-vivre…

— Ils refuseraient de porter une tenue de soirée et dévoreraient tous les homards, renchérit Percy.

Son père fronça les sourcils.

— Jeune homme, les ours ne mangent pas de homard. Ils vivent près des cours d'eau douce, or le homard se pêche en mer, en eau salée, précisa-t-il comme si tout le monde ignorait la différence. Ils y goûteraient peut-être, mais préféreraient d'autres mets. Il faudrait plutôt acheter du saumon.

Mme McTavish semblait horrifiée. « Pas étonnant que Lavinia ait redouté cette soirée », songea Thaddeus en réprimant un rire. Si ça continuait ainsi, ce serait la débâcle.

— Nous vous consulterons aussi, madame, précisa Lavinia. Je voulais dire que nous avions carte blanche.

— Carte blanche ? répéta Mme McTavish, les yeux écarquillés. Comme lord Scudamore avait carte blanche avec la mère de celui-ci, quelle qu'elle soit ?

Elle désigna Percy, qui faisait profil bas après sa remarque sur les homards.

— Madame McTavish, reprit Lavinia avec émotion, je vous demande de ne pas détourner cette conversation vers des sujets de désaccord. Les fiançailles de ma sœur avec votre fils sont un événement heureux. Nous leur souhaitons d'ailleurs tout le bonheur du monde.

— Ils ne seront heureux que s'ils restent à distance de votre famille, rétorqua Mme McTavish d'un air pincé.

— Assez ! lança le duc en se levant.

Il fusilla du regard chaque parent – à part le comte, qui terminait son consommé comme si de rien n'était.

— Vous êtes *nos* invités, dans *notre* maison, ce qui implique la nécessité pour vous de faire preuve de courtoisie envers moi et mon épouse, la duchesse.

Il se tourna vers Lavinia, qui était d'une pâleur inhabituelle. Il aurait voulu leur dire combien il était douloureux d'entendre une mère dénigrer sa fille en public, d'écouter deux familles se chamailler sur les convenances alors que selon lui, Lavinia, Jane et Percy étaient plus respectables que les autres.

Sans parler du fiancé qui n'avait rien fait pour empêcher sa mère d'exprimer son hostilité envers les Capel. En réalité, depuis le début, il ne disait mot et se contentait de regarder Jane. Que ferait-il si sa mère s'en prenait à sa fiancée ?

— Monsieur McTavish, reprit Thaddeus d'un ton suggérant qu'il passait à autre chose. Quels sont vos projets quand vous aurez épousé lady Jane ?

Gêné, le jeune homme se tourna vers sa mère, ce qui n'était pas bon signe.

— Eh bien… je pensais m'installer à la campagne avec lady Jane. La vie y est plus paisible qu'à Londres.

— Effectivement, confirma le duc.

De plus, le jeune couple serait loin des deux familles.

— Cependant, je ne souhaite pas m'éloigner de Lavinia, intervint lady Jane.

L'intéressée lui sourit. Thaddeus comprenait pourquoi Lavinia avait voulu, en l'épousant, permettre à sa sœur de trouver le bonheur. Pourrait-il la rendre heureuse à son tour ?

Hélas, ce n'était pas ce qui était prévu dans leur contrat. Elle serait bien mieux sans lui, près de chez sa sœur à la campagne, par exemple.

— Et nous ne souhaitons pas que vous partiez, du moins pas encore, renchérit M. McTavish avec un regard anxieux en direction de son épouse.

— Bien sûr, dit-elle. Lady Jane devra être formée à ses devoirs.

— Formée ? répéta la comtesse, aussitôt sur ses gardes. De quelle formation a-t-elle donc besoin ?

— Passons au poisson ! suggéra Lavinia.

Elle fit signe à Fletchfield, qui hocha la tête. Les valets débarrassèrent les assiettes.

— Les soles meunières de notre cuisinière sont délicieuses, expliqua la jeune femme. Avec du beurre... du citron... et des soles, bien sûr.

— La sole est un ingrédient essentiel dans cette recette, fit Percy avec un clin d'œil complice.

— Voilà pourquoi Percy est l'écrivain de la famille, commenta la comtesse avec fierté. Il a un tel esprit ! Toujours prompt à plaisanter.

Thaddeus perçut la peine de Lavinia. Une fois de plus, sa mère complimentait quelqu'un d'autre qu'elle... et Percy n'était même pas son fils. Il était touché par le rejet que subissait sa femme.

— À propos, reprit Percy, mon éditeur espère publier un nouveau roman sous peu.

Cette fois, Lavinia se crispa. Pourquoi une telle réaction ? se demanda le duc. Réprouvait-elle les écrits de son demi-frère ? Non, c'était impossible. Elle avait semblé si fière, le soir de la lecture.

— Tu lui as parlé ? demanda-t-elle d'une voix tendue.

— Oui, confirma le jeune homme. Il m'a envoyé un message indiquant que *La Prise du château* était épuisé. Or le public en redemande. Il a proposé une prime importante si tu... enfin, si je lui livre un manuscrit avant un mois.

— Ah...

— C'est une excellente idée, mon grand, décréta la comtesse. Que vas-tu faire de tout cet argent ?

— Ce n'est pas une fortune, maman, objecta Lavinia. Contrairement à ce que l'on pourrait imaginer. Peut-être de quoi s'offrir un modeste appartement…

Elle semblait nostalgique, ce qui était étrange car elle parlait de l'argent de son demi-frère.

— Tu ne vas pas nous quitter, n'est-ce pas, Percy ? s'inquiéta la comtesse. Je ne le supporterais pas, et ton père non plus.

La comtesse, Lavinia, Percy et Thaddeus se tournèrent vers le comte, qui s'était assoupi et ronflait doucement.

— Mon père tient absolument à ce que Percy reste sous son toit, railla Lavinia, pince-sans-rire.

— Alors ? Qu'en dis-tu ? reprit Percy. Crois-tu que je pourrai livrer un manuscrit avant un mois ?

Lavinia prit une bouchée de sole meunière.

— Je suppose que oui, répondit-elle. Du moment que tu peux m'aider à organiser la fête en l'honneur des fiançailles de Jane.

— Et de Henry, intervint sèchement Mme McTavish.

— Absolument, admit Percy. Je ferai mon possible pour que cette soirée soit un succès. La fête est…

— Il faudrait qu'elle se déroule le même soir que la parution du livre ! s'exclama soudain la comtesse. Ou juste avant. Une lecture lors de la soirée serait excellente pour tes ventes, Percy.

— Je… je ne crois pas…, balbutia Mme McTavish, choquée.

— C'est une très bonne idée, déclara Thaddeus.

Il était prêt à tout pour donner à la comtesse autre chose à faire que critiquer Lavinia, et pour détourner l'attention de lady Jane, qui semblait de plus en plus anxieuse. Si Percy était de taille à se défendre, ce n'était pas le cas de la pauvre Jane.

Celle-ci aurait-elle supporté l'attention accordée à une duchesse ? Et l'attention que lui-même accordait à Lavinia au lit ? Non, sans doute. Lady Jane n'était pas taillée pour ce rôle. Il lui fallait un mari discret, voire effacé, comme Henry McTavish. Thaddeus préférait quant à lui une femme plus affirmée.

Il s'était trompé : sa vie avec lady Jane aurait été bien terne, en comparaison.

— En travaillant d'arrache-pied, déclara Percy, je devrais pouvoir soumettre rapidement un premier jet à mon éditeur.

Il chercha du regard l'approbation de Lavinia, qui hocha la tête.

— Comment vous viennent vos idées, monsieur Waters ? demanda Mme McTavish, la mine toujours renfrognée.

— Je m'inspire de la vie de tous les jours, fit le jeune homme, évasif.

— Dans ce cas, j'espère ne jamais mener l'existence que vous semblez mener, rétorqua la dame avec dédain.

— Vous lisez néanmoins mes romans, madame, répliqua Percy en se penchant vers elle. Tout auteur attache de l'importance à l'avis de ses lecteurs, qu'il soit favorable ou critique. Il n'y a rien de pire que l'indifférence. Vous n'appréciez peut-être pas ma prose, mais elle suscite chez vous une réaction.

— Certes, admit-elle d'un air pincé.

Percy jubilait.

— Vous avez terminé ? s'enquit Lavinia.

Elle affichait un sourire que Thaddeus identifia immédiatement. Ce n'était pas le sourire radieux qu'elle lui offrait quand ils se retrouvaient seuls. Elle faisait bonne figure, comme tant de fois auparavant, quand elle vivait chez ses parents. Au moins, elle n'était plus exposée chaque jour aux critiques de sa mère. Hélas, lui-même n'était pas un ami pour elle. Un partenaire sexuel, rien de plus.

Ils ne savaient pas grand-chose l'un de l'autre, en réalité. Leur contrat imposait une certaine distance affective. Si seulement il ne se sentait pas si seul... Pourraient-ils être amis, en plus d'être amants, pour le temps qu'il leur restait à vivre ensemble ? Lavinia serait-elle disposée à envisager cette possibilité ? Elle devait se sentir seule, elle aussi. Il n'avait rien à perdre à lui poser la question. Si elle refusait, ils poursuivraient leur vie telle qu'elle était...

— Non.

Le cœur de Thaddeus se serra. Il crut un instant que sa femme répondait à la question qu'il avait formulée en pensée.

— Non merci, Fletchfield, ajouta-t-elle. Servez d'abord du chapon au duc.

Il poussa un soupir de soulagement.

— Votre Grâce ? fit le majordome.

Thaddeus en avait assez d'endurer ce dîner durant lequel la comtesse et Mme McTavish rivalisaient de méchanceté. Il n'avait pas vu Lavinia aussi tendue depuis leur mariage.

Cependant, si elle tenait bon, il tiendrait aussi. Il était expert dans l'art de maîtriser ses émotions, et son épouse avait besoin de son soutien.

— Monsieur McTavish, je vous recommande le chapon rôti, déclara-t-il en faisant signe à Fletchfield de servir son invité. Ces volailles sont élevées sur l'un de mes domaines. Elles me sont livrées chaque semaine, de sorte qu'elles sont plus fraîches que celles que l'on se procure généralement dans la capitale.

— Vous êtes-vous déjà rendu dans vos domaines de campagne ? demanda lady Jane avec un intérêt sincère. Je ne suis jamais allée en province, mais je suis impatiente d'y vivre. Enfin, quand nous y vivrons, ajouta-t-elle après un grommellement inintelligible de sa future belle-mère.

— Pas encore. J'ai l'intention d'y emmener Lavinia quand...

Quand elle sera enceinte. Quand nos vies se sépareront.

— ... quand j'aurai réglé mes affaires les plus urgentes en ville.

— La campagne est attrayante. Percy, tu as écrit des romans qui se déroulent à la campagne, non ? intervint Lavinia. Mais je me demande si l'on ne s'ennuie pas, à la longue. On n'y rencontre pas grand monde. C'est ce que j'apprécie dans la vie londonienne. On croise des gens de tous les horizons, des personnages bien différents de nous-mêmes.

— Tout le monde n'est pas duchesse, en effet, se moqua Percy.

Elle leva les yeux au ciel, un sourire indulgent aux lèvres.

— Naturellement, mais je songeais plutôt au mode de vie de chacun, à son quotidien. Certains se lèvent aux aurores, d'autres se font servir par un bataillon de domestiques...

— Cela existe aussi à la campagne, objecta son demi-frère.

— Mais la vie citadine est plus riche. Ma librairie favorite vend des ouvrages divers, y compris dans des domaines spécialisés tels que le génie mécanique, ce qui atteste de la diversité de la clientèle.

— Quel est l'intérêt de croiser tous ces gens ? intervint la comtesse, qui semblait s'ennuyer ferme.

Fletchfield présenta un plat de veau à la duchesse, qui acquiesça.

— Ce sont des êtres humains comme nous, s'emporta-t-elle. Leur vie compte autant que la nôtre, et nous leur devons le respect.

— Où diable veux-tu en venir ? s'enquit Percy avec plus de douceur, pour ne pas la froisser.

Le haussement d'épaules de la jeune femme serra le cœur de Thaddeus. Qu'avait-elle donc vécu de si douloureux ?

— C'est succulent ! déclara la comtesse sans masquer son étonnement. Votre Grâce, avez-vous demandé à votre cuisinière de préparer ce plat ?

— Non, c'est votre fille qui s'est chargée de ces détails. Elle ne s'est pas trompée, n'est-ce pas ?

Il riva les yeux sur elle, de peur qu'elle n'écarte cette possibilité d'adresser enfin un compliment à sa cadette.

— Effectivement. Bon travail, Lavinia, maugréa-t-elle. Cependant, Jane fera aussi bien quand elle sera maîtresse de maison, j'en suis sûre.

Thaddeus eut envie de lui assener ses quatre vérités, mais Lavinia s'en offusquerait plus qu'elle n'en serait consolée.

— Ce qui n'arrivera pas de sitôt, déclara Mme McTavish d'un ton doucereux. Nous tenons à ce qu'ils vivent sous notre toit pendant un certain temps avant de se décider pour la campagne.

— Fletchfield, je crois que nous allons passer directement au dessert, lança Lavinia, agacée.

— Bien, Votre Grâce.

Thaddeus vit le majordome fusiller la duchesse du regard, mais l'intéressée ne s'en rendit pas compte.

Les convives se virent proposer entremets et pâtisseries. En observant son épouse porter sa cuillère à ses lèvres, le duc sentit le désir s'emparer de lui. De toute évidence, elle adorait la crème fouettée. Elle s'humecta les lèvres avec un soupir d'aise qui lui rappela ses plaintes lorsqu'elle lui servait de festin.

Et s'il faisait monter un pot de crème fouettée dans sa chambre ?

Elle croisa son regard, et arqua les sourcils.

Tu penses à cela en présence de ma famille ?

Je n'arrive pas à penser à autre chose quand je vois tes lèvres.

Elle rit doucement et se mordilla la lèvre inférieure, sans quitter Thaddeus des yeux. Puis elle porta à nouveau sa cuillère à sa bouche. Très lentement, elle la fit ressortir dans un geste sensuel.

S'il passait l'une des pires soirées de sa vie, il pouvait se consoler en songeant à la nuit qui l'attendait…

D'abord, je ne compris pas ce que je lisais, car l'ouvrage était en italien. Je crus à tort qu'il s'agissait d'un livre de cuisine. En réalité, les recettes n'avaient rien à voir avec l'art culinaire. Elles servaient à éliminer un ennemi. Une salade de rhubarbe et de morelle noire ? Des champignons vénéneux ?

Est-ce que je le hais suffisamment pour le tuer ? me demandai-je.

Était-ce le seul moyen de retrouver ma liberté ?

Un ténébreux époux, de Percy Wittlesford.

19

Lavinia avait l'impression d'avoir été renversée et piétinée par un attelage. Ou par sa mère et Mme McTavish – ce qui revenait au même, à quelques fanfreluches près.

Enfin, cette soirée était terminée et elle était de retour dans sa chambre, les doigts crispés sur sa robe. Elle se doutait qu'elle serait énervée, de sorte qu'elle avait informé Nancy qu'elle se déshabillerait seule. Ce n'était peut-être pas une bonne idée. Dégrafer tant de boutons était aussi décourageant que d'essayer d'inciter sa mère à se montrer courtoise envers Mme McTavish.

Elle s'assit lourdement sur le lit et se prit la tête dans les mains. Quel enfer ! Elle s'y attendait, bien sûr, mais pas à ce point. Sa mère ne manquait pas une occasion de la dénigrer. Quant à Mme McTavish, elle ne valait pas mieux, vu son hostilité envers Jane, si douce et conciliante.

Naturellement, son père s'était défilé en se réfugiant dans l'alcool.

Au moins, sa tante Pénélope n'avait pas créé de scandale, trop heureuse de sortir de chez elle, pour une fois. Elle avait mangé presque autant que la comtesse.

Quelqu'un frappa à la porte. Si c'était lui, elle risquait de devoir lui demander de partir. Elle n'était pas d'humeur à batifoler, même s'il l'avait défendue lors du dîner. Elle était trop fatiguée.

— Entrez…

Dès que Thaddeus apparut, elle leva une main pour l'arrêter.

— Je ne pourrai pas, je crois…

Il s'avança vers elle, foulant le tapis de ses pieds nus.

— Quoi donc ?

Elle le foudroya du regard.

— Tu sais bien… ça.

Elle désigna le lit.

Il afficha un air pensif, presque inquiet.

— Tu as passé une soirée difficile, n'est-ce pas ?

Son ton suggérait que ce n'était pas une question.

— Oui, souffla-t-elle.

— Je ne me rendais pas compte du peu de considération qu'elle a pour toi.

— Ce n'est pas grave, marmonna-t-elle.

Bien sûr que si, et ils le savaient tous les deux.

— Ton père n'améliore en rien la situation. Il était toujours aussi distrait ?

— Toujours, admit-elle avec un rire amer.

Elle le soupçonnait d'héberger tous ces parents pour éviter d'affronter la réalité.

— Enfin, pas dans le travail, précisa-t-elle. Ses investissements sont toujours lucratifs. Cela dit, un comte n'est pas supposé parler d'argent, tu le sais bien. Or il n'est doué que pour cela, malgré son bon cœur.

Thaddeus prit la jeune femme dans ses bras. Elle sentit la toison de son torse contre sa joue.

— Je suis épuisée, avoua-t-elle d'une voix étouffée. En général, j'aime les gens, mais…

— La famille, coupa-t-il d'un ton éloquent. Attends, je vais t'aider…

Il l'attira plus près pour déboutonner la robe. Peu à peu, elle se détendit.

— Et ta famille ? demanda-t-elle.

Il posa les mains sur ses épaules pour faire glisser la robe le long de ses bras. Elle s'en débarrassa vivement et s'assit sur le matelas.

— Je devrais appeler Nancy, fit-elle en observant sa robe sur le sol.

— Laisse-moi faire...

Il ramassa le vêtement et le posa délicatement sur le dossier d'un fauteuil.

— Merci.

Thaddeus s'assit à côté d'elle et posa une main sur son genou. Elle en fut réconfortée, ce qui était un peu effrayant. Elle appréciait leurs ébats, mais elle voulait autre chose, ce qu'il s'était engagé à ne pas lui donner avec ce contrat. Son geste eut au moins le don de l'apaiser.

— Ma famille... Mes parents étaient très différents des tiens.

— Autrement dit, ta mère ne te critiquait pas systématiquement, et ton père ne buvait pas en tenant des propos incongrus ?

— Ils ne se souciaient pas assez de moi pour cela, je crois. Ils voulaient que je sois le fils idéal.

— Ils seraient ravis de te voir aujourd'hui, dans ce cas.

— Ils trouveraient que j'en fais trop. Je tiens à m'occuper moi-même de tous les comptes, et je me sens responsable vis-à-vis de mon titre.

— Tu fais toujours ce qu'il faut, répondit-elle. C'est dans ta nature.

Il garda le silence si longtemps qu'elle redouta un instant d'avoir commis une bévue.

— Merci, souffla-t-il enfin. En tout cas, je fais de mon mieux.

Comme lorsqu'il avait voulu épouser Jane, avant de l'épouser, elle.

— Tu as des regrets pour nous deux ?

Encore un silence. La jeune femme retint son souffle. Et s'il disait oui ? Elle ne pourrait rien y changer mais, au moins, elle saurait.

— Écoute, reprit-elle, ce n'est pas grave. Je ne...

— Non, dit-il en crispant les doigts sur son genou. Ta sœur est adorable, intelligente et bienveillante, mais...

L'imagination fertile de l'écrivaine entrevoyait les suites possibles :

Mais je préfère une épouse plus petite et loquace.

Mais je préfère être seul, finalement, et tu es plus facile à quitter.

Mais j'aime que ma partenaire me demande de lui donner du plaisir au lit, et je doute que ta sœur aurait été libre comme toi.

— Mais je ne m'imagine pas marié à une autre que toi.

Ah... Elle ne s'attendait pas du tout à cela.

— Et toi, tu le regrettes ?

Naturellement, il lui retournait la question. Il était plein de sollicitude et veillait à ce que leurs rapports soient équitables. Il tenait compte de son avis et respectait ses décisions et ses choix pour leurs réceptions.

S'il ne le lui avait pas interdit, avec ce contrat, elle penserait qu'elle était en train de tomber amoureuse de lui. Ce qui était le cas, bien sûr. Il avait pris sa défense lors de ce dîner et il la défendrait quoi qu'elle fasse, c'était certain.

Elle allait avouer la vérité quand Thaddeus reprit la parole :

— Oublie cette question.

Elle avait hésité trop longtemps, et il devait croire qu'elle regrettait réellement.

— Non, je... je...

Il se leva lentement. Aussitôt, le contact de sa main lui manqua.

Dans sa volonté de dire la vérité, elle avait oublié sa fatigue. Du moins, la vérité telle qu'elle la voyait.

— Je ne regrette absolument rien, déclara-t-elle en se redressant.

Il fallait absolument qu'il saisisse à quel point il comptait pour elle. Elle voulait le lui faire comprendre, même si leur cohabitation était provisoire.

— Je suis à présent duchesse et tu m'as épargné le déshonneur. Tu m'as sauvée des griffes de ma mère. Ce n'est pas rien.

— En effet.

— De plus, j'aime mon rôle de maîtresse de maison, et pas seulement dans cette chambre. Tu me fais confiance, tu as toujours été honnête avec moi. Peu d'hommes en feraient autant.

Il parut pensif, comme s'il assimilait ses propos.

— Je le suppose.

— Tu… tu veux bien rester avec moi, cette nuit ? Pour dormir ?

Cette requête inhabituelle l'étonna, car elle allait à l'encontre du contrat qui les liait. Une grossesse, pas d'engagement et pas d'amour.

Le cœur battant, elle attendit sa réponse. S'il refusait, elle admettrait que seul le contrat comptait pour lui. S'il disait oui, il y avait une petite chance qu'il y ait quelque chose entre eux.

— D'accord, si tu le souhaites.

Elle soupira.

— Merci…

Il lui rendit son sourire.

Elle ôta sa camisole et se coucha, nue. Thaddeus enleva son peignoir et se glissa entre les draps. Elle lui tournait le dos. Il se lova contre elle et l'enlaça, une main sur son ventre.

Elle sentit son souffle sur sa nuque et ferma les yeux.

— Bonne nuit, trésor, murmura-t-elle.

Elle perçut un grommellement et sombra dans un profond sommeil.

Il la tenait blottie contre lui, ses fesses rondes plaquées sur son bas-ventre. Il s'efforçait d'ignorer les palpitations de son sexe dressé. Lavinia n'en avait pas envie ce soir – et lui non plus. Bavarder, échanger des confidences était encore plus intime qu'un coït torride. Des vérités cachées qui risquaient de faire mal si elles sortaient au grand jour.

Elle avait deviné sans peine ce qu'il ne lui avait pas raconté sur ses parents. Ils n'étaient pas négligents au sens propre, mais indifférents. Elle devait trouver que sa propre famille était à l'opposé, et qu'elle tenait à être loyale envers ceux qu'elle aimait le plus. Lavinia n'aurait sans doute jamais permis un mariage entre lui et Jane, en dépit de la volonté de leur mère.

Il savait à présent qu'elle avait eu raison. Jane n'aurait pas été heureuse avec lui. Il était trop strict, et elle trop docile. Ils auraient été malheureux tous les deux et auraient dû se cacher derrière une façade polie. En tout cas, Jane n'aurait jamais exigé qu'il lui donne du plaisir, et il n'aurait pas remis en question ce qu'il pensait être un comportement normal au lit, pour relever le défi.

Supporterait-il de perdre Lavinia quand viendrait le moment de la séparation ? En attendant, il devait profiter de sa présence tant qu'il le pouvait.

Il avait envie de mieux la connaître, dans l'espoir d'absorber un peu de sa joie de vivre et de son exubérance.

Leur contrat ne prévoyait pas de se perdre de vue. Il l'amènerait en ville pour l'anniversaire de leur fils, l'ouverture de la saison parlementaire ou toute autre grande occasion.

Cela n'aurait rien à voir avec la liste qu'il avait dressée, mais il s'en satisferait. Il se promit d'en parler avec elle dès qu'elle ne serait plus accaparée par les préparatifs de leur soirée.

Depuis plus d'une semaine, je ne cessais de retourner le problème dans ma tête. Même mon mari, qui ne me prêtait pratiquement aucune attention, remarqua mon trouble.

— Que se passe-t-il ? me demanda-t-il un soir lors du dîner, avec sa brutalité habituelle.

Prise au dépourvu, je lâchai ma cuillère et éclaboussai ma robe et mon visage de consommé.

Je me levai sans un mot pour aller me changer. Je tremblais comme une feuille.

J'avais beau être irritée par les restrictions que je subissais, je me sentais incapable de mener mon plan à terme. Je regrettais amèrement le temps où j'étais une femme libre de faire ce qu'elle voulait.

Cette femme avait disparu à la mort de mes parents. Ensuite, à sa façon étrange, le comte m'avait sauvée. Je ne pouvais pas le tuer.

Mais je pouvais faire autre chose.

Un ténébreux époux, de Percy Wittlesford.

20

Le lendemain matin, à son réveil, Lavinia se sentait différente. Était-ce parce qu'elle avait dormi dans les bras de Thaddeus et non lovée contre Trésor, sa chienne ? Quelle sensation merveilleuse que la chaleur de son corps. Elle se sentait protégée, en sécurité et, si elle se permettait de croire à l'impossible, presque aimée. Presque.

Il se réveilla et remua légèrement.

— Bonjour, murmura-t-elle en posant une main sur la sienne.

— Bonjour, répondit-il d'une voix ensommeillée.

— Tu as bien dormi ?

— Hmm...

— Merci d'être resté avec moi. J'adore ma sœur et quelques autres membres de ma famille, mais...

— Au moins, tu verras ta sœur plus souvent.

— Quoi ?

Il roula sur le dos en l'attirant sur son torse.

— Si elle parvient à convaincre son Henry de s'installer à la campagne, précisa-t-il.

— Pourquoi irais-je à la campagne ? s'enquit-elle prudemment.

Il l'écarta de lui et s'assit.

— C'est là que tu vivras après la naissance de notre fils, déclara-t-il. J'ai réfléchi, et j'espère que tu accepteras de venir à Londres de temps en temps.

La colère monta si vite en elle qu'elle crut s'étouffer.

— Pardon ?

— Tu pourrais venir à Londres, non ? Nous nous entendons plutôt bien, je trouve.

Il n'en semblait pas si sûr.

— Je ne parlais pas de Londres, grommela-t-elle en repoussant les couvertures.

Elle alla chercher son peignoir et l'enfila vivement. Intrigué, il resta dans le lit.

— De quoi parles-tu, alors ?

— Je n'ai pas le projet de partir pour la campagne, dit-elle. D'où te vient cette idée saugrenue ?

Il fronça les sourcils et repoussa à son tour les couvertures.

— Notre contrat..., fit-il. Quand nous aurons un fils et que nous nous séparerons. Tu iras à la campagne.

Il enfila son peignoir.

— Je t'assure que tu mèneras une existence agréable, ajouta-t-il. Dans le domaine de ton choix.

Lavinia secoua la tête avec vigueur.

— Je ne conteste pas les agréments de la campagne, railla-t-elle en imitant son phrasé, mais je suis née à Londres, j'y ai grandi et ma famille y réside. Je n'ai aucune intention de partir.

La stupeur de son mari l'aurait amusée si elle n'avait été aussi furieuse.

— Mais...

— Mais quoi ? rétorqua-t-elle, les bras croisés. J'ai sacrifié beaucoup de choses en t'épousant.

Lorsqu'il ouvrit la bouche pour répondre, elle le fit taire d'un geste.

— Non ! Laisse-moi parler. Je ne partirai pas de Londres, quoi que tu décides. Il est hors de question que je m'exile en province pour devenir une épouse délaissée !

— C'est toi qui as voulu ça ! s'emporta-t-il.

Elle le dévisagea longuement.

— Absolument pas. Tu as présupposé que je ne voulais pas rester avec toi, que j'accepterais d'abandonner mon enfant pour vivre à la campagne où je n'ai jamais mis les pieds, soit dit en passant. Pour quoi faire ?

Comment avait-il pu se méprendre à ce point ? Ne l'avait-il donc pas écoutée lorsqu'ils avaient conclu ce marché ridicule ? Elle n'avait accepté que parce qu'elle pensait ne pas avoir le choix. Parce qu'il était un homme, un ancien militaire de surcroît, et surtout un duc. Trois raisons de se soumettre à sa volonté.

— Pour faire ce que l'on fait généralement à la campagne, répondit-il d'un ton conciliant qui ne fit qu'attiser sa rage.

Celle-ci avait au moins l'avantage de chasser ses doutes.

— Ce que l'on fait généralement à la campagne ! répéta-t-elle en ravalant sa douleur. Te rends-tu au moins compte de ton arrogance ?

— Bien sûr que je suis arrogant, répliqua-t-il, à présent aussi furieux qu'elle.

Fulminant, il avança vers elle. Jamais elle ne l'avait vu dans une telle colère.

— Mon rôle est de dire aux gens ce qu'ils doivent faire, ajouta-t-il. J'ai cette responsabilité. Sinon, c'est le chaos.

— Comment ça, le chaos ? s'insurgea-t-elle.

— Si je ne respecte pas les règles à la lettre, le chaos régnera. J'ai été contraint de devenir duc, ce dont je n'avais aucune envie…

— Mon pauvre…, pouffa-t-elle. D'abord, tu as dû quitter les champs de bataille pour un hôtel particulier londonien, une fortune colossale et des domestiques aux petits soins. Ensuite, tu as épousé une femme que tu n'avais aucune envie d'épouser, mais tu as réglé le problème en décidant de l'exiler à la campagne dès qu'elle aura pondu un héritier. Quelle terrible épreuve t'attend ensuite ? Ah, je sais ! Tu devras peut-être élever notre fils pendant que je serai bannie de sa vie.

Cette clause du contrat lui était insupportable, mais elle avait refoulé sa souffrance car elle ne pouvait rien y faire.

— J'aime être ton mari, grommela Thaddeus. Je sais aussi que ta sœur ne m'aurait pas convenu en tant qu'épouse.

— À cause de ce que nous faisons au lit, dit-elle en se redressant fièrement. Le mariage, ce n'est pas que cela. Hélas, tu n'as aucune envie de le découvrir.

Mille images vinrent l'assaillir. Au début de leur relation, elle aurait dû l'inciter à s'ouvrir davantage, à confier ses envies. Elle aurait dû exprimer ses propres souhaits.

— J'espérais..., murmura-t-elle. Écoute, peu importe ce que j'espérais. J'ai l'impression que tu comptes mener à bien notre contrat tel qu'il est. Alors faisons de notre mieux pour qu'il arrive à sa conclusion inévitable.

Sur ces mots, elle s'avança vers lui en dénouant la ceinture de son peignoir et enroula les bras autour de son cou pour attirer sa bouche vers la sienne.

D'abord hésitant, de peur qu'elle ne se ravise, il approfondit le baiser. Sa langue plongea en elle avec fougue tandis qu'il l'attirait vers lui en la tenant par les hanches.

Il plaqua le ventre de la jeune femme contre son sexe dressé en l'embrassant avec fièvre. Elle se montra tout aussi passionnée. Elle glissa une main le long de son bras, vers sa hanche, avant d'empoigner son gland. Dès qu'elle entama un lent mouvement de va-et-vient, il interrompit le baiser, le souffle court.

— Allonge-toi sur le dos, sur le lit, murmura-t-elle.

Il obéit. Elle garda les yeux rivés sur le membre palpitant.

— Qu'est-ce que tu veux, Lavinia ? demanda-t-il, les poings crispés. Je ferai ce que tu voudras.

Il était pantelant, les yeux rivés sur son visage, comme s'il n'existait rien d'autre qu'elle au monde.

C'était enivrant.

Elle monta à califourchon sur lui, les mains en appui sur son torse. Thaddeus la prit par les hanches. À genoux, elle guida la verge entre ses cuisses, puis la prit en elle et s'empala.

— Lavinia..., gémit-il en crispant les mains sur ses hanches.

Elle remonta et redescendit lentement.

— Je vais te chevaucher... Je veux te voir jouir, Thaddeus. Je vais te faire l'amour jusqu'à ce que tu exploses en moi.

Il geignit de plus belle, faisant naître un sourire satisfait sur les lèvres de la jeune femme.

— Je veux te toucher, implora-t-il. Laisse-moi te toucher...

Elle se sentit investie d'un pouvoir nouveau.

— Où cela ? demanda-t-elle d'un air hautain sans cesser ses mouvements.

Elle prit ses seins dans ses mains.

— Ici ? poursuivit-elle en pinçant un mamelon. Ou là ?

Thaddeus ne quittait pas sa main des yeux.

— Là, souffla-t-il en désignant leurs sexes imbriqués. Je veux te toucher là et te faire jouir pendant que tu me chevauches.

— Vas-y, murmura-t-elle.

Les doigts agiles de Thaddeus titillèrent son clitoris avec leur virtuosité habituelle. Elle accentua ses va-et-vient tandis qu'il se cambrait à sa rencontre. Enfin, elle fut emportée dans le tourbillon de l'orgasme et, presque aussitôt, il se tendit et cria son nom dans un dernier spasme.

Lavinia ralentit en sentant la chaleur de sa semence en elle. Haletants, ils redescendirent peu à peu sur terre, moites et hors d'haleine. Lorsqu'elle s'écroula sur lui, il était encore en elle.

— Bon sang..., murmura-t-elle.

— Nous devrions nous disputer plus souvent.

Elle sourit contre son torse. Elle souffrait à l'avance de leur séparation inévitable, car ils étaient trop différents : Thaddeus trop entêté, et elle trop franche.

Hélas, elle était tombée amoureuse de lui.

En entrant dans la bibliothèque, Thaddeus trouva Melmsford à son bureau. À cause de Lavinia et ses idées coquines, le duc était en retard. Il s'était attardé dans son bain pour songer à ce qui venait de se passer. Pas la querelle, bien sûr, mais la suite.

Il croyait avoir des appétits sexuels normaux pour un homme de son âge, mais il avait envie d'elle à tout moment. Quand il nouait sa cravate, son esprit vagabondait vers les jambes de sa femme, qu'il écartait avant de la lécher jusqu'à l'extase. Quand il était penché sur ses registres, il rêvait de la basculer sur son bureau pour la prendre par-derrière. À table, au moment du dessert, il regardait rêveusement sa langue humecter ses lèvres...

Était-ce normal, ou bien avait-elle quelque chose de plus que les autres femmes ? Quelle importance, d'ailleurs ? Il allait la perdre, par sa propre faute. S'il n'avait pas été assez idiot pour lui imposer ce maudit contrat... alors qu'elle n'avait rien demandé.

Triple idiot.

Elle était furieuse qu'il envisage de la reléguer à la campagne. Elle était si belle quand elle était en colère ! Heureusement, elle avait eu la même réaction que lui à cette dispute. Il se réjouissait qu'elle ait pris l'initiative.

— Bonjour, Votre Grâce, dit Melmsford en faisant mine de se lever.

— Restez assis.

Il s'installa derrière son bureau en fronçant les sourcils face à la pile de dossiers qui trônait au milieu.

— J'ai pris du retard ? demanda-t-il. Je croyais que nous étions à jour.

— Il semble que nous ignorions quelques problèmes qui sont apparus récemment, répondit le secrétaire, la mine renfrognée. Certains investissements sont défaillants. Il va falloir redresser la situation.

Voilà qui ne présageait rien de bon.

Si seulement il pouvait balayer tous ces documents d'un geste et retourner au lit avec Lavinia pour savourer des ébats diurnes, pour changer.

Naturellement, c'était impossible, car son devoir l'appelait. S'il était important d'engendrer un fils, d'autres tâches étaient prioritaires.

— Par où commencer ? s'enquit-il avec lassitude.

L'existence d'un duc était jalonnée de problèmes à résoudre. Il finirait par avoir un fils, mais ce serait le personnel qui s'en occuperait la plupart du temps. C'est ainsi que faisaient ses parents, en tout cas.

— Melmsford, comment avez-vous été élevé ? Je veux dire par là : vos parents se sont-ils investis dans votre éducation, ou bien aviez-vous une nurse et un précepteur ?

— Eh bien, mon père travaillait mais ma mère s'occupait de ma sœur et moi. Elle était fille de pasteur et plus instruite que la plupart des dames. Elle m'a fait l'école jusqu'à ce que j'entre au pensionnat.

— Ce fut une bonne chose, selon vous ? De grandir auprès de votre mère ?

— Absolument, affirma le secrétaire. Il est essentiel que les enfants grandissent entourés de leurs deux parents. Mon père était bienveillant, mais il était juriste et travaillait beaucoup pour que nous ne manquions de rien. Il n'était pas souvent à la maison, malheureusement.

— Je vois... Merci, Melmsford.

— Nancy, dit Lavinia en voyant sa femme de chambre entrer dans la pièce. Je comptais rester à la maison, aujourd'hui, mais j'ai envie de sortir.

Elle en avait besoin, tant les idées se bousculaient dans sa tête. Le seul moyen de trouver l'apaisement était une promenade avec Jane ou Percy, voire les deux.

Savait-elle encore ce qu'elle voulait ? Et cette matinée... elle en avait savouré chaque seconde. Cet aspect du mariage lui manquerait autant que toutes ces choses qui, selon elle, faisaient partie d'une véritable vie de couple : l'amour, le respect, la confiance et les objectifs communs.

— Souhaitez-vous porter une robe en particulier, Votre Grâce ?

La question de la jeune fille fit émerger Lavinia de ses pensées.

— Non, peu importe.

À quoi bon se soucier de frivolités alors que sa vie entière n'était plus qu'un point d'interrogation ?

— Voulez-vous m'accorder un quart d'heure, Nancy ? J'ai un détail à régler.

— Bien sûr, Votre Grâce.

La servante posa une robe sur le lit et s'éclipsa en refermant la porte derrière elle.

Lavinia s'installa à son secrétaire pour écrire.

Ce qui va se passer

1. *Le prochain livre sera achevé avant la fête de fiançailles.*
2. *Jane épousera Henry McTavish et ils seront heureux pour le reste de leurs jours.*

À cours d'éléments, elle fixa sa feuille de papier. De ces deux certitudes, elle n'avait de maîtrise que sur une seule, et encore. Cependant, les mots lui venaient plus facilement qu'auparavant, sans doute parce qu'elle s'inspirait désormais d'une expérience concrète.

Que penserait Thaddeus s'il savait à quel point il l'inspirait ? Heureusement, il ne lisait pas ce genre de romans, et les références étaient assez floues pour que les personnages ne soient pas identifiables.

Elle prit une nouvelle feuille de papier.

Ce qui risque de se passer

1. *Une grossesse.*
   a. *Si c'est une fille, repartir de zéro.*
   b. *Si c'est un garçon, le contrat sera rempli.*
2. *Adoption d'un chat.*
   a. *Pourquoi Trésor serait-elle fille unique ?*
3. *Adoption d'un autre chien.*
   a. *Quitte à me retrouver sans mari, autant avoir de la compagnie.*

Cette dernière idée la fit sourire. Maigre consolation. Elle plia la feuille et la glissa dans sa poche, avant de sonner Nancy.

— C'était horrible, ce dîner, confirma Jane lorsque les deux sœurs quittèrent la maison des Capel.

Lavinia avait dû endurer la litanie des commentaires de sa mère, puis son père lui avait demandé son avis sur le nom à donner à quelque nouvelle théorie économique sur laquelle il travaillait, comme si cela était du ressort de la jeune femme.

Les deux sœurs flânèrent dans le parc voisin car leur mère refusait que Jane s'éloigne, au cas improbable où un autre duc célibataire viendrait lui rendre visite avant de demander sa main sans tarder.

Leur frère se trouvait chez son éditeur pour lui annoncer que le prochain livre de Percy Wittlesford ferait l'objet d'une lecture publique chez le duc de Hasford à l'occasion de l'événement de la saison. Lavinia aurait aimé être là pour voir l'enthousiasme de l'éditeur, mais elle avait à faire, à commencer par l'achèvement dudit roman et les préparatifs de la fête.

— Maman a été odieuse, déclara Jane. J'ose à peine le dire, mais Mme McTavish l'a été presque autant. Je ne me rendais pas compte qu'elle était aussi... butée.

— Tu vas devoir t'y habituer, car tu feras bientôt partie de cette famille.

Lavinia était au moins dispensée d'une belle-famille envahissante. À sa connaissance, Thaddeus n'avait plus que ses cousins, deux hommes charmants et très amoureux de leurs épouses respectives.

— Je suis moins forte que toi, Vinnie. Hier soir, en assistant aux prises de bec de maman et Mme McTavish, j'avais envie de me cacher.

Et ton fiancé n'a rien fait pour te soutenir.

— Tu en as parlé avec Henry ? demanda doucement Lavinia.

— Oui, du moins j'ai essayé, mais il refuse de prendre parti.

— Il y a des torts des deux côtés, tu dois l'admettre.

— En effet. Je regrette que Henry ne soit pas intervenu. Seul le duc a réussi à rétablir le calme, ajouta Jane d'un ton admiratif.

Ensuite, songea Lavinia, il avait compris son désarroi, il l'avait tenue dans ses bras, et ce matin...

— Qu'est-ce qui te prend ? demanda Jane. Tu respires plus fort, tout d'un coup.

Lavinia secoua la tête et poussa un long soupir.

— Il y a quelque chose que je ne t'ai pas dit...

— Donc, le duc et toi avez conclu cet accord ridicule…

— C'était son idée ! coupa Lavinia. Je me suis contentée d'accepter.

— Peu importe, persista Jane avec un geste désinvolte. Le principal est de savoir si tu as vraiment envie de vivre séparée de lui. Vous semblez bien vous entendre, tous les deux. C'est l'impression que vous donniez hier soir. Pour avoir décidé de résister à maman, il doit avoir des sentiments pour toi.

— Il déteste l'injustice. Il a vu quelqu'un se faire malmener et il est intervenu, voilà tout. Je crois qu'il ne tient pas plus à moi qu'à son secrétaire. Compte tenu du temps qu'ils passent enfermés ensemble dans son bureau, il préfère sans doute Melmsford.

— J'ai remarqué la façon qu'il a de te regarder, insista Jane. Il semble avoir envie de te dire quelque chose sans oser le faire.

Lavinia eut un rire forcé, peu convaincant.

— Tu te fais des idées romantiques. Tu devrais écrire des romans, toi aussi. Ce n'est pas ainsi dans la vraie vie.

— La vraie vie peut être romantique, assura Jane. Regarde Henry et moi, par exemple.

Lavinia dut se retenir pour ne pas briser les illusions de sa sœur.

— Henry et toi êtes des exceptions. Vous avez tant de points communs. Vous aimez le calme. Vous vous suffisez l'un à l'autre. Vous serez des parents raisonnables et posés.

— Je le suppose… Mais le duc et toi avez également des points communs : des valeurs morales, un franc-parler, votre générosité. Vous n'êtes pas rancuniers. Le duc aurait pu se venger sur toi d'avoir été contraint à ce mariage. Au contraire, il t'a offert une porte de sortie honorable en sauvegardant ta réputation.

Lavinia ignorait que sa sœur avait un tel sens de l'observation. Elle aurait pu faire appel à son aînée pour étoffer ses personnages.

— Ni lui ni moi ne sommes des monstres, admit-elle. Est-ce suffisant pour former un couple digne de ce nom ?

— Et quelle est la base d'un couple solide, selon toi ? demanda Jane en croisant les bras.

Lavinia ne répondit pas immédiatement.

— Ce devrait être l'amour, dit-elle. Hélas, l'amour peut faire très mal. De plus, il n'est pas forcément nécessaire. Un respect mutuel, de l'admiration, de la sollicitude et de l'attention portée à l'autre… c'est notre cas, en grande partie, avoua-t-elle, la gorge nouée par l'émotion. Et pourtant… Dès que j'aurai un fils, nous partirons chacun de notre côté. Oh, et je ne t'ai pas raconté le pire de cette histoire ! Il a ajouté que je pourrai te voir souvent parce que nous serons toutes les deux à la campagne.

— C'est le pire de l'histoire, selon toi ? fit Jane, intriguée.

— La campagne ! Il était persuadé que je m'en irais dès que j'aurais rempli ma part du contrat.

— Je ne t'imagine pas à la campagne, admit Jane. Tu finirais par te brouiller avec tes voisins, à force de voir toujours les mêmes têtes.

— Je suis terrible à ce point ?

— Non, mais tu as tendance à t'entêter. C'est d'ailleurs pourquoi tu m'as épargné un mariage impossible. Enfin, impossible pour moi.

— Je comprends ce que tu veux dire, assura Lavinia. Tu as raison. Tu serais malheureuse avec Thaddeus.

— Toi, tu ne l'es pas.

— C'est vrai. Jane, je crois que je risque fort de tomber amoureuse de lui, malgré ses défauts.

— N'est-ce pas pour ses défauts que l'on aime quelqu'un ? C'est facile d'aimer, quand tout va bien. On se marie pour le meilleur et pour le pire.

— Depuis quand es-tu aussi clairvoyante ?

— Eh bien, à force de rester dans mon coin, j'ai tiré quelques leçons de mes observations.

Lavinia la prit par les épaules et l'étreignit.

— Je regrette de ne pas t'avoir confié cela auparavant. Tu aurais pu m'aider à trouver une solution. Je crois qu'il est trop tard, hélas...

— Il n'est jamais trop tard, affirma Jane. Après la fête en l'honneur de mes fiançailles, nous trouverons un moyen pour que tu gardes ton mari.

— Et en attendant... ?

— En attendant, profite de tous les plaisirs qui te sont offerts, fit Jane en rougissant.

Lavinia s'esclaffa. Cette simple évocation suffisait à mettre ses sens en émoi... Cependant, ce n'était pas à elle de faire le premier pas. Elle avait déjà dit à Thaddeus qu'elle avait accepté ce contrat sous la contrainte. Elle refusait le moindre compromis sur un accord dont elle ne voulait pas dès le départ. En tant qu'épouse, il semblait la considérer comme sa propriété.

Après la fête, pourraient-ils tout recommencer à zéro ?

— Parlons des préparatifs, à présent, proposa-t-elle. Je veux que ce soit toi qui décides, et non maman ou Mme McTavish.

— Tu as plus de chances que moi d'obtenir satisfaction, hélas...

Si seulement Jane savait se défendre... Mais, dans ce cas, Lavinia n'aurait pas épousé le duc. Déplorait-elle ce coup du sort ou s'en réjouissait-elle ? Elle n'aurait su le dire.

Je pouvais le rendre amoureux de moi.
J'entamai les hostilités dans la soirée.

Un ténébreux époux, de Percy Wittlesford.

21

— Quelle mouche t'a piqué ? demanda Sebastian, perplexe. C'est le duché qui te fait perdre la tête ? Je sais que tu n'en voulais pas au départ. De là à en perdre l'appétit et le sommeil… Regarde-toi ! Tu ne t'es même pas rasé !

Thaddeus avait essayé de travailler, en vain. Au bout de quelques minutes, il avait annoncé à Melmsford qu'il pouvait disposer, puis il s'était précipité chez Sebastian.

Si la maison qu'il partageait désormais avec sa femme Ivy et ses chiens était plus modeste que l'hôtel particulier du duc, il y régnait une atmosphère plus chaleureuse, sans doute grâce à l'amour qui unissait le jeune couple.

— Tu as une mine effroyable, ajouta Sebastian.

Thaddeus aurait volontiers rétorqué, mais son cousin se serait moqué de plus belle. Pourquoi était-il dans cet état, quelques heures après cette querelle avec Lavinia ? Son visage ne reflétait-il pas simplement ce qu'il ressentait ?

— C'est le mariage, décréta Nash que Thaddeus n'avait pas vu entrer dans le bureau, un verre de cognac à la main et de noir vêtu.

— Assieds-toi, ordonna Sebastian en désignant un divan.

D'instinct, il eut envie de résister. N'était-il pas duc, que diable ?

Ayant besoin d'aide, il obéit. Il y avait un début à tout.

Sebastian prit place à côté de lui.

— Nash dit-il vrai ? Pour une fois ! railla-t-il avec un regard complice pour son cousin.

Nash grommela dans sa barbe mais sans se départir de son calme, apaisé par sa propre vie conjugale.

— Je ne sais pas..., admit Thaddeus.

— Tu es amoureux, énonça Nash avec assurance.

— Pas du t... Nom de Dieu !

Sebastian s'esclaffa de bon cœur.

— Ce n'est pas drôle ! s'insurgea le duc.

— Oh si, je te le garantis. Tu pensais avoir tout prévu, tout réglé. Un véritable plan de bataille. Je te rappelle que tu as quitté l'armée.

Thaddeus le foudroya du regard. Sebastian avait raison, même s'il refusait de l'admettre.

— Puisque tu es trop têtu pour le dire toi-même, écoute au moins nos conseils, reprit Sebastian.

— Implorer son pardon ne suffit pas, renchérit Nash.

— Ah non ?

Les suppliques semblaient pourtant le moyen le plus évident d'atteindre son but : la convaincre de rester avec lui et de former ensemble un vrai couple. Si seulement il n'avait pas été si déterminé à l'écarter de sa vie, si seulement il avait su qu'il en viendrait à tenir à elle... Le pragmatisme qui lui avait été si utile dans l'armée s'était retourné contre lui.

— Tu devras implorer son pardon un jour, reprit Nash. Mais d'abord, montre-lui ce que tu ressens pour elle. Ne te contente pas de le lui dire.

— N'importe qui pourrait le lui dire, expliqua Sebastian.

Thaddeus ressentit un soupçon de jalousie à cette idée.

— Comment le lui montrer ? Et je ne parle pas de…

Les deux autres éclatèrent de rire.

— Je paierais cher pour bénéficier des conseils de Nash dans l'art des galipettes, dit Sebastian. Enfin, il n'est pas question de cela. Nous sommes des hommes, nous avons des pulsions.

— J'avais remarqué, railla Thaddeus.

— Tu as épousé une femme de caractère, à l'instar de Nash et moi. Il faut lui permettre d'être forte, la traiter en égale, mais aussi faire en sorte qu'elle se sente choyée.

— N'est-ce pas paradoxal ?

— Justement, répliqua Nash. C'est tout un art. Quand tu y arriveras, vous serez tirés d'affaire.

— Je confirme.

Thaddeus avait l'impression qu'il allait exploser de frustration.

— Vous ne m'avez rien conseillé d'utile !

Sur ces mots, il se leva et se mit à arpenter la pièce.

— Tu devrais discuter avec Ana Maria pour connaître son point de vue, ajouta Nash en vain, car la jeune femme n'était pas là.

Le duc avait envie de frapper quelqu'un.

— Vous trouverez un terrain d'entente, promit Sebastian. Fais comme si tu étais un soldat face à deux ordres contradictoires.

Thaddeus soupira.

— D'accord. Merci de m'avoir *un peu* aidé. J'espère vous voir lors de cette maudite fête de fiançailles.

— Quelle en est la date ? s'enquit Sebastian.

— Dans quinze jours. Vous viendrez.

— Nous ne manquerions cela pour rien au monde, assura Sebastian en lui assenant une tape sur l'épaule. N'est-ce pas, Nash ?

Ce dernier se contenta d'un grommellement.

Il était rare que Lavinia ne donne pas son avis, or elle était déterminée à ne pas le faire, même si le fameux contrat occupait son esprit en permanence. Si elle n'avait pas été accaparée par les préparatifs de la soirée et l'écriture de son livre, elle se serait imposée dans le bureau de son mari pour exiger une conversation sur leur situation.

Il ne lui parlait presque plus. Le soir, il la rejoignait dans sa chambre, où ils échangeaient quelques propos anodins. Et il n'avait plus dormi avec elle. En dépit de ses désirs, elle commençait à se résigner à une séparation dès qu'elle aurait accompli son devoir de pondeuse.

Le plus étonnant, c'est qu'il multipliait les petites attentions. Il ordonnait à la cuisinière de lui préparer ses mets favoris, il lui apportait une tasse de thé au lit, il la complimentait sur ses tenues… C'était à la fois attendrissant et perturbant.

Elle aurait pu l'interroger sur son comportement, mais s'était juré de ne pas aborder le moindre sujet personnel la première. Était-ce de l'entêtement de sa part ? Sans doute. Au moins, elle restait fidèle à elle-même. S'il acceptait un compromis sur leur accord, il devrait la prendre comme elle était.

Elle passa en revue la liste d'invités de la fête. Elle ne l'avait pas encore soumise à l'approbation de Mme McTavish, malgré ses demandes, car elle ne voulait pas l'entendre dire qu'il y aurait trop de proches des Capel.

Il fallait pourtant inviter les plus anciens de la famille, qui ne sortaient guère mais s'offusqueraient de ne pas être conviés aux fiançailles de Jane. Lavinia avait même inscrit la reine en personne. Sa Majesté ne se dérangerait certainement pas, mais Mme McTavish pourrait toujours se bercer d'illusions…

— Lavinia…

Elle sursauta en remarquant la présence de Thaddeus dans son petit salon. Trésor dormait à ses pieds. Le bureau était jonché de papiers concernant la soirée.

— Bonjour, dit-elle en écartant ses cheveux de son visage.

Il était si séduisant... Autant l'admirer tant qu'elle le pouvait encore. Elle aimait le contact de sa barbe naissante sur ses joues... et sur ses cuisses.

— J'ai une question à te poser.

Elle le dévisagea.

— À propos de la réception ? Je peux t'en préciser les détails, si tu veux. Regarde...

— Non, ce n'est pas à propos de la fête, coupa-t-il avec l'esquisse d'un sourire.

Il y en avait au moins un qui trouvait matière à sourire, songea-t-elle.

— Enfin, pas vraiment, reprit-il. De quelle couleur sera ta robe ?

— Je n'y ai pas encore réfléchi, à vrai dire, s'étonna-t-elle.

Il fronça les sourcils. « Quoi encore ? » songea-t-elle. Avait-elle commis quelque bévue qui lui vaudrait un bannissement prématuré ?

Tu te conduis en imbécile.

— Très bien... si par hasard tu prenais une décision dans la journée, dis-le-moi, s'il te plaît. Tu peux passer par Melmsford, si tu veux.

— Bien sûr. Et toi, que porteras-tu ?

Thaddeus s'étonna à son tour. Un gentleman n'avait guère le choix en matière de couleur : du noir et du blanc.

— Tu devrais opter pour des tons en harmonie avec ta carnation, poursuivit-elle. Du violet, par exemple, avec tes cheveux bruns. Ou encore un vert pomme.

— Ou des tons pastel ? hasarda-t-il.

— Parfait !

Elle s'esclaffa, sachant que le duc aurait une tenue impeccable quoi qu'il arrive.

— Je vais y réfléchir, mon...

Il s'interrompit soudain, et la magie de l'instant s'envola. Avait-il failli dire « mon amour », avant de se raviser en se rendant compte que ce n'était pas le cas ? Ou « mon épouse », avant de se rappeler que ce ne serait bientôt plus vraiment le cas ? Quelque chose lui avait-il échappé ?

Peu importait, car il s'éloignait déjà.

— Bonne journée, Lavinia, dit-il brusquement avant de s'éclipser.

La jeune femme baissa les yeux vers Trésor, qui venait de se réveiller.

— Je n'ai rien compris, moi non plus. Mais nous verrons ça après la réception...

En fermant la porte du petit salon, Thaddeus jura dans sa barbe. Il n'était pas très doué. Il ne trouvait pas les mots pour la courtiser, lui faire comprendre pourquoi il lui avait soumis ce contrat et pourquoi il avait changé d'avis. Quant à lui prouver ses sentiments... il ne pouvait le faire au lit, car leurs relations charnelles avaient commencé bien avant qu'il se rende compte qu'il était amoureux d'elle.

Sebastian et Nash lui avaient fait voir la vérité. Il aurait dû en prendre conscience plus tôt. Il aimait son enthousiasme, son énergie, sa façon de protéger ceux qu'elle aimait. Il n'aurait pas dû lui parler de la couleur de sa robe. À en croire son expression, elle s'était sentie jugée.

Il avait songé à lui acheter un bijou, un objet personnel qui exprimerait son amour et son désir de la voir rester près de lui. Oui, mais quel bijou ?

Il savait à qui s'adresser pour obtenir un conseil.

— Tu as pris ton temps, déclara Ana Maria en saisissant le bras de Thaddeus.

Il répondit à sa cousine d'un vague grommellement.

— On dirait Nash, commenta-t-elle d'un ton réprobateur. Exprimons-nous à l'aide de mots, et non en émettant des sons indistincts d'ours mal léché, s'il te plaît.

Il ne put s'empêcher de rire de cette comparaison. Avant d'endosser le titre de duc de Hasford, il ne connaissait pas très bien Ana Maria. Lorsqu'il avait été établi que Sebastian n'était pas le duc, au contraire de Thaddeus, sa demi-sœur Ana Maria et lui avaient cohabité dans la demeure ducale qu'il occupait aujourd'hui avec Lavinia. Il avait fait de son mieux pour la protéger, pour s'occuper de la jeune femme comme Sebastian aurait veillé sur elle. Mais il n'avait pas réussi à l'empêcher de tomber amoureuse de Nash.

Ce qui était une bonne chose, finalement, à en juger par leur bonheur manifeste.

Ana Maria était une personne bienveillante et pleine de compassion, avec un goût très sûr en matière de mode et d'harmonie des couleurs.

— Que veux-tu faire aujourd'hui ? demanda-t-elle. Nash m'a relaté votre conversation. Je me demandais pourquoi tu ne nous avais pas encore invités chez toi. Tu pensais que ta femme partirait bientôt, n'est-ce pas ? Tu ne voulais pas t'attacher. Tu n'es qu'un imbécile.

Elle n'était pas la seule à le penser, à commencer par lui-même.

— Je sais.

La jeune femme s'étonna de cet aveu.

— Je voudrais acheter un cadeau pour exprimer à Lavinia mes sentiments. Un cadeau personnel qui lui corresponde.

— Je te conseille d'y mettre le prix. Elle n'a pas besoin d'un autre hôtel particulier en ville, je suppose ?

— L'objectif est de l'inciter à rester avec moi, pas de la faire déménager.

— Bien vu. Elle aime jardiner ? Une plante exotique, peut-être ?

— Les plantes ne la passionnent pas outre mesure, répondit Thaddeus, perplexe. Je crois qu'elle aime écrire. Elle a toujours les doigts tachés d'encre.

— Qu'écrit-elle ? Des lettres ? Peu importe. Tu n'as qu'à lui offrir un bel ensemble de plumiers, d'encriers.

— Ce n'est pas très romantique. Je pensais plutôt à un bijou.

— C'est aussi une bonne idée, concéda la jeune femme. Je sais ! Pourquoi pas un bijou qui ressemble à une plume ?

Thaddeus peinait à se l'imaginer.

— Ou un ensemble de plumes et un bijou..., réfléchit-il.

— Moi qui te croyais incapable de compromis !

— Dois-je le prendre comme un compliment ?

Ana Maria se mit à rire.

— Bonsoir.

Le comte marmonna dans sa barbe tandis que je lui tendais le plat de navets au beurre.

— Puis-je vous servir ? proposai-je.

Il croisa mon regard. Je n'en revenais pas. Pourquoi n'avais-je jamais remarqué l'intensité de ses yeux ? Ils étaient d'un brun si foncé qu'ils étaient presque noirs, et j'avais l'impression qu'ils transperçaient mon âme.

Un ténébreux époux, de Percy Wittlesford.

22

Lavinia lissa sa robe de ses mains humides. Cette soirée en l'honneur des fiançailles de sa sœur s'annonçait plutôt bien, malgré l'absence de fleurs. Sa mère et Mme McTavish n'avaient pas réussi à se mettre d'accord sur des roses ou des pivoines.

Mme Webb, la gouvernante, avait donc envoyé quelques femmes de chambre acheter des rubans chatoyants qui ornaient la maison entière. Le décor était un peu exubérant et criard, mais la jeune femme était ravie, d'autant que sa mère et celle de Henry seraient horrifiées.

Soudain, on frappa à la porte.

— Lavinia ?

C'était lui, bien sûr. Venait-il critiquer la couleur de la robe qu'elle avait choisie ?

— Entre !

Elle arborait une toilette bleu foncé de ciel d'orage, en satin, dont la coupe soulignait ses formes, avec pour toute fioriture un peu de dentelle d'un ton plus sombre.

Nancy l'avait coiffée avec goût. Une profusion de boucles cascadait sur ses épaules, rehaussées de brillants. Elle portait des bracelets par-dessus ses gants bleus assortis à sa robe.

Elle était spectaculaire, décidée à tirer sa révérence en beauté avant d'être bannie de l'univers qui avait toujours été le sien.

Dès l'entrée de Thaddeus, elle eut le souffle coupé. Il s'était décidé pour des tons pastel ! De son gilet bleu pâle à sa veste crème, jusqu'au pantalon lavande.

Loin d'être ridicule, elle le trouvait particulièrement séduisant.

— J'ai accédé à ta requête, dit-il à voix basse.

Décelait-elle une intensité particulière dans ses paroles ?

— Je vois cela.

Lorsqu'il vint à sa rencontre, elle retint son souffle.

— Je sais que le moment est mal choisi pour parler de certaines choses, car la soirée en l'honneur de ta sœur va commencer. J'espère que nous pourrons discuter ensuite. J'ai des choses à te dire…

Face à son visage tendu, elle sentit son cœur se serrer. Allait-il enfin émerger de son mutisme pour lui confier ses pensées et ses sentiments ? Allait-il lui demander de rester avec lui et jeter aux orties leur maudit contrat ?

Dans un roman, elle ferait croire qu'il allait la retenir mais rédigerait un dénouement inverse. Dieu merci, c'était lui l'auteur de leur histoire, cette fois !

— Votre Grâce ! s'écria Mme Webb, affolée, dans le couloir.

— Oui ?

— Ces dames sont arrivées et elles se disputent dans la salle de bal. Votre mère et l'autre dame. Pourriez-vous venir immédiatement, Votre Grâce ?

Lavinia leva les yeux au ciel. Naturellement… Jane aurait les pires difficultés à ménager la chèvre et le chou. Lavinia établirait peut-être une liste de mesures à prendre pour limiter les dégâts.

— Excuse-moi, dit-elle à Thaddeus, contrariée par cette interruption.

— Je t'en prie. N'hésite à faire appel à moi en cas de besoin. Bonne chance ! Tu vas avoir du mal à séparer les adversaires.

Elle rit et s'éloigna en direction de la salle de bal.

Thaddeus soupira. En d'autres circonstances, il aurait parlé à Lavinia sans attendre au lieu de la faire languir. Mais il ne voulait pas la bouleverser avant cette soirée qui comptait tant à ses yeux.

Franchissant le couloir, il entendit des éclats de voix. Devait-il intervenir ? Il fallait qu'il lui montre qu'il lui faisait confiance. *Je serai là si elle a besoin de moi*. En voyant son reflet dans un miroir, il grimaça. Cependant, la réaction positive de sa femme valait la peine de s'affubler de n'importe quelle couleur extravagante.

— Votre Grâce, déclara Melmsford, étonné, quand il entra dans la bibliothèque. Je vous croyais dans la salle de bal. La fête n'a-t-elle pas lieu ce soir ?

Thaddeus s'assit derrière son bureau.

— Si, mais la réception ne commence que dans une demi-heure. Il semble qu'il y ait un conflit entre ma belle-mère et la mère du fiancé de ma belle-sœur.

— Ah..., fit le secrétaire comme s'il avait tout compris. Je crois savoir que Percy Wittlesford fera une lecture de son prochain ouvrage, ce soir. C'est un événement.

— J'y pense, vous m'avez dit que vous et votre sœur faisiez partie de ses admirateurs. Voulez-vous lui dire de venir assister à cette lecture ?

Impressionné par le comportement de Lavinia envers les domestiques, il avait envie d'en faire autant – notamment avec Melmsford, son fidèle secrétaire.

— Ce ne serait pas convenable, Votre Grâce.

— Ce soir, s'esclaffa le duc, nous recevons l'une des familles les plus scandaleuses de la bonne société.

La présence d'un homme honorable et de sa sœur ne choquera personne... si vous pensez que votre sœur apprécierait ce moment.

— Elle serait enchantée !

— Alors filez la chercher. À plus tard !

Melmsford s'inclina et s'en alla, laissant Thaddeus pensif : comme il avait changé depuis qu'il avait rencontré Lavinia !

Pourvu que cette évolution se poursuive. Peut-être finirait-il par ne plus avoir besoin de dresser des listes pour trouver un semblant d'ordre. Encore fallait-il arriver au bout de cette soirée...

À onze heures, deux heures après le début des festivités, Lavinia était épuisée. Outre la guerre à laquelle se livraient les mères des fiancés, toutes deux en jaune et qui exigeaient que l'autre aille se changer, son père avait souhaité son arbitrage sur une question économique, et elle avait dû veiller sur quelques tantes âgées parfois brouillées les unes avec les autres.

— Tout se passe bien, déclara Jane en lui prenant le bras.

— Oui, je crois. Il ne manque plus que la lecture de Percy. Ensuite, papa annoncera officiellement tes fiançailles et ce sera terminé. Avez-vous fixé une date de mariage ?

Jane se rembrunit.

— J'ai essayé ! Hélas, Henry repousse sans cesse mes suggestions. Il semblerait que sa mère soit superstitieuse à propos de certaines dates. Quand elle propose d'autres dates, je dis d'accord et, finalement, cela ne va pas non plus.

— Jane, je sais que tu n'as pas envie d'entendre ce que je vais te dire, mais...

La jeune femme semblait presque résignée.

— Mais je dois dire à Henry que c'est elle ou moi, c'est cela ?

— Oui, soupira Lavinia. Tu ne peux accepter qu'elle régente ton existence et ton mariage. Henry devra prendre une décision.

Son aînée acquiesça.

— Je lui parlerai après la lecture de Percy. J'espère que ce ne sera pas trop scandaleux. As-tu choisi l'extrait ?

— Je n'ai pas eu le temps. Je lui ai recommandé d'être bref et de susciter la curiosité des auditeurs.

— Ce sera donc une surprise pour toi aussi.

Soudain, Lavinia ressentit quelque appréhension. Et si… ? Non ! Percy avait dû sélectionner un passage convenable. Thaddeus ne risquait pas de découvrir son secret.

Car oui, elle lui cachait un secret.

— Votre Grâce.

Thaddeus sourit à l'entrée de Melmsford et d'une jeune femme qui lui ressemblait un peu.

— Votre sœur, je présume ? demanda-t-il en s'inclinant sur sa main. Je suis le duc de Hasford. Sachez que votre frère est un excellent employé. Je suis ravi que vous ayez pu venir.

Il avait l'impression que la soirée se déroulait au mieux. L'ordre était rétabli entre les deux mères, le vin coulait à flots et les valets circulaient parmi les invités en proposant des petits-fours.

— Merci de nous recevoir, Votre Grâce, répondit Mlle Melmsford, qui ne devait pas avoir plus de dix-sept ans.

Elle semblait très impressionnée.

— Je crois savoir que vous êtes une admiratrice des écrits de mon beau-frère, dit-il aussi aimablement que possible pour ne pas l'intimider.

— Ses romans sont si romantiques ! s'enthousiasma-t-elle, les mains sur le cœur. La fin est toujours surprenante. Je suis toujours sidérée de découvrir qui est le véritable méchant.

— Ah...

Thaddeus n'était pas en mesure de porter un jugement, car il n'avait lu aucun de ces romans. Il s'en voulait à présent d'avoir été condescendant, au départ. Si les livres de Percy étaient romantiques, il pourrait peut-être s'en inspirer pour plaire à sa femme ?

Si toutefois elle restait avec lui.

Il se promit de lui en parler après la réception.

Il scruta la foule des invités. Il ne pouvait s'empêcher de la chercher des yeux. Elle était en grande conversation avec sa sœur. Lady Jane hocha la tête et s'éloigna, les lèvres pincées. Elle n'avait rien d'une jeune femme sur le point d'annoncer ses fiançailles. Comment se réjouir d'épouser cette chiffe molle et d'endurer une telle belle-mère ?

Mais il n'était pas à la place de lady Jane.

Lavinia le repéra et vint à sa rencontre. En voyant les Melmsford, elle sourit. Thaddeus en fut un peu jaloux. Pourquoi leur souriait-elle ainsi ? Parce qu'elle était souriante de nature, voilà tout.

— Bonsoir, monsieur Melmsford. Mademoiselle Melmsford ? Soyez la bienvenue.

La jeune fille s'empourpra.

— Thaddeus, quelle bonne idée d'avoir convié une admiratrice des œuvres de mon frère ! Je regrette de ne pas y avoir pensé moi-même.

Elle posa un regard approbateur sur le duc, qui se sentit aussi flatté qu'au terme d'une soirée torride où il lui aurait donné plusieurs fois du plaisir.

Était-ce cela, l'amour ? Être envahi d'une onde de chaleur à la suite d'un compliment de la part de l'être aimé ?

Car elle était désormais la personne qu'il aimait le plus au monde. Si Sebastian, Nash et Ana Maria étaient sa famille, Lavinia avait gagné son cœur.

Pourvu qu'il trouve les bons mots pour l'inciter à rester ! Il avait presque envie de demander à Percy de lui écrire un texte.

Il devrait compter sur sa sincérité.

— Excusez-nous, le moment est venu de passer à la lecture, annonça Lavinia en prenant son bras.

— Tu te rappelles la dernière fois que nous avons assisté ensemble à une lecture de Percy ? demanda-t-il en l'accompagnant vers l'estrade.

— Oui, dit-elle en riant. Je m'efforçais de ne pas regarder fixement tes cuisses, et tu scrutais la foule en quête d'une duchesse potentielle.

Et j'ai trouvé la meilleure.

— Mes cuisses ?

— Elles ont rendu la première semaine de mariage tolérable, répliqua-t-elle d'un air mutin.

Thaddeus déplorait qu'ils ne soient pas seuls en cet instant.

— Je me disais que je devrais peut-être lire un des romans de ton frère…

— Ils sont excellents ! Pleins d'aventures, de romantisme, merveilleusement bien écrits, sans prétention.

— Tu peux être fière de ton frère.

— Bien sûr.

Elle donnait l'impression d'avoir oublié quelque chose. Au moment où il allait lui poser la question, ils rejoignirent Percy.

— C'est l'heure, décréta-t-elle. Thaddeus va te présenter pour ne pas froisser ma mère et Mme McTavish, qui ne sont d'accord qu'avec le duc.

— Ravi de vous revoir, Votre Grâce. Merci de nous recevoir.

— Je ferais n'importe quoi pour votre sœur…

Elle retint une exclamation d'étonnement qui le rassura un peu. Thaddeus fit signe aux musiciens de cesser. L'assemblée se tourna vers lui.

— Bienvenue à tous ! La duchesse et moi-même sommes ravis de vous accueillir en cette soirée particulière. Avant l'annonce de la grande nouvelle, nous vous avons réservé une surprise. Percy Wittlesford va nous lire un extrait de son prochain livre, qui s'intitule...

Il se tourna vers Percy.

— *Un ténébreux époux*.

Thaddeus arqua un sourcil.

— Bien... Écoutons donc un extrait d'*Un ténébreux époux* !

La foule applaudit, puis Percy prit la parole :

J'ignorais ce qu'il pensait de moi, outre le fait que j'étais un problème et qu'il aurait préféré que je ne vive pas sous son toit. Si seulement je pouvais gagner sa confiance, je m'enfuirais au cœur de la nuit ! Hélas, je n'avais ni amis, ni famille.

J'étais seule. Désespérément seule.

Percy marqua une pause. Plusieurs dames ne purent retenir un soupir de compassion.

Au fil du temps, nous en vînmes à un accord tacite, une sorte de contrat. Dans la journée, nous nous évitions. Le soir, nous dînions ensemble et je le regardais manger. Si seulement il n'était pas aussi fascinant. Si seulement je n'avais pas l'impression d'être un insecte pris dans une toile d'araignée...

Je ne voulais pas découvrir ce à quoi il tenait afin de m'en servir contre lui.

Nouvelle pause. Percy observa son auditoire. Thaddeus admirait sa capacité à retenir l'attention de tous. Il décida de lire un de ses romans, qui semblaient distrayants par rapport à son travail de gestion du duché.

Lavinia se tenait près de lui, attentive. Très lentement, il effleura le tissu de sa robe, puis il lui prit la main. Abasourdie, elle se tourna vers lui. C'était la première fois qu'il avait pour elle un geste de tendresse. Cela ne faisait pas partie du contrat.

Je finis par gagner sa confiance. Je le questionnais sur sa vie, sur ce qu'il était autrefois, et j'appris qu'il avait l'habitude d'être seul. En échange, il m'offrit la passion dont j'avais été privée depuis toujours.

J'ai peine à l'admettre, mais j'étais en train de tomber amoureuse. Et je savais qu'il m'oublierait, une fois que j'aurais fait ce qu'il attendait de moi.

Hélas, il ne pouvait encore me dire ce qu'il attendait de moi.

Les doigts de Lavinia étaient brûlants. Thaddeus se sentait bien, dans sa maison, parmi ses invités, tenant sa femme par la main. Elle était son roc. Elle veillait à ce qu'il reste humain, à ce qu'il n'oublie pas ce qui comptait le plus pour lui. S'il était si attaché à son devoir de duc, c'était d'abord pour les employés, les métayers, les fournisseurs. Il avait un devoir envers Sebastian, afin qu'il ne se sente pas coupable parce que sa mère avait tenté d'anéantir le duché par intérêt personnel, et envers Ana Maria qui avait été une sorte d'esclave pendant tant d'années. Et même envers Nash, pour qui il se devait d'être le meilleur duc possible.

… se tenait devant moi, dans toute sa splendeur. Ivre de rage le visage dur, les bras croisés, les muscles des cuisses saillants, comme s'il allait se jeter sur moi. Pour me faire quoi ? Je n'en avais aucune idée.

Les muscles des cuisses ?

— Quand je vous ordonnerai de vous retirer à la campagne, vous partirez, prévint-il d'une voix grave qui me terrifia. Et vous y resterez jusqu'à ce que je vous autorise à revenir.

Dès qu'il fit un pas vers moi, je me mis à trembler de tous mes membres.

— N'ayez pas peur de moi, dit-il en effleurant ma joue d'une caresse. Vous m'êtes très précieuse...

Thaddeus se figea, l'esprit en ébullition. En entendant Lavinia retenir son souffle, il relâcha sa main. Il se tourna vers elle, espérant ne pas lire la vérité sur son visage.

Cette vérité le frappa de plein fouet.

Percy poursuivit sa lecture. Lavinia affichait un air coupable. Il lui adressa un signe de tête, la mine lugubre, et se dirigea discrètement vers Fletchfield.

— Apportez-moi un grand verre de whisky, lui ordonna-t-il, avant de porter à nouveau le regard sur Lavinia.

Elle se tenait droite comme un I. Au moment où elle allait se tourner vers lui, sa sœur se précipita vers elle, au bord des larmes.

Thaddeus faillit s'approcher, puis se ravisa. Elle ne lui avait pas accordé une confiance suffisante pour lui avouer ce qu'il venait de découvrir, une partie importante de sa vie.

Comment avait-il pu se bercer d'illusions à ce point ? Il s'était confié à elle sur son enfance, sur le fardeau de ses responsabilités. Elle aurait pu lui révéler son secret, or elle avait gardé le silence. Le problème n'était pas qu'elle écrive des romans qu'il ne lirait jamais, mais le fait qu'elle le lui ait caché.

Avait-elle d'autres secrets ? Pouvait-il lui donner son cœur ?

Au terme de la lecture, ce fut un tonnerre d'applaudissements. Percy chercha le regard de Lavinia, ravi de son succès. Elle méritait d'être reconnue en tant qu'écrivain, c'était une certitude. Hélas, aux yeux de la jeune femme, Thaddeus n'était pas plus digne de confiance que n'importe quel invité.

Il était si furieux qu'il avait envie de briser quelque chose, mais ce n'était pas digne d'un duc. Il respecterait toujours son devoir. C'est tout ce qu'il lui restait.

Il était difficile de l'inciter à me parler, encore plus de gagner sa confiance.

Heureusement, il finit par me l'accorder. Je mis au point un plan pour m'échapper, le quitter, partir loin de lui et ses manières cruelles.

Même si une partie de moi refusait de partir.

Un ténébreux époux, de Percy Wittlesford.

23

Il avait tout compris. Il avait lâché sa main comme s'il s'était brûlé, puis son expression s'était durcie, plus froide encore que le jour de leur rencontre. Il émanait de lui de la souffrance plus que de l'hostilité. Il se sentait trahi, et à juste titre.

Elle aurait dû se douter qu'il serait blessé d'apprendre la vérité sur ces romans.

— Vinnie…

Le ton anxieux de Jane la fit émerger de ses pensées.

— Que se passe-t-il ? demanda-t-elle en voyant les joues inondées de larmes de sa sœur.

Elle l'entraîna dans un coin de la salle et s'assura que nul n'était témoin de la peine de Jane, qui hoquetait. Un mouchoir, vite ! Hélas, une robe de soirée n'avait rien de pratique et était dénuée de poche. En désespoir de cause, elle ôta un gant et le lui tendit afin qu'elle se tapote les yeux. La tête baissée, Jane prit enfin la parole :

— C'est Henry… Je lui ai parlé en expliquant que nous devions nous mettre d'accord sur les préparatifs du mariage et que c'était difficile entre sa mère et la mienne. Car il s'agit de notre avenir.

Jane leva enfin les yeux vers Lavinia.

— Il m'a répondu qu'il savait mieux que moi ce qu'il fallait faire, et que seule sa mère pensait vraiment à ses intérêts. Et que si nous devions nous marier… *si*… ce serait à lui de prendre les décisions.

Elle fondit à nouveau en larmes.

— C'est tout ? s'enquit sa cadette quand elle se fut un peu calmée.

— Je lui ai dit que je ne voulais plus l'épouser, que nos fiançailles étaient rompues.

Lavinia ressentit un étrange soulagement. Certains détails la tourmentaient, à commencer par la demande en mariage de Henry, mais elle avait d'abord songé au bonheur de sa sœur. Si elle-même avait épousé Thaddeus, c'était pour éviter à Jane d'être malheureuse toute sa vie.

— Ensuite, Henry l'a dit à sa mère, qui l'a répété à la nôtre. Maman s'en est réjouie en affirmant qu'elle me trouverait un bon mari sur-le-champ. Vinnie, je crois qu'elle va le faire et qu'elle va m'obliger à épouser l'homme qu'elle aura choisi. Je refuse d'épouser quelqu'un que je n'aime pas !

— Cela n'arrivera pas, assura Lavinia, en pleine réflexion. Il se trouve que Thaddeus et moi avons conclu un accord. Il préfère que je parte à la campagne pendant un moment. Nous irons ensemble. Je ne serai pas seule et tu n'auras pas à épouser n'importe qui. C'est la meilleure solution.

À ce détail près que Lavinia laisserait son cœur à Londres…

Thaddeus ne voudrait certainement plus d'elle, après cette trahison. Certes, il voudrait toujours un enfant, mais il pourrait toujours venir à la campagne plus tard, si toutefois elle n'était pas déjà enceinte.

C'était le moins qu'il puisse faire, et elle était décidée à lui en parler au plus vite.

— Vinnie, tu crois que ce serait possible ? Je… je ne mérite pas une sœur telle que toi.

Jane l'étreignit avec fougue.

Lavinia scruta l'assemblée, en quête de Thaddeus. Il se tenait à l'autre extrémité de la salle. Il croisa un instant son regard, puis se détourna ostensiblement.

Organiser ce départ se révélerait peut-être plus facile qu'elle ne le pensait. Et pourtant, elle n'avait jamais affronté une telle épreuve de toute sa vie.

— J'ai à te parler.

Quelques heures plus tard, les invités étaient partis sans avoir entendu la moindre annonce de fiançailles. Thaddeus s'en était étonné auprès de Lavinia, qui lui avait promis des explications.

Il avait patienté dans sa chambre puis, n'y tenant plus, il avait enfilé son peignoir avant de frapper à la porte de son épouse.

Assise sur son lit, les cheveux défaits, elle était en chemise de nuit. Face à sa fatigue manifeste, Thaddeus eut de la compassion pour elle. Tant d'efforts pour rien… Puis il songea à la lecture de Percy, et son sentiment de trahison revint de plein fouet.

— Tu es prêt à parler, constata-t-elle en soutenant son regard. Voire à exploser.

Il admira son expression de défi. Rares étaient ceux qui affronteraient sa colère avec un tel aplomb. Bon sang, il allait la perdre… même si elle n'avait jamais été vraiment sienne.

Sinon, elle lui aurait fait confiance.

— Assieds-toi, dit-elle en désignant le fauteuil sur lequel il posait son peignoir quand il la rejoignait au lit.

Il faillit obéir, mais ne se sentait pas capable de tenir en place.

— Je préfère rester debout.

Elle se crispa. Lentement, elle se leva pour se poster face à lui, les bras croisés. Si proche et si distante à la fois, comme s'il ne l'avait jamais touchée, jamais enlacée. Comme s'il ne lui avait jamais confié ses secrets.

— Jane a rompu ses fiançailles, déclara-t-elle. Je ne peux pas dire que je ne m'en réjouis pas, contrairement à ma sœur qui est anéantie.

Thaddeus savait qu'elle l'avait épousé pour permettre à Jane de se marier avec ce blanc-bec.

Le regrettait-elle, à présent ?

Certainement.

— Ah...

— Je sais que ce n'est pas ce que nous avions prévu, mais je vais emmener Jane à la campagne, annonça-t-elle. J'ignore pour combien de temps. Si je suis enceinte, je t'en informerai. Dans le cas contraire, tu pourras venir me voir là-bas.

Elle se comportait en reine et fixait ses conditions. Quel toupet ! Sentant la colère monter en lui, il se retint de lui crier qu'elle devait rester à Londres, là où était sa place. Puis il se rendit compte qu'elle ne voulait pas demeurer sous son toit. Sans doute ne supportait-elle pas l'autorité d'un mari. Pourtant elle avait accédé à toutes ses exigences, en dépit de sa soif de liberté.

— Très bien, fit-il d'un ton sec. Où iras-tu ? Il serait préférable que tu te rendes dans l'une de mes propriétés, mais...

— C'est une proposition généreuse, coupa-t-elle, le rouge aux joues. Je te demande pardon.

— Pourquoi ? s'étonna-t-il.

Parce qu'elle partait ? Parce qu'elle lui avait pris son cœur ? Parce qu'elle ne lui avait pas confié son secret ?

— Je t'ai décrit dans mon roman. Je doute que quelqu'un te reconnaisse, mais je comprendrais que tu m'en veuilles de m'être inspirée de toi.

Malgré lui, il fit un pas vers elle. Elle ne bougea pas, si ce n'est pour se redresser fièrement.

— Tu crois que je t'en veux de t'être inspirée de moi pour ton roman ? grommela-t-il.

— Pour quelle autre raison serais-tu fâché ? fit-elle, sourcils froncés.

— Parce que tu m'as caché que tu étais Percy Wittlesford. Je t'ai confié ce que je n'avais dit à personne auparavant, et tu m'as dissimulé un secret dont ton frère et ta sœur sont informés, eux. Tu ne m'as pas fait confiance, Lavinia.

Les yeux écarquillés, elle le dévisagea un long moment, puis son expression se décomposa. Si seulement il pouvait la prendre dans ses bras… Elle refuserait, maintenant et à jamais.

— Ah…, souffla-t-elle. Je ne croyais pas… que tu serais contrarié de cela.

— Bien sûr que si ! s'exclama-t-il, incrédule. Tu es ma femme, non ? Nous sommes partenaires.

— Pas vraiment, objecta-t-elle. Nous ne sommes pas sur un pied d'égalité.

— Dis-moi en quoi j'ai été injuste, en quoi je me suis montré supérieur.

— Tu as décrété que nous nous séparerons après que je t'aurai donné un fils. Tu étais prêt à me priver de mon rôle de mère, tout en concédant que je pourrais garder une fille si, par malheur, j'en mettais une au monde avant d'avoir un garçon.

La triste vérité n'était pas facile à entendre…

— Je regrette, Lavinia.

Sa colère fit place au désespoir, car elle avait raison. C'était un partenariat inégal… et affligeant.

— Je n'aurais pas dû présenter les choses de façon aussi brutale, admit-il.

— Les présenter différemment n'aurait rien changé.

Il passa une main nerveuse dans ses cheveux. Si seulement il maniait les mots aussi bien qu'elle !

— Ce n'est pas ce que je voulais dire, souffla-t-il. Bon. Je te laisse dormir. Je te demande à nouveau pardon de t'avoir blessée. Telle n'était pas mon intention.

— La mienne non plus. Je suis désolée, Thaddeus.

Avec un signe de tête, il tourna les talons et prit congé.

— Tu vas bien ? demanda Jane pour la centième fois.

— Oui, répéta Lavinia.

Depuis une semaine, elles séjournaient dans une propriété du duc située à Medcross, une bourgade rurale assez animée. S'y côtoyaient paysans, marchands, bourgeois et même quelques anciens Londoniens ayant fui la ville.

Les deux sœurs avaient fait la connaissance de leurs voisins. Le pasteur était venu en visite, accompagné de sa femme, ainsi qu'un châtelain dénommé Haskins, avec sa femme et trois de ses filles, un autre notable et ses deux fils, le médecin et un groupe de dames patronnesses de la paroisse.

Au départ, Lavinia avait tenté de protéger Jane de cet afflux de visiteurs, mais celle-ci semblait ravie de les rencontrer en petit comité. Elles prirent l'habitude de se rendre au bourg chaque jour.

Prévenu par Thaddeus, le personnel du duc les avait accueillies avec chaleur. La maison était spacieuse et entourée d'un parc. Il y régnait une atmosphère agréable. Par le passé, un ancêtre du duc y avait élu domicile.

« Le cadre idéal pour élever un enfant », songea Lavinia ce matin-là, en regardant par la fenêtre de sa chambre. En une semaine, les époux n'avaient communiqué que par brefs messages, indiquant que le duc continuait à s'occuper de tout, comme d'habitude.

C'était peut-être sa façon d'être, se dit-elle tandis que Trésor lui reniflait les chevilles pour attirer son attention. Il ne l'avait épousée que pour sauvegarder sa réputation et celle de sa famille. Si elle avait su qu'elle tomberait amoureuse de lui, elle aurait agi autrement.

Hélas, il avait stipulé très vite qu'il n'y aurait pas d'amour entre eux.

Pourtant, elle se doutait qu'il était tombé amoureux d'elle, au moins un petit peu, et ce sentiment aurait dû annuler le maudit contrat.

— Je suis un peu perdue, avoua-t-elle à Trésor en la prenant sur ses genoux.

La pièce était encore plus vaste que sa chambre londonienne, décorée d'un motif floral aux tons roses et vert pâle. Des tapis assortis couvraient le parquet, devant la grande cheminée.

Elle dormait seule dans un lit immense. Thaddeus lui manquait terriblement. Ils n'avaient partagé qu'une nuit entière, mais elle sentait encore la chaleur de ses bras. Sans parler de leurs ébats, le seul aspect vraiment agréable de leur vie de couple. La nuit, quand la maisonnée était endormie, elle pensait à lui, aux sensations qu'il faisait naître en elle, à la fermeté de son corps, à son sexe dressé au garde-à-vous…

Il accordait tant d'importance au plaisir de sa partenaire ! Il trouvait du plaisir à la faire jouir autant qu'à jouir en elle.

Dès qu'elle aurait la certitude de ne pas être enceinte, elle le préviendrait. Peut-être viendrait-il dans l'unique but de coucher avec elle. Malheureusement, ce ne serait plus pareil, car elle savait désormais qu'elle l'aimait et qu'elle lui avait fait du mal.

Trésor se mit à japper en sentant sa main se crisper sur sa toison.

— Désolée, Trésor, dit-elle en déposant un baiser au sommet de sa tête.

Quelqu'un frappa à la porte. Jane avait coutume de passer la voir dans sa chambre, le matin, pour discuter de leur journée. Sa sœur ne pleurait plus et avait repris du poil de la bête. Leur mère lui écrivait, parfois plusieurs lettres par jour, mais Jane ne les lisait pas, ne voyant pas en quoi cela pourrait lui être utile. Lavinia admirait son courage.

— Bonjour ! lança Jane.

Vêtue d'une robe bleu ciel, elle tenait une capeline assortie à la main. Ses cheveux étaient noués en chignon sur sa nuque. Elle était rayonnante.

— Tu as bonne mine, commenta Lavinia.

— Je vais bien, confirma Jane. J'ai lu ton livre. Le dernier...

Lavinia grimaça. *Un ténébreux époux* était sorti le lendemain de la soirée et remportait un vif succès, d'après l'éditeur. Hélas, à chaque fois qu'elle y pensait, elle sentait son cœur se serrer.

— Je me demandais si, par hasard, tu ne pensais pas au duc en décrivant le comte... Je décèle certaines similarités. Je ne connais pas encore la fin de l'histoire. Ne me dis rien, surtout !

Je ne la connais pas non plus. Mais Jane parlait du roman, non de la vie de Lavinia...

— Il te manque, reprit Jane en s'asseyant près d'elle.

Elle voulut protester, mais à quoi bon mentir à sa sœur ?

— Oui.

— Pourquoi ne vas-tu pas vers lui ?

— Ce n'est pas aussi simple.

— Tu lui as parlé de tes sentiments ?

Lavinia réfléchit un instant. Non, elle ne les avait pas exprimés clairement. Quant à lui... c'était un homme réservé, qui avait passé sa vie à essayer de ne pas souffrir à cause de ses proches.

— Non, admit-elle.

— Tu n'es qu'une imbécile ! décréta Jane.

— Il est trop tard. C'est...

— Je t'arrête tout de suite ! coupa son aînée. Pour lady Lavinia Capel – pardon, lady Lavinia Dutton, duchesse de Hasford –, rien n'est impossible.

— Il est furieux parce que je lui ai caché la vérité.

Et moi, je lui en veux de ne pas avoir décelé la vérité.

Jane se leva d'un bond.

— Va lui dire la vérité sans attendre ! Dis-lui tout : que tu l'aimes, que tu veux rester avec lui, que tu aimes quand il se met au garde-à-vous comme un soldat lors d'une parade militaire…

Lavinia ne put s'empêcher de rire, surtout en voyant sa sœur imiter la posture guindée de Thaddeus.

— C'est vrai qu'il fait souvent ça, admit-elle avec une tendresse et une nostalgie qui n'échappèrent pas à Jane.

— File dès aujourd'hui ! Qu'il sache que l'exubérante et merveilleuse lady Lavinia est amoureuse de lui. Il serait bien stupide de ne pas te reprendre.

Lavinia grimaça.

— Donc, nous sommes tous les deux des imbéciles ?

— Vous avez au moins un point commun, acquiesça Jane d'un air espiègle.

Ses baisers étaient si intenses que j'en avais les jambes qui tremblaient. Sa passion était si brûlante que je me noyais dans les sensations. J'étais enivrée, incapable de m'en passer.

Mais était-ce là la femme que je voulais être ?

Une femme à la merci de son mari ? Un mari qui se consacrait à moi avec une telle intensité que j'avais l'impression d'être la seule femme qu'il ait jamais connue.

C'était enivrant.

Cependant, comme au lendemain d'une soirée festive, mon corps et mon esprit étaient encore meurtris. J'étais perdue. Comment pourrais-je être vraiment libre ?

Ma liberté valait-elle la peine de sacrifier ce plaisir extrême ?

Un ténébreux époux, de Percy Wittlesford.

24

Elle était partie depuis assez longtemps pour que son parfum ne flotte plus dans sa chambre. Thaddeus s'en rendait compte car il avait pris l'habitude de dormir dans son grand lit vide.

Lavinia lui manquait tant qu'il était incapable de se concentrer sur son travail. Dès que quelqu'un lui parlait d'elle, son cœur se serrait. Les affres de la solitude étaient de retour.

Il regagna son bureau pour terminer quelque tâche administrative qui, selon son secrétaire, pouvait attendre.

— Melmsford !

Thaddeus longea le couloir en direction de la bibliothèque. La porte était ouverte, mais il ne vit personne.

— Ah, vous êtes là ! fit-il en voyant l'homme vêtu de gris se redresser d'un bond. Que faisiez-vous donc ?

Le secrétaire épousseta son pantalon.

— J'ai fait tomber mon porte-plume qui a roulé sous le bureau. Je suppose que vous avez ordonné au personnel de ne pas faire le ménage dans cette pièce.

Il éternua.

— Je ne sais pas, répondit Thaddeus, intrigué. Lav… La duchesse a peut-être recommandé au personnel de ne pas me déranger pendant que je travaille… Je ne voudrais pas embarrasser Mme Webb. Et si nous nous en occupions nous-mêmes ?

Melmsford afficha un air intrigué, comme si le duc venait de confirmer une impression.

— Nous n'avons pas de balai.

Thaddeus ôta sa veste et la posa sur le divan.

— Faisons preuve d'imagination, pour une fois, suggéra-t-il en observant la pièce autour de lui.

Il s'arrêta sur les verres et le whisky posés sur une desserte. Il prit le napperon, puis une feuille de papier. À quatre pattes, il glissa le napperon sous le meuble pour attraper la poussière.

— Inutile d'en faire autant, dit-il à son secrétaire en le voyant se baisser.

— Je suis solidaire, Votre Grâce.

Thaddeus se consola un peu en songeant qu'il avait Melmsford, Sebastian et Nash. Hélas, ils ne suffiraient pas à apaiser la douleur du départ de Lavinia. Et ils avaient chacun leur vie. Il s'imaginait seul pour le reste de ses jours, face à son devoir. Un duc sans amour.

— Votre Grâce… puis-je vous demander si, par hasard, vous auriez besoin de quelque conseil ?

— Vous n'êtes pas marié.

— Non, mais j'observe le monde qui m'entoure. C'est ma passion, avec la lecture.

— Vous avez lu *Un ténébreux époux* de Percy Wittlesford, marmonna Thaddeus en s'efforçant de masquer son amertume.

Quelle importance ? Il aimait Lavinia, et c'était tout ce qui comptait.

— Oui. Je connais l'âme humaine et je sais que la duchesse, quoique fière et entêtée, a des sentiments pour vous.

Lorsque Thaddeus le foudroya du regard, le secrétaire ne sourcilla pas.

— Pourquoi dites-vous ça ?

— Parce que j'ai vu son expression quand elle est partie pour la campagne. Quant à vous… Vous souffrez tous les deux.

Le duc réprima sa colère.

— Que me suggérez-vous, dans ce cas ?

— Je suis ravi que vous me posiez la question. Dans le livre précédent de Percy Wittlesford, *La Prise du château*, la situation est un peu comparable. Le dénouement est spectaculaire : l'héroïne doit traverser des rosiers pour sauver son amant. Quand elle le rejoint, elle est pleine d'égratignures et sa robe est déchirée, mais elle lui avoue ses sentiments.

— Vous me conseillez de me jeter dans des rosiers ?

Melmsford déploya des trésors de patience.

— Non, Votre Grâce. Il s'agit de lui dire ce que vous ressentez. Cette histoire de rosiers n'est qu'un ressort dramatique.

Lui dire ce qu'il ressentait… Il avait failli le faire, juste avant de découvrir qu'elle lui avait caché un aspect essentiel de sa vie.

— Tous les livres que je lis insistent sur l'importance de la parole, reprit le secrétaire. Une simple conversation permet de résoudre les malentendus. Il suffit de partager ses pensées, ses sentiments, de s'expliquer sur un événement.

Ces paroles frappèrent le duc de plein fouet. Melmsford avait raison !

Lavinia et lui avaient peut-être tort tous les deux, mais était-ce une raison pour s'interdire le bonheur ? S'il jouait cartes sur table avec elle, il saurait ce qu'elle ressentait vraiment.

Et si elle le rejetait ?

Eh bien, il en aurait le cœur net et reprendrait sa vie solitaire sans regrets.

Il se releva et posa son napperon poussiéreux sur le bureau.

— Vous devriez écrire un livre à votre tour, Melmsford, dit-il en lui donnant une tape sur l'épaule. Je vais suivre le conseil de M. Wittlesford et parler à la duchesse sans attendre.

C'était bien joli d'annoncer que l'on partait déclarer sa flamme à son époux, mais elle devait penser à Trésor, qui n'était pas encore habituée à Jane, et trouver une voiture. Lavinia avait renvoyé le véhicule qui les avait amenées à Medcross, car elles pouvaient gagner la bourgade à pied. De plus, elle n'avait pas eu l'intention d'aller où que ce soit.

Elle se mit donc en route trois jours plus tard, après avoir longuement réfléchi à une solution avec sa sœur. Prendre le train était impossible, car la gare était trop éloignée. Il n'y avait pas de place dans la diligence avant quinze jours, un délai bien trop long.

Elle voulait le voir très vite.

— Ça suffit, déclara-t-elle au matin du troisième jour.

Jane et elle étaient installées sur la terrasse donnant sur le parc. Il faisait doux et une brise légère soufflait sur les massifs de fleurs. Trésor suivait désormais Jane comme son ombre, car elle lui offrait des friandises. C'était au moins un problème de réglé.

— Quoi donc ?

— Je pars pour Londres.

Elle se leva et posa sa tasse de thé.

— Comment ?

Jane ne semblait pas inquiète le moins du monde. Elle connaissait trop bien sa sœur.

— Je vais chez le pasteur. Il possède une voiture qui lui sert pour ses visites aux fidèles. Je vais la lui emprunter.

— Pour aller à Londres ? fit Jane, sceptique, car Lavinia n'avait jamais conduit un attelage.

— Je ne lui dirai pas où je vais. Je serai d
avant qu'il se pose des questions.

— Tu vas mentir à un pasteur ?

— Écoute, on peut mentir pour la bonne cause, non ?

— D'accord, mais n'oublie pas d'emporter un peu d'argent et un châle.

— Bien, maman ! railla Lavinia.

Jane n'apprécia guère la comparaison. Elle alla chercher leur modeste réserve d'argent. Elles n'avaient aucun frais, car Thaddeus prenait tout en charge.

— Je monte chercher mon châle.

— J'apprécie beaucoup ce service, révérend Davis, déclara Lavinia. Madame Davis, j'espère que cela ne vous dérangera pas trop…

Elle avait raconté au couple qu'elle devait faire une escapade dans la ville voisine afin d'acheter un cadeau d'anniversaire pour Jane. Ce fut presque trop facile. Lavinia se montra assez vague car elle n'était pas en train d'écrire un roman, cette fois.

— Ne vous inquiétez pas, Votre Grâce, répondit le pasteur. Nous sommes heureux de vous aider.

— Je suis sûre que le duc voudra faire un don à la paroisse quand je l'informerai de votre gentillesse.

Du moins l'espérait-elle. Pourvu qu'il ne reproche pas à cet homme de lui avoir fourni un véhicule. Au pire, elle remettrait au pasteur les droits d'auteur qu'elle toucherait bientôt.

— Ce n'est pas nécessaire, objecta le révérend en rougissant.

— Ce serait néanmoins très utile, intervint vivement sa femme en le fusillant du regard.

— N'ayez crainte, je serai de retour très vite.

Un garçon de ferme avança la voiture, qui n'était pas conçue pour de longs trajets. En revanche, le cheval semblait robuste.

— Comment s'appelle ce cheval ?

— Martin, en hommage à mon défunt père, répondit l'épouse du pasteur.

— Martin, répéta Lavinia tandis que le garçon de ferme l'aidait à monter sur le siège.

Pourvu que j'aie l'air de savoir ce que je fais...

Elle prit les rênes et respira profondément sous le regard du trio.

— Hue, Martin ! lança-t-elle en agitant les rênes sur sa croupe.

Le cheval s'ébranla, au grand soulagement de la jeune femme.

— Merci encore !

Changer le cours de sa vie pour ne plus être seule et malheureuse ne serait peut-être pas aussi facile...

Pendant deux semaines, j'eus l'esprit en émoi. Les pensées se bousculaient dans ma tête. J'étais à la fois séduite et affligée. Il était exigeant, brutal et fier, mais aussi fascinant, fort et déterminé.

Il se donnait à moi avec une telle ferveur que j'oubliais qui j'étais.

Combien de temps encore supporterais-je tout cela ?

Il fallait que je décide de mon avenir.

Un ténébreux époux, de Percy Wittlesford.

25

— Bonne chance, Votre Grâce.

Sur le seuil de la maison, Melmsford regarda le duc monter en selle. Il avait décidé de partir à cheval pour gagner du temps. Il avait préparé un paquetage à la hâte, comme dans l'armée. Seul Melmsford connaissait sa destination, et il avait pour consigne de ne pas s'affoler s'il ne voyait pas son maître pendant quelques jours.

— En cas de visite de mes amis ou ma famille, à savoir Sebastian, Nash ou Ana Maria, dites-leur que j'avais une affaire urgente à régler. Ils devineront sans doute où je suis allé.

Ils étaient tous tombés amoureux, eux aussi. Pourvu que son histoire se termine aussi bien que les leurs...

— Bien, Votre Grâce.

Thaddeus mit sa monture au trot pour parcourir les rues de Londres. Dès qu'il aurait quitté la ville, il s'élancerait au galop.

Il ne voulait pas penser à ce qui se passerait si elle lui disait non malgré sa déclaration d'amour. Il allait lui demander pardon d'avoir mis en place ce maudit contrat, et lui assurer qu'il ne lui reprochait pas de lui avoir caché son activité d'écrivain. Croyait-elle vraiment qu'ils n'avaient pas d'avenir ensemble ?

Trouverait-il les mots ? Il ne savait que donner des ordres et maintenir la discipline. Il répéta quelques phrases maladroites, que seul son cheval entendit. Et s'il préférait les actes aux paroles ? Mais il ne pouvait se contenter de la prendre dans ses bras et de l'embrasser à perdre haleine. Un baiser n'exprimerait pas suffisamment la sincérité de son amour.

Il n'avait pas apporté de cadeau, pour ne pas lui rappeler qu'il tenait les cordons de la bourse. Il ne cherchait en rien à posséder la jeune femme tel un trophée. Il voulait qu'elle soit elle-même.

Restait à trouver les bons mots pour éviter le désastre.

— Nous nous débrouillons très bien, Martin, déclara Lavinia.

Elle s'était mise en route deux heures plus tôt. À plusieurs reprises, elle avait demandé son chemin à des passants, qui s'étaient étonnés de voir une jeune femme seule chercher à gagner la capitale.

Il était pourtant dommage que davantage de femmes ne puissent pas filer librement vers leur bonheur.

Soudain, le véhicule fit une embardée, et Lavinia fut projetée sur la route. Elle tomba lourdement sur les fesses. En se mettant à quatre pattes, elle se réjouit de ne pas être plus svelte.

Martin s'était arrêté. Seule la voiture avait souffert. Une roue était voilée. Lavinia se leva pour détacher le cheval agité qui risquait de tomber à son tour. Elle mit un certain temps à le libérer de son harnais. Sa mère aurait dû lui faire prendre des leçons auprès d'un cocher, et non d'un professeur de piano ! Elle rit au souvenir de ses fausses notes.

Enfin, elle mena Martin vers le bord de la route.

— Je crains de devoir poursuivre mon chemin sur ton dos, lui dit-elle.

Elle ignorait où elle se trouvait, il n'y avait pas une maison à la ronde. D'après la position du soleil, il devait être environ trois heures de l'après-midi.

Tu aurais dû demander à quelqu'un combien de temps il faut pour se rendre à Londres.

Si elle avait jeté toute prudence aux orties, c'était parce qu'elle ne voulait pas que l'on sache où elle se rendait. Quelqu'un risquait de la retenir ou de lui prodiguer des conseils. Dans une bourgade de province, les rumeurs allaient bon train. Le pasteur devait avoir déjà raconté à qui voulait l'entendre que la duchesse avait emprunté sa voiture.

En attendant, elle avait sans doute encore plusieurs heures de route. Comment diable allait-elle grimper sur le dos de Martin ? Elle n'avait guère chevauché au cours de sa vie, mais elle avait toujours eu l'aide d'un valet.

Elle prit son élan et bondit… pour retomber lourdement par terre en s'égratignant au passage. Martin émit un drôle de bruit et posa sur elle un regard de dédain.

— Je vais réessayer.

Un deuxième saut manqué ne fit qu'irriter le cheval davantage.

— Très bien, concéda-t-elle en saisissant les rênes. Je rends les armes. J'irai à pied.

Ce n'était pas le périple romantique qu'elle s'imaginait. Elle espérait faire une arrivée triomphale à Londres, échevelée, se précipiter dans le bureau de Thaddeus et lui demander pardon en lui déclarant son amour.

Hélas, elle n'était pas l'auteur de sa propre histoire et se retrouvait tributaire du destin.

Alors qu'elle cheminait lentement, elle entendit un coup de tonnerre au loin, et leva les yeux vers le ciel.

— La pluie… Il ne manquait plus que ça !

Thaddeus chevauchait à un rythme soutenu depuis son départ de la capitale. Son fidèle Crusader semblait ravi de se dépenser. Le duc avait si chaud qu'il dénoua sa cravate pour s'éponger le visage, avant de la glisser dans sa poche.

Le vent se leva d'un coup, si violent que son chapeau s'envola et roula sur la route.

« Tant pis, songea-t-il. Lavinia ne s'offusquera pas de me voir tête nue. »

En temps normal, il aurait apprécié le trajet. Depuis qu'il était duc, il n'avait guère eu le temps de sortir. Il ne savait toujours pas ce qu'il allait dire à Lavinia. Pourvu qu'elle accepte…

Crusader commençait à donner des signes de fatigue. Le ciel s'était chargé de gros nuages. Thaddeus se retrouvait seul sur la route. Il s'arrêta et mit pied à terre pour mener le cheval sur le talus herbeux. Il ne voyait aucun point d'eau aux alentours. Il aurait dû anticiper la situation ! Quand il était officier, il avait toujours au moins une ordonnance qui veillait à son confort.

Le privilégié qu'il avait toujours été se retrouvait en rase campagne, sans eau. Son titre et sa fortune ne lui servaient à rien, aujourd'hui.

— Viens, dit-il en entraînant sa monture quand elle se fut un peu reposée.

Peut-être croiserait-il quelqu'un qui pourrait lui indiquer une source.

Soudain, un coup de tonnerre retentit.

— Il va pleuvoir, marmonna-t-il. Naturellement !

Pourquoi diable était-il parti en trombe, sans se préparer, contrairement à ses habitudes ? *L'amour t'a métamorphosé*. Tant mieux. Il n'avait pas besoin de stratégies, de listes, seulement de son cœur et des mots qu'il lui inspirait.

Étrangement, cette prise de conscience le rassura, malgré la pluie qui menaçait.

Il retrouverait Lavinia, même trempé et épuisé, car il avait besoin d'elle.

D'abord, ce ne furent que quelques grosses gouttes, qui firent ensuite place à un véritable déluge. Il avait fait si chaud que Lavinia trouva cette fraîcheur bienfaisante… pas pour très longtemps. Au bout de quelques minutes, elle était trempée. Les sabots de Martin éclaboussaient la robe de la jeune femme d'eau sale.

Était-elle encore loin de Londres ? Si elle avait rédigé une telle scène dans un roman, elle l'aurait trouvée peu crédible : l'héroïne torturée qui se traîne dans la boue avec un pauvre cheval pendant des heures…

Lavinia scruta la route, au cas où un bon Samaritain croiserait son chemin. Elle était plus optimiste qu'elle ne le croyait. Elle avait découvert tant de choses sur elle-même, ces derniers temps !

Il fallait qu'elle demande pardon à Thaddeus pour ne pas lui avoir dit la vérité. Elle avait simplement voulu ne pas se mettre à nu, ne pas lui appartenir totalement. Elle soupira.

Soudain, une silhouette apparut au loin. Elle écarquilla les yeux et hâta le pas en envisageant plusieurs hypothèses. Ce sauveteur lui demanderait-il de l'argent ? Lui proposerait-il un parapluie ? La ramènerait-il à la maison ?

Pas une seconde, elle n'envisagea que c'était *lui*.

— Thad… ?

Elle s'arrêta net. Lorsque Martin voulut l'entraîner en avant, elle demeura figée sur place.

Il était là, à quelques dizaines de mètres. Elle aurait reconnu sa silhouette entre mille. Elle devina qu'il la reconnaissait à son tour. Son expression changea. Soudain, la jeune femme se mit à courir, soulevant le bas de sa robe trempée qui entravait ses mouvements.

— Lavinia !

Il courut à son tour vers elle. Ils s'arrêtèrent à trente centimètres l'un de l'autre. Était-ce un mirage ?

— Bonjour, Thaddeus, dit-elle comme s'ils se trouvaient dans une salle de bal.

Il lui répondit de même, tout aussi trempé, les cheveux plaqués sur le crâne.

— Tu n'as pas de chapeau...

— Non, je l'ai perdu.

— Ah...

Il regarda son cheval et ajouta :

— Tu n'as pas de selle.

— Je n'en ai jamais eu. La voiture est cassée...

— Que faisais-tu ?

— J'allais te retrouver.

Il s'avança et la prit dans ses bras pour la serrer contre lui. Elle enfouit le visage dans le creux de son épaule, qui sentait la laine mouillée.

— Je venais te retrouver, moi aussi.

— Que veux-tu ? me demanda-t-il.

Je secouai la tête. Comment répondre à cette question sans révéler mes véritables sentiments ?

Il me prit par le menton et m'obligea à le regarder dans les yeux. Ses prunelles scintillaient d'une émotion profonde que je n'osais nommer.

— Dis-le-moi, ordonna-t-il.

Alors je le lui dis.

Un ténébreux époux, de Percy Wittlesford.

26

Thaddeus refusait de la lâcher. Il aurait voulu la garder dans ses bras pour toujours. Conscient qu'ils avaient à parler, il s'écarta à regret. Elle leva les yeux vers lui en se mordant la lèvre.

— Je te demande pardon, énoncèrent-ils en chœur, avant de s'esclaffer.

— Toi d'abord, dit-elle.

Il prit une profonde inspiration. Le visage de la jeune femme ruisselait de gouttes de pluie.

— Je n'aurais pas dû t'imposer ce contrat, admit-il en regardant au loin, en quête d'inspiration. Je n'aurais pas dû mettre une telle distance entre nous.

Il se tourna à nouveau vers elle pour contempler quelques mèches qui collaient à sa peau.

— Je ne voulais pas tomber amoureux. Rappelle-toi : je t'ai dit que l'amour était exclu du contrat.

— Oh, je me le rappelle !

— J'avais tort. J'ai commis une erreur terrible. Lavinia, je suis un imbécile.

Elle se contenta d'esquisser un sourire.

— J'avais envie de te demander d'oublier ce maudit contrat, reprit-il. Hélas, après la lecture… en découvrant que tu m'avais caché tes activités d'écriture… Néanmoins, je crois comprendre ta démarche. Cela n'a peut-être aucune importance, mais je te comprends.

Tu es une femme autonome qui doit prendre ses propres décisions.

Il s'interrompit un instant avant de poursuivre :

— J'ai simplement envie d'être près de toi quand tu les prendras, ajouta-t-il, au grand étonnement de la jeune femme. Je t'aime, Lavinia. Veux-tu rentrer à la maison avec moi ?

C'était une requête, non une exigence. En la voyant fermer brièvement les yeux, il sentit son cœur se serrer. Il fallait qu'il entende sa voix.

— J'ai quelque chose à te dire, déclara-t-elle enfin en croisant son regard.

Thaddeus retint son souffle.

N'était-elle pas censée être une littéraire ? Voilà qu'elle se retrouvait sous l'orage, sur le point de dire tout ce qu'elle avait sur le cœur, incapable de prononcer un mot.

— Je...

— Oui ? fit-il, peiné.

Naturellement, il ignorait encore ce qu'elle ressentait pour lui.

— Je suis une imbécile, énonça-t-elle enfin. Je sais ce que c'est que de rester en retrait de ceux qu'on aime. J'adore Jane, mais elle ne me comprend pas toujours. Bref, j'étais persuadée que nous pourrions respecter ce maudit contrat sans souffrir ni s'attacher.

La pluie avait presque cessé. Les vêtements détrempés de Lavinia moulaient ses formes. Elle n'en avait que faire, tant elle était concentrée sur sa déclaration d'amour.

— Or c'est impossible. Je n'arrive pas à ne pas t'aimer. J'aime même tes aspects les plus agaçants, ton côté militaire et autoritaire, ta façon de tout prévoir et de me dire ce que je pouvais attendre de ce mariage. Tu t'es trompé sur toute la ligne.

— Personne ne m'a jamais dit que je me trompais sur toute la ligne, répliqua-t-il avec l'esquisse d'un sourire. Et j'avoue que je suis heureux de m'être trompé.

Il la reprit dans ses bras et s'empara de sa bouche avec fougue. Leur baiser exprima la peur qu'ils avaient eue de perdre leur seule chance de bonheur. Dès qu'elle insinua la langue entre ses lèvres, il la plaqua contre lui. Déjà, son érection était manifeste.

Leurs langues se livrèrent à un combat sensuel. Lavinia ne put réprimer une plainte qui provoqua en lui un rire guttural. Elle posa une main sur sa nuque pour l'attirer plus près.

— On ne peut pas faire l'amour, nus au beau milieu de la route, murmura-t-il contre sa bouche. Je vais donc répéter ma question : veux-tu rentrer à la maison avec moi ?

Elle se cambra vers lui de plus belle, les seins plaqués contre son torse.

— Oui, avec bonheur, répondit-elle en posant la paume sur sa cuisse pour le caresser.

Il pressa son bas-ventre contre le sien.

— Je t'en supplie, Lavinia, jouis pour moi..., souffla-t-il. Je suis à toi...

Sa voix brisée intensifia l'excitation la jeune femme qui ondula de plus belle contre lui.

D'une main puissante dans le dos, il l'empêcha de perdre l'équilibre. L'autre était posée sur sa hanche pour accompagner ses mouvements.

— Thaddeus..., gémit-elle au moment de l'extase, les yeux fermés, la tête rejetée en arrière, emportée par les sensations.

— Rentrons à la maison, murmura-t-il après un ultime spasme de plaisir. J'ai hâte de t'enlever ces vêtements trempés... et de te mettre au lit.

— Avec bonheur, répéta-t-elle.

— Je vous ai choisi, dis-je.

Pour la première fois depuis notre rencontre, je le vis sourire.

Et je compris que j'avais trouvé ma place.

Un ténébreux époux, de Percy Wittlesford.

Épilogue

— Je crois bien que je ne quitterai plus jamais ce lit, décréta Lavinia.

Thaddeus se mit à rire, une main plaquée sur le ventre de la jeune femme comme pour l'empêcher de partir si l'envie lui en prenait.

Mais elle n'en avait aucune envie.

Ils étaient de retour à Londres, dans la chambre de la duchesse, et il était déjà dix heures du matin.

— Il faudra bien se lever à un moment, dit-il en l'embrassant sur l'épaule.

Après ces retrouvailles, il flottait dans la pièce un parfum de passion sensuelle. Ils étaient nus entre les draps, repus.

Ils avaient d'abord regagné la maison de campagne pour chercher Jane, à peine surprise, et Trésor, très enthousiaste. Ensuite, après s'être séchés et changés, ils étaient rentrés à Londres. Grâce à sa qualité de duc, Thaddeus n'avait eu aucun mal à trouver un véhicule – sans oublier de faire un don généreux à la paroisse pour compenser la voiture endommagée.

Jane avait décidé de ne pas retourner chez ses parents. Percy et elle s'étaient installés à quelques rues de la résidence ducale. Henry McTavish n'avait pas adressé un mot à Jane depuis cette réception funeste. On disait qu'il s'était fiancé à une lointaine cousine.

— Crois-tu que je pourrais intégrer un personnage inspiré de Mme McTavish dans l'un de mes romans ? demanda Lavinia.

La main de Thaddeus s'aventura plus bas et s'insinua entre ses cuisses, puis il entreprit de masser son clitoris avec adresse jusqu'à...

— Oh ! s'exclama-t-elle en se redressant vivement.

Elle se précipita vers le cabinet de toilette, soudain prise d'une violente nausée.

— Tout va bien ? demanda-t-il avec inquiétude.

Elle se mit à compter les jours, puis elle croisa son regard.

— Tout va pour le mieux, assura-t-elle avec un sourire mutin. J'ai l'impression que nous aurons un autre petit trésor d'ici sept mois.

Elle avait attendu d'en être certaine avant d'oser y croire et de l'annoncer à son mari. D'abord stupéfait, il prit la jeune femme dans ses bras pour la serrer contre lui.

— Je t'aime, souffla-t-il.

— Je t'aime aussi, répondit-elle. Surtout tes cuisses...

Thaddeus éclata d'un rire plein de tendresse et l'étreignit de plus belle.

13597

Composition
FACOMPO

Achevé d'imprimer en Italie
par GRAFICA VENETA
le 5 septembre 2022

Dépôt légal : octobre 2022
EAN 9782290374702
OTP L21EPSN002472-434457

ÉDITIONS J'AI LU
82, rue Saint-Lazare, 75009 Paris

Diffusion France et étranger : Flammarion